DAS HAUS IM BIRKENWALD

Herausgeber:
Das Haus im Birkenwald
Birkenwald 14
A-6200 Jenbach
www.nala.horse
kontakt@nala.horse
Juni 2018

Umschlaggestaltung:
Patricio Perez, Bern
Team Nala, Jenbach
Umschlagfoto und Illustration:
Claudia Martina Rauber, Bern

Vertrieb:
Nova MD GmbH
Raiffeisenstr. 4
D-83377 Vachendorf
Traunstein / Germany

ISBN 9783961118564

Als eBook erhältlich

Gabriela Proksch Bernabé

Nala

Der magische Steinkreis

Illustrationen von Claudia Martina Rauber

Inhalt

„Lass dich nicht unterkriegen. Sei wild und frech und wunderbar."
Aus: Pippi Langstrumpf von Astrid Lindgren.

„Ich suche Freunde. Was bedeutet ‚zähmen'?"
„Das wird oft ganz vernachlässigt", sagte der Fuchs. „Es bedeutet ‚sich vertraut miteinander machen'."
„Vertraut machen?"
„Natürlich", sagte der Fuchs. „Du bist für mich nur ein kleiner Junge, ein kleiner Junge wie hunderttausend andere auch. Ich brauche dich nicht. Und du brauchst mich auch nicht. Ich bin für dich ein Fuchs unter Hundertausenden von Füchsen. Aber wenn du mich zähmst, dann werden wir einander brauchen. Du wirst für mich einzigartig sein. Und ich werde für dich einzigartig sein in der ganzen Welt …"
Aus: Der kleine Prinz von Antoine de Saint-Exupéry

1 Süden

Das gleißende Licht des Südens kitzelte Nala wach. Blinzelnd öffnete das Mädchen die Augen. Wo war sie? Langsam dämmerte ihr, dass dieses Dachfenster in der winzigen Kammer zur neuen Unterkunft im Feriencamp gehörte. Gestern war Nala nach einer langweiligen, nicht enden wollenden Fahrt aus Bayern hier in Südfrankreich angekommen. In der Dunkelheit hatte sie nicht viel von dem Hof und den Araberpferden, die hier gezüchtet wurden, gesehen. Ihre Eltern setzten sie spät abends hier ab und waren dann, gemeinsam mit ihrem kleinen Bruder Phillip, zu einem Campingplatz am Meer weitergefahren. Dort planten sie die Sommerferien zu verbringen. Nala war glücklich gewesen, dass sie sich in diesem Zimmer direkt unterm Dach gleich aufs Bett werfen und einschlafen konnte.

Gemütlich war es hier. Ihr gefielen die einfachen, hellen Möbel und das weiß gestrichene Metallbett. Mit der leuchtend gelben Decke und den dicken Polstern war es zwar altmodisch, aber kuschelig. Nala sah sich genauer um. Auf dem Bord an der Wand konnte sie die mitgebrachten Bücher und ihren Skizzenblock unterbringen und im Schrank in der Ecke war viel zu viel Platz für ihre wenigen Klamotten. Es kam Nala gelegen, dass sie ein Zimmer für sich allein zugeteilt bekommen hatte. Sich mit irgendeinem fremden Mädchen den Raum teilen zu müssen, war eine Horrorvorstellung!

Geklapper von Hufen, leises Knarren der Stalltüren und fröhliches Gekicher holte sie endgültig aus ihrem Halbschlaf. Mist, die anderen Mädchen und Jungs eroberten den Hof. Sie war zu spät! Die letzten beißen die Hunde ...

Nala schlüpfte in ein weites, verwaschenes Shirt und bequeme Jeans. Sie schwankte zwischen Vorfreude auf die edlen, arabischen Pferde und Bangen vor der Begegnung mit der Gruppe, mit der sie drei Wochen ihrer Ferienzeit verbringen würde.

Seit sie sechs Jahre alt war, hatte Nala Reitstunden bekommen und sich sofort in die Ponys verliebt. Mit ihren sanften Augen, dem weichen Fell und dem speziellen Geruch, der Nalas Meinung nach ein Duft war, hatten die wunderschönen Tiere ihr Herz im Sturm erobert. Das Gefühl, im Sattel zu sitzen und die Leichtigkeit und Anmut der Bewegungen ihres Lieblingsponys Sunshine unter sich zu spüren, machte sie vollkommen glücklich.

Ein weiteres Glück waren Nalas Fantasiegeschichten, in denen sie sich verlieren konnte. Sobald sie sich ein Buch schnappte, im Garten oder ihrem Zimmer versteckte und vor sich hin träumte, war sie in Sicherheit. Oft kritzelte das Mädchen Zeichnungen in einen Skizzenblock, um sich die schönsten Erlebnisse aus ihren Träumereien besser zu merken.

Nala war schlau und hatte wenig Schwierigkeiten in der Schule, aber das nützte nichts, wenn man jeden Morgen mit einem aus Zeigefinger und Daumen vor der Stirn gebildeten „L“ begrüßt wurde. „Loser“, „Spinnerin“ oder „Wurm“ für Bücherwurm hörte Nala nicht nur einmal und nicht nur geflüstert, hinter ihrem Rücken.

„Die Hölle, das sind die anderen", dachte sie. Dieser Satz, den Jean-Paul Sartre, ein französischer Autor, geschrieben hatte, fiel ihr oft ein. Ihre Eltern waren Lehrer und vernarrt in alles, was aus Frankreich kam. Mama hatte unzählige Zitate von Dichtern oder Philosophen zur Hand. Nala hörte daheim jeden Tag irgendwelche hochgestochenen Sprichwörter und Erklärungen zu allem. Wirklich zu allem!

Immerhin hatte die Begeisterung ihrer Eltern für dieses Land es möglich gemacht, dass sie drei Wochen im Feriencamp in den Pyrenäen, den Bergen an der Grenze von Frankreich und Spanien, verbringen durfte. Auf einem Pferdehof! Wie lange hatte sie darauf gewartet! Es war das langersehnte Geschenk zu ihrem bevorstehenden 14. Geburtstag! Sogar ihre Großeltern hatten ein wenig Geld dazugelegt, damit sie hier sein konnte.

Wieder hatte Nala sich weggeträumt! Dabei war es gerade jetzt wichtig, schnell nach unten in den Hof zu kommen. Dahin, und zu den Pferden zog sie ein freudiger Galopp. Wie von unsichtbarer Hand zurückgehalten, setzte sie aber nur widerstrebend einen Fuß vor den anderen. Sie fürchtete sich davor, wie die Mädchen sie aufnehmen würden. An die Jungs mochte Nala überhaupt nicht denken.

In der einfachen Küche werkte eine lustig aussehende Frau. Mit ihrem wild hochgesteckten Haarknoten und den lebhaften, braunen Augen wirkte sie herzlich und nett. Sie war dabei, das Geschirr zu waschen. Ein Baguette, Butter, Marmelade und eine Kanne Tee standen am riesigen Tisch bereit.

„Gut geschlafen, meine Kleine?"

„Sehr gut. Wieso sind die anderen schon im Hof? Mich hat niemand geweckt."

„Du bist gestern spät angekommen. Wir wollten dich ein bisschen ausschlafen lassen", antwortete sie sanft. „Ich heiße Claire und helfe im Sommer die Rasselbande zu füttern. Nimm dir zu essen, und dann raus mit dir", sagte sie.

Draußen im Hof herrschte buntes Treiben. An den Zaun gelehnt stand ein hübsches, blondes Mädchen. Sie war ziemlich herausgeputzt für einen Morgen im Stall. Ihre schwarzen Stiefel glänzten. Auf der Reithose und dem Shirt glitzerten Strasssteine, und sie trug die coolste Sonnenbrille, die Nala bisher gesehen hatte. Ein gutaussehender Junge sprach mit ihr. Sein Gesicht wirkte überheblich, zweifelsfrei passten die beiden zusammen.

„Jackie", riefen zwei kleinere Mädchen gleichzeitig zu ihr hinüber, sie winkten dabei. Die Zwillinge hatten lustige pig tails, die über den Ohren abstanden und waren mit einem Stallbesen unterwegs. Ein Mädchen mit roten Locken half ihnen beim Kehren. Bewundernd schauten die drei zu Jackie. Offenbar bestaunten sie das Outfit und versuchten ihre Aufmerksamkeit zu erregen.

Ein schlaksiger Junge hievte gemeinsam mit seinem Freund Strohballen in die Heuraufe.

„Was glotzt du so?", rief Jackie.

Nala schaute hinter sich. War sie damit gemeint?

„Ja, du da“, schnauzte das Mädchen sie an. „Zuerst lässt du uns die ganze Arbeit alleine machen, und dann starrst du Löcher in die Luft!“

Energisch betrat Frau Birkner den Hof und unterbrach die angespannte Stimmung. Nala erkannte sie vom Foto auf der Homepage, auf der sie sich im Frühling für das Feriencamp angemeldet hatte. Die groß gewachsene Reitlehrerin mit ihrem offenen Gesicht und dem langen, dunkelbraunen Zopf wirkte ein bisschen streng, aber sympathisch. Um mit ihren Pferden im wärmeren Klima Frankreichs zu leben, war sie aus Deutschland in den Süden gezogen. Durch Annoncen in Pferdezeitschriften kamen in den Sommerferien jedes Jahr Jugendliche hierher, um zu reiten und Französisch zu lernen.

„Willkommen auf Gestüt Au Grand Chêne, das heißt übersetzt: Zur Großen Eiche. Ich bin Greta Birkner, bitte nennt mich beim Vornamen. Wie ihr wisst, züchten wir Pferde, trainieren sie und geben Reitunterricht. Hier lebt eine ganze Herde Araber, mehrere Fohlen, Ponys und ein Esel. Es gibt bei uns auch Tiere, die wir aus schlechter Haltung aufnehmen und ins Herdenleben integrieren. Ihr werdet sie alle im Lauf der nächsten Wochen kennenlernen. Araber sind Vollblüter, schnell, hellwach und sensibel. Darum ist dieser Kurs für Jugendliche zwischen zwölf und fünfzehn Jahren gedacht, die bereits Reiterfahrung haben. Meine Tiere sind gut ausgebildet und temperamentvoll. Ihr werdet schon mit ihnen zurechtkommen ...“

Greta sah sie der Reihe nach an. Alle waren mucksmäuschenstill und aufmerksam. „Ich hoffe, wir haben eine schöne Zeit miteinander. Am Morgen macht ihr die Stallarbeit, anschließend findet der Sprachkurs statt. Er dauert zwei Stunden. Die Lehrerin erwartet euch vollzählig um elf Uhr in der Scheune. Gebt euer Bestes. Es gelten keine Ausreden, den Kurs zu schwänzen. Wer reitet, nimmt am Unterricht teil! Wer nicht im Unterricht ist, wird nicht reiten. So einfach ist das. Wir sehen uns nach der Mittagspause um drei Uhr bei den Pferden."

Gebannt hatte Nala zugehört. Als alle gemeinsam auf die Scheune, in der ein Versammlungsraum eingerichtet war, zustrebten, ließ sie sich von der Bewegung der Gruppe mitreißen.

Nicole, die zarte Französischlehrerin, fragte zuerst nach ihren Namen. Die Zwillinge hießen Kiki und Mimi. Ihre rothaarige Freundin war Rosalie. Der hochnäsige Schönling stellte sich als Leo vor. Die anderen Jungs waren Ben und Luka. Wer Jaqueline, also Jackie war, wusste Nala. Sie selbst erklärte, dass sie Nathalie hieß, jedoch von allen Nala genannt wurde. Das war ein Überbleibsel aus ihrer Kindheit. Ihr kleiner Bruder konnte Natalie nicht aussprechen und nannte sie Nala. Der Name gefiel ihr und so blieb es dabei.

Die erste Unterrichtsstunde war leicht. Mit ihren Eltern hatte sie mehrere Urlaube in Frankreich verbracht. Deshalb stach sie durch ihre gute Aussprache heraus. Sie kannte das! Wer hinterher hinkte, gehörte nicht zur Gruppe. Wer zu gut war, der wurde ebenso ausgeschlossen. Nala hielt sich mit ihren Antworten immer wieder zurück, aber alle Tarnung nützte nichts. Streberin, zu spät ... Sie sammelte Punkte für das Außenseiterkonto. Mit ihren schlabberigen

Klamotten konnte Nala auch nicht wirklich ankommen. Sie fühlte sich in enger, schicker Kleidung nicht wohl. Am liebsten versteckte sie sich und ihre paar Kilos zu viel unter weiten Pullovern oder Shirts. Nala war ein wenig pummelig. Da die meisten Mädchen in der Schule wie besessen von ihrem Aussehen und ihrer Figur waren, genügte das, um sich mies zu fühlen.

Wann konnte sie endlich zu den Pferden gehen? Die hatten wenigstens keine Vorurteile.

2 Lilou

Die Hitze raubte Nala den Atem. Nach dem Essen hatte sie Zeit, sich die Pferde und den Reiterhof näher anzusehen. Zu Mittag war das ganze Gestüt wie ausgestorben. Nur die Zikaden gaben ihr Konzert. Eine junge, getigerte Katze schnurrte um Nalas Füße, wandte sich aber gleich wieder ab, um sich unter dem Sonnenschirm zusammen zu rollen und zu schlafen.

Die Pferde standen auf der Weide. Sie hatten sich Schattenplätze gesucht und dösten mit gesenktem Kopf vor sich hin. Nur ihre Schweife bewegten sich und wehrten die lästigen Fliegen ab. Die meisten waren Araber. Eine uralte Pferderasse, gezüchtet um in der Wüste mit wenig Wasser und Nahrung zu überleben. Sie galten als treu und menschenbezogen. Angeblich verbanden sich die Tiere so sehr mit ihren Besitzern, dass sie wie Wachhunde auf die Nomaden aufpassten. Wenn Räuber des Weges kamen, weckten sie die schlafenden Karawanen auf. Der Legende nach erschuf Allah diese Wesen aus dem Südwind und hauchte ihnen den Atem des Lebens ein. Sie waren elegant, widerstandsfähig und ihre stolze Haltung faszinierte Nala. Die ganze Herde schaute gepflegt aus, ein bisschen staubig, aber man sagte ja: „Dreckige Pferde – glückliche Pferde."

Eine weiße Stute stand abseits. Sie wirkte fast apathisch. Ihr Fell war stumpfer als das der anderen, und sobald sich eines der Tiere bewegte, trippelte sie nervös auf der Stelle. Rund um sie herum flatterte ein schwarzer Vogel, ein Rabe wahrscheinlich. Seine Unruhe störte den Schimmel nicht. Der große Vogel setzte sich auf den Rücken der Stute, die gelassen stehen blieb. Der Kontrast zwischen dem Weiß des Pferdes und dem Schwarz des Raben war faszinierend. Nala konnte ihre Augen nicht von den beiden lassen.

Die Schimmelstute hatte ihr Herz berührt, denn das Mädchen kannte das Gefühl, ausgeschlossen zu sein sehr gut. Auch ihr war es lieber, hier allein zu sein als in der neuen Gruppe. Nala wusste, dass sie die Regeln, wie man sich beliebt macht, nicht mitbekommen hatte. Immer wieder eckte sie an. Sie konnte sich gar nicht vorsichtig genug verhalten. Jeder Schritt war ein Sprung ins nächste Fettnäpfchen.

Paul, der alte Pferdepfleger, der mit Greta nach Frankreich gezogen war, löste sich aus dem Schatten und kam auf Nala zu. Wie lange war er wohl dort gestanden und hatte sie beobachtet? Die Hände in den Hosentaschen vergraben, näherte er sich wie zufällig.

„Und, gefallen dir unsere Rösser?"

„Ich habe noch nie so viele schöne Pferde gesehen," antwortete Nala bewundernd. „Was ist mit der weißen Stute dort? Sie gehört irgendwie nicht dazu."

„Deshalb interessiert sie dich, oder?"

„Ja", musste sie zugeben. „Ich fühle mich oft selber so."

„Kenn ich ...", behauptete Paul kurz und knapp.

„Sie heißt Lilou. Ist erst vor ein paar Tagen zu uns gekommen. Ist vom Hänger direkt auf die Weide galoppiert. Hat sich nicht anfassen lassen. Wurde nie respektvoll behandelt oder geliebt. Ist ein Wanderpokal. Von einem Besitzer zum nächsten. Zu scheu, zu kompliziert, zu bockig. Was weiß ich? Hatte einen schlimmen Unfall und verlor endgültig das Vertrauen zu den Menschen. Das Übelste ist, dass sie sich von der restlichen Herde fernhält. Pferde brauchen keine Menschen. Aber Pferde brauchen andere Pferde."

Paul sprach, als wäre er darin nicht besonders geübt, wahrscheinlich verbrachte er seine Zeit lieber schweigend mit den Tieren. Auf Nala machte er einen liebevollen, warmen Eindruck. Abrupt drehte er sich um und ging.

„Lilou ...", dachte sie, „...ein schöner Name. Wer bist du?"

Es war kurz vor drei. Die Reitstunde wollte sie auf keinen Fall verpassen.

Auf dem Hof vor der Scheune und dem Wohnhaus war die ganze Bande versammelt. Alle quatschten aufgeregt miteinander. Nala setzte sich neben die Zwillinge. Mit ihren blauen Augen und den gestreiften Shirts wirkten sie am lustigsten. Die beiden waren überhaupt nicht herausgeputzt und schauten zumindest interessiert zu ihr herüber.

Jackie und Leo klebten wieder zusammen und tuschelten. Nala kam es vor, als würden sie fies und abfällig zu ihr herüberschauen und dabei grinsen. Wahrscheinlich bildete sie sich das ein, aber sie war besser vorsichtig.

Greta betrat den Hof. Sofort wurde es still.

„Los geht's, mir nach zur Weide!"

Nalas Herz klopfte rasend schnell. Sie war schon länger nicht mehr auf einem Pferd gesessen. Die Besitzer des Stalles, in dem sie als Kind reiten gelernt hatte, waren einige Jahre später umgezogen. Damit endete ihr Unterricht. Hoffentlich war Reiten wie Fahrrad fahren, das man angeblich nicht verlernte.

„Wird schon gut gehen", versuchte sie sich selbst zu beruhigen.

Paul hatte acht Araber mit Stricken und Halftern an den Zaun gebunden. Lilou, die verschreckte Stute, war nicht dabei, stellte Nala ein bisschen enttäuscht fest, obwohl sie vom alten Pferdepfleger wusste, dass die Schimmelstute noch nicht soweit war. Sie fühlte sich diesem Pferd sehr nah. Schade.

„Damit ihr euch nicht streitet, ziehen alle ein Los mit dem Namen des Arabers, für den ihr heute die Verantwortung übernehmt. Zuerst putzt ihr gründlich und sattelt. Am Reitplatz sehe ich ja, wie ihr mit eurem Pferd zurechtkommt. Morgen entscheide ich, wer am besten auf welches Tier passt. Seid achtsam mit meinen Schätzen, sie sind sensibel, erwarten feine Hilfen und eine faire Behandlung."

Es folgte ein bisschen Gemurre von denjenigen, die sich in ein bestimmtes Pferd verguckt hatten. Im Großen und Ganzen aber war das Losverfahren für den ersten Tag okay.

Nalas Hände zitterten, als sie ihren Zettel auseinanderfaltete.

„Samsara", flüstert sie den exotisch klingenden Namen ihres Pferdes.

„Samsara", sagte sie lauter, als sie an der Reihe war. Freudestrahlend entdeckte Nala, dass es eine zarte, braune Stute mit schmaler *Blesse* und großen, dunklen Augen war.

Wach und aufmerksam schaute sie mit gespitzten Ohren direkt zu dem Mädchen.

3 Schlange

„Wir teilen die Gruppe, damit ihr für die erste Reitstunde viel Platz habt. So sehe ich besser, wie ihr mit den Tieren umgeht und was ihr könnt," sagte Greta nach dem Putzen.

„Jackie, Leo, Rosalie und Ben beginnen. Ihr anderen lasst eure Pferde ungesattelt. Paul bleibt bei ihnen. Wer keinen eigenen Helm hat, holt sich einen passenden aus der Sattelkammer."

Am Reitplatz führten die vier ihre Araber auf die Mittellinie und stiegen auf. Nur Rosalies Stute war ein bisschen aufgeregt und trippelte herum. Sonst zeigten alle Pferde ihre gute Ausbildung und blieben die Ruhe selbst.

Schritt, Trab, Galopp und Bahnfiguren wurden geritten. Nach kurzer Zeit stellte sich heraus, dass alle sattelfest waren. Greta machte sie darauf aufmerksam, dass die Zügelhilfen sanfter werden sollten.

„Sie passt super auf ihre Pferde auf", dachte Nala.

„Ihr müsst einen sicheren, *unabhängigen Sitz* bekommen, damit eure Hände sich nicht an den Zügeln festhalten und die empfindlichen Mäuler der Araber stören", kündigte die Reitlehrerin an.

Jackie und Leo ritten recht gut, soweit Nala das beurteilen konnte. Es sah jedoch so aus, als ob ihre Pferde unter Druck gerieten und sich verspannten. Spiegelte sich die Ungeduld der beiden in der Stimmung der Tiere? Na ja, wenigstens waren sie mit sich und der Reitstunde so beschäftigt, dass sie nicht auf dumme Ideen kamen.

Danach kam Nalas Vierergruppe an die Reihe. Samsara ließ sich leicht satteln und zum Reitplatz führen. Auf dem Weg dorthin klopfte dem Mädchen das Herz bis zum Hals. Nala wusste nicht, ob sie sich mehr vor dem Aufsitzen oder den urteilenden Blicken der anderen fürchtete.

Als sie am Platz ankam, saßen Jackie und Leo auf einer Bank und schauten zu, wie die Pferde hereingeführt wurden. Greta sprach in einiger Entfernung gerade mit Paul.

„Sollen wir schon aufsitzen?", fragte Mimi ein wenig unsicher.

„Klar, jetzt geht's endlich los." Luka war dabei, den Sattel nachzugurten und sich ans Aufsteigen zu machen.

Leo, auf der Zuschauerbank, schien wieder übermütig und frech zu sein. Er linste verstohlen in seine Tasche und grinste feixend zu ihr herüber. Jackie schaute überheblich.

„Wenn sie die Nasenlöcher noch weiter oben trägt, wird ihr bei Regen das Wasser hineinlaufen," schoss es Nala durch den Kopf. Sie ließ sich durch diesen Gedanken ablenken.

Dann ging alles ganz schnell.

Gerade, als sie ihren Fuß in den Steigbügel stellte und dabei war, das Bein über Samsaras Rücken zu schwingen, bemerkte Nala aus den Augenwinkeln eine blitzartige Bewegung. Leo zog etwas aus seiner Tasche und warf es Samsara vor die Füße.

Das war eine Schlange! Eine schwarze Schlange!

Panisch wiehernd stieg die Stute mit den Vorderbeinen in die Luft. Nala, die gerade das Bein schwungvoll über ihren Rücken gehoben hatte, flog in hohem Bogen in den Sand.

Dumpf schlug sie auf. Hufe landeten knapp neben ihrem Kopf. Dann ging Samsara schon zu Boden.

Schreie drangen wie weit entfernt zu ihr durch. Gretas Stimme klang verschwommen.

„Atme, Nala! Atme tief durch! Geht´s dir gut?"

„Ja, alles okay." Ohne wirklich zu wissen, ob sie sich verletzt hatte, antwortete das Mädchen.

Sie war in einem Schockzustand und versuchte wieder zu sich zu kommen. Ihre Rippen und der Po taten Nala zwar weh, aber als sie Arme und Beine bewegte, hatte sie keine allzu großen Schmerzen. Auf den ersten Blick schien zumindest nichts gebrochen zu sein.

„Was ist mit Samsara?", fragte sie gleich. „Sie ist gestürzt, oder?"

„Sie steht wieder, wir wissen aber noch nicht, ob sie in Ordnung ist." Greta blickte besorgt zur Araberstute.

„Kannst du aufstehen?" Nala wurde von jemandem gestützt und langsam hochgezogen. Alle waren vor Schreck aufgesprungen und in die Mitte des Platzes geeilt. Steif stakste sie ein paar Schritte umher und versuchte, sich aufrecht zu halten.

„Leo hat eine Schlange vor Samsaras Füße geworfen, deshalb ist sie gestiegen!", stöhnte Nala und hielt sich dabei die schmerzenden Rippen.

„Eine Schlange? Wo denn? Ich sehe gar nichts!", sagte Greta entsetzt.

Tatsächlich, Nala blickte sich um und sah jetzt auch weit und breit keine Schlange mehr. Was war geschehen? Alle schauten das Mädchen erstaunt an.

„Was, niemand hat das bemerkt?“, fragte sie sich im Stillen.

Offenbar waren sowohl Greta und Paul als auch die anderen Jugendlichen mit ihren Pferden beschäftigt oder in Gespräche vertieft gewesen. So hatte keiner die hinterlistige Aktion bemerkt.

„Nala, du willst doch nicht im Ernst behaupten, dass Leo etwas mit dem Unfall zu tun hat.“ Zur Gruppe gewandt fragte Greta: „Ist das noch jemandem aufgefallen?“

Alle schauten betreten zu Boden. Rosalie zuckte unsicher mit den Schultern.

Einen Moment lang zögerte Nala. „Das gibt es doch nicht! Haben mir etwa meine Augen einen Streich gespielt? Nein, ich bin mir sicher! Sonst wäre Samsara ja nicht gestiegen! Zumindest sie hat die Schlange auch gesehen!“ All das ging ihr blitzschnell durch den Kopf.

Leo und Jackie waren beide etwas blass um die Nase. Wahrscheinlich hatten sie sich selbst erschreckt über die fatale Wirkung ihres Scherzes.

Greta war zu Samsara geeilt und untersuchte ihre Beine. Sie griff sie von oben bis unten ab, hob jedes Einzelne und führte die Stute vorsichtig ein paar Schritte vorwärts. Es war deutlich zu sehen! Samsara lahmte auf der linken *Vorderhand*. Sie musste sich beim Sturz verletzt haben. Verärgert schaute ihre Besitzerin in Nalas Richtung und runzelte die Stirn.

„Ich hoffe, sie hat nur eine Prellung. Auf jeden Fall muss Samsara geschont werden. Ob wir einen Tierarzt brauchen, wird sich im Lauf der nächsten Tage herausstellen.“ Man merkte Greta an, dass sie mit ihrer Araberstute mitlitt, auch wenn sie versuchte, ruhig zu klingen. Sie übergab die braune Stute an Paul, der sie langsam wegführte.

Nala schnürte es die Kehle zu, als sie sah, wie sich das Pferd lahmend entfernte. Halb zornig, halb schuldbewusst schluckte sie die Tränen des Schmerzes, des Bedauerns und der Wut hinunter.

Die anderen drei waren inzwischen alle abgestiegen und standen betreten herum.

Greta konnte nur schlecht verbergen, wie aufgebracht sie war. „Weißt du, Nala, es kann immer passieren, dass etwas schiefgeht. Davor ist keiner gefeit. Dann muss man eben die Verantwortung dafür übernehmen und nicht jemandem anderen die Schuld in die Schuhe schieben.“

„Aber, aber ...“, stammelte das Mädchen. Sie gab entmutigt auf. Was sollte sie auch sagen? Sie senkte den Kopf und wollte nur mehr weg aus dieser Situation, in der sie gedemütigt und mit schmerzenden Rippen dastand, von allen angestarrt.

„Für heute ist es zu spät ein anderes Pferd vorzubereiten. Du kannst dich aber auf Merida setzen! Steig am besten gleich wieder auf!“, sagte Greta. Vorsichtshalber fragte die Reitlehrerin nach: „Bist du sicher, dass du dir nicht weh getan hast?“

Nala zögerte: „Ich weiß noch nicht so genau. Lieber bleib ich einen Moment auf der Bank.“

„Okay, dann ruh dich aus, um den Schreck zu verdauen“, lenkte Greta ein.

Als sie versuchte, sich vorsichtig hinzusetzen, schaute ihr Leo provozierend ins Gesicht. Eine Hand rutschte Richtung Hosentasche und er zog ein Stück von einem Fahrradschlauch ein wenig daraus hervor. Gerade so weit, dass sie die angebliche Schlange in dem dunklen Schlauch wiedererkannte. Im Getümmel nach ihrem Sturz hatte er die Gelegenheit genutzt, das Teil wieder aufzusammeln. Leo schaute leise pfeifend in die Luft und stieß Jackie mit seinem Ellbogen an. Sie hatten einen verschwörerischen Ausdruck im Gesicht.

So war das also gewesen! Ein feiger Streich, der Samsara und sie verletzt hatte! Nala war fassungslos über so viel Unverfrorenheit und entsetzt darüber, wie weit die beiden gegangen waren. Dabei hatten sie alle Glück im Unglück gehabt!

Da niemand etwas bemerkt hatte und den Anschlag bezeugen konnte, war sie auch noch von Greta ungerecht behandelt worden. Die dachte jetzt wahrscheinlich, dass sie die letzte Petze war!

Das war mehr, als Nala ertrug.

„Ich geh lieber“, murmelte sie. Ohne einen Blick auf die anderen zu werfen, lief sie Richtung Wald. Alle waren schon wieder ganz auf die Reitergruppe fixiert. So stahl sie sich unbemerkt davon. Als Nala außer Sichtweite war, begann sie zu rennen.

4 Steinkreis

Wütend rannte Nala in das Eichenwäldchen hinter der Weide. Sie stolperte mehr als zu laufen. Die Tränen standen in ihren brennenden Augen. Sie übersah Steine und Wurzeln und musste sich immer wieder fangen, um nicht zu stürzen. Wenigstens hatte Nala das Weinen zurückhalten können, solange sie in Sichtweite dieser fiesen Jackie und des hundsgemeinen Leo war. Zum Teufel mit den beiden! Erstaunlich, wie geschickt sie das eingefädelt hatten, und Nala war voll in die Falle getappt. Ein Moment der Unachtsamkeit und schon war sie wieder zur Außenseiterin geworden. Ein Pferd hatte sich verletzt! Das war ja nicht auszuhalten!

Bloß weg hier! Stöhnend und nach Luft ringend, rannte sie so lange, bis ihr der Atem und die Kraft ausgingen. Auf einer Wiese sank Nala keuchend zu Boden und lehnte sich an die mächtige Eiche, die hier wuchs. Endlich ließ sie ihre Tränen fließen. Es dauerte eine ganze Weile, bis sie sich vom Schock erholte. Als Nala wieder klar sah, entdeckte sie den Zauber dieser Lichtung mitten im Wald. Das Mädchen sah sich genauer um und bemerkte, dass rund um den Baum Steine lagen. Sie bildeten einen Kreis. Zwar überwucherten Moos und Farn die hellgrauen Felsbrocken zum Teil, aber es sah eindeutig wie ein Steinkreis aus. Wer den wohl gebaut hatte? Und wie alt war dieser Platz hier?

Langsam breitete sich in Nala ein wohliges Gefühl aus. Ihr Atem beruhigte sich. Erschöpft legte sie sich auf das von der Sonne aufgeheizte Gras und genoss es, sich am Boden auszustrecken. Das Mädchen dehnte ihren vom Laufen angespannten Körper und räkelte sich wie eine Katze. Die Wärme der Erde tat gut. Wie durch Zauberhand wurden ihre Schmerzen mit jedem Atemzug weniger.

Seltsam. So entspannt und sicher fühlte Nala sich sonst nur, wenn sie in einem Buch verschwand oder zeichnete. So wie sie da auf dem Rücken lag und nach oben in die Luft schaute, blickte sie in die Krone der Eiche. Die Blätter raschelten leicht im Sommerwind. Auch die Bäume rings um die Lichtung bildeten mit ihren Wipfeln einen Kreis vor dem Blau des Himmels. Die Wolken zogen mit dem Wind vorüber und nahmen ihre Gedanken mit auf die Reise. Eine wunderbare Leichtigkeit durchströmte Nala. Es fühlte sich an, als ob sie schweben würde. Schwerelos glitt sie in einen eigenartigen Zustand zwischen Traum und Wirklichkeit.

Was war denn das? Da vorne, gleich bei den Brombeersträuchern, stand doch jemand? Eine schwarzhaarige, dunkelhäutige Gestalt, so schien es Nala. Oder war das nur ein Busch, an dem etwas Weißes, Flatterndes hing? Ein Stück Stoff vielleicht? Nein, nein, da war tatsächlich eine Frau zu erkennen. Sie trug ein helles, mit Perlen besticktes Lederkleid und sah genau so aus, wie sie sich eine Indianerin vorstellte. Sie verschlang alle Geschichten über die alten Völker Amerikas und interessierte sich brennend für ihre spezielle Beziehung zu Pferden. Nala hatte gelesen, dass die Reiter tief und innig mit ihren Ponys verbunden waren.

Auf einer Schulter der geheimnisvollen Frau saß ein Vogel, der sein schwarzblau glänzendes Gefieder putzte. Er plusterte sich dabei immer wieder auf, als wollte er sich groß und wichtig machen. Er benahm sich witzig und wirkte auf eine amüsante Art großspurig.

„Moment, er sieht ja aus wie der Rabe, den ich auf der Weide bei Lilou beobachtet habe. Ist er das? Ach was, wahrscheinlich schauen diese schwarzen Vögel alle gleich aus“, dachte sie.

Nala hörte die leisen Geräusche, die der Rabe von sich gab. Kratzend und gurrend klang seine raue Stimme. Oder sprach er mit der Unbekannten? Die näherte sich der Stelle, an der Nala vor Aufregung und um besser zu sehen, aufgesprungen war. Der Rabe war von der Schulter der dunkelhaarigen Frau weggeflattert und hüpfte neben ihr am Boden. Aus der Nähe erschienen die pechschwarzen Augen des Vogels listig und weise. Nala hörte, dass er knarrend, doch deutlich „Tendo“ krächzte.

„Wie du hörst, das ist Tendo, und mein Name ist Blaue Feder. Wie wirst du genannt, kleine Schwester?“, fragte die Fremde.

„Ich heiße Nala“, stotterte sie überrascht.

Verwundert betrachtete Nala sie jetzt aus der Nähe. Ihre Füße steckten in weichen Mokassins. In ihrem Haar waren eine blaue und eine schwarze Feder eingeflochten und eine lange Kette aus Türkisen schmückte ihren Hals. Sie ließ langsam ihren Blick über die Lichtung schweifen.

Dort drüben war aus dem Wäldchen eine Herde von fünf *Mustangs* aufgetaucht. Die Pferde näherten sich. Eine fuchsrote Stute mit vier hellen *Stiefel*n begann neben ihnen zu grasen.

Eine zweite Mustangstute war braun-weiß gescheckt und hatte eine schwarze Mähne. Die beiden langbeinigen Fohlen und ein schokoladebrauner Hengst standen weiter weg bei den Büschen am Rand der Lichtung. Alle Tiere senkten gelassen ihre Köpfe Richtung Erde. Sie rupften und kauten das trockene Gras. Die frei lebende Herde bot einen atemberaubenden Anblick. Nala konnte ihre Neugier nicht mehr im Zaum halten.

„Wer bist du?“ „Wo bin ich hier?“ „Träume ich?“, schoss es ihr durch den Kopf.

„Das sind ja viele Fragen“, stellte Blaue Feder fest. Sie ließ sich auf dem Boden nieder und klopfte sachte auf das Gras, um Nala aufzufordern, sich neben sie zu setzen.

„Ich bin hier, weil du mich gerufen hast. Du bist verwirrt und sehnst dich danach, Freundschaft mit den Pferden zu schließen. Manchmal bekomme ich Besuch von Lehrlingen aus verschiedenen Welten, wenn sie offen genug sind, um sich auf eine besondere Art mit Tieren zu verbinden. Du hast diese Offenheit und die Gabe, in andere Wirklichkeiten einzutauchen.“

„Was ist das für eine Welt?“ Hastig war Nala die Frage herausgerutscht. Sie brannte in ihr, denn das Mädchen konnte nicht fassen, was sie da erlebte. Heimlich hatte Nala das Bein ausgestreckt und wie versehentlich mit ihrem Fuß das Knie der Fremden berührt. Sie wollte unbedingt wissen, wie echt dieser Traum war. Als Nala das Knie mit ihren Zehen anstupste, lächelte Blaue Feder ihr zu und nickte wissend mit dem Kopf.

„Bei meinem Stamm bin ich eine Medizinfrau und Schamanin. Medizinmenschen unterstützen andere bei ihrer Heilung. Wir unterscheiden nicht zwischen seelischer und körperlicher Gesundheit. Alles gehört zusammen. Ich höre die inneren Fragen, die hinter den Sätzen der Menschen versteckt sind. Und darum bist du hier, du stellst interessante Fragen. Du wirst sehen: Fragen sind wichtiger als Antworten. Sei aber vor allem bereit für Antworten auf Fragen, von denen du bisher nichts gewusst hast."

„Hmm, das klang rätselhaft. Eine Medizinfrau, eine Schamanin! Wie seltsam!", dachte Nala.

„Und bist du eine Indianerin?", fragte sie nun neugierig.

„Wir selbst nennen uns entweder Native Americans oder benutzen den Namen unseres Stammes, wie zum Beispiel Lakota, Cherokee und Hopi", erzählte Blaue Feder.

Nala war begeistert. Diese Begegnung war vielleicht das Beste, was ihr passieren konnte! Möglicherweise half die Schamanin dabei, eine Lösung für das Schlamassel zu finden, in dem sie steckte. Das war zumindest eine Chance, dass endlich etwas Abenteuerliches, Ungewöhnliches in ihrem Leben geschah. Nala war bereit für jede Unterstützung, die sie kriegen konnte.

„Die Erfahrungen, die du hier machst, werden dich verändern, mehr als du es dir jetzt vorstellen kannst. Es braucht einen mutigen Schritt, um sich auf mich und diese magische Welt einzulassen. Du musst eine Entscheidung treffen und eindeutig JA sagen, wenn ich deine Lehrerin sein soll."

„Ja natürlich will ich von dir lernen!"

Es gab kein Zögern in Nala, keine Überlegung, keinen Zweifel, nichts davon. Dieses JA kam direkt aus ihrem Herzen. Sie wunderte sich selbst über die Bestimmtheit, mit der sie ihr Einverständnis gab.

„Wenn du so sicher bist, dann wirst du ab jetzt meine Schülerin, ein schamanischer Lehrling sein“, sagte Blaue Feder feierlich.

Das Mädchen blickte auf die Lichtung. Alles war friedlich. Nur der freche Rabe hüpfte aufgeregt herum und schimpfte vor sich hin. Aus ihm wurde Nala nicht ganz schlau. Fasziniert versuchte sie, sein Gekrächze zu verstehen. Sinnlos, es gelang ihr nicht.

„Willst du nicht endlich die Pferde begrüßen?“, fragte Blaue Feder in die abendliche Stille hinein.

„Nichts lieber als das!“, dachte oder sagte Nala. Sie wusste nicht, ob das Gespräch nur in Gedanken stattfand, oder ob sie ihre Stimme benutzte, wenn sie sich mit der Medizinfrau unterhielt. Trotzdem fühlte sich das, was Nala in diesem Steinkreis erlebte, echter an, als alles, was sie bisher kannte.

Schnell und zielstrebig stand sie auf und ging schnurstracks auf den fuchsroten Mustang zu. Nur mehr zwei Meter von ihm entfernt, streckte sie dem Pferd ihre Hand entgegen. Die Stute hob den Kopf, drehte dem Mädchen ihr kräftiges Hinterteil zu und wich ein Stück zur Seite aus. Bei jedem weiteren Versuch, den Nala startete, um sich der in der Sonne glänzenden Fuchsstute zu nähern, wandte sie sich wieder ab.

Beim nächsten Anlauf zuckte das Mädchen zusammen, denn eine Nuss traf sie schmerzhaft, aus großer Höhe, auf den Kopf.

„Autsch!“ Sie blickte nach oben. Da flog doch der freche Rabe? Hatte der sie mit einer Nuss beworfen?

Kopfschüttelnd und lächelnd unterbrach Blaue Feder die vergeblichen Annäherungsversuche und winkte Nala zu sich. Tendo machte Geräusche, als ob er lachen würde. Was war nur schief gelaufen?

„Beobachte zuerst, wie die Pferde sich gegenseitig näherkommen. Sieh genau zu! Denn, wenn du dich mehr wie ihresgleichen benimmst, verstehen die Mustangs besser, was du möchtest“, sprach Blaue Feder. „Die Herde bleibt freiwillig bei mir, keines der Tiere ist angebunden. Nur in der Freiheit erkennst du, ob eine Beziehung echt ist. Dazu gehört, dass ein Tier dir vertraut und dich respektiert. Der rote Mustang, den du dir ausgesucht hast, heißt Tanzendes Feuer und ist die Itancan [ii-TAHN-chun]. So nennen wir in der Sprache der Lakota die Leitstute. Alle, ob Menschen oder Pferde, die eine Gruppe anführen, werden so genannt.“

Still und konzentriert beobachtete Nala die weidende Herde. Glücklicherweise bewegten sich die Mustangs langsam, sonst hätte sie nie einen Überblick bekommen. Grasend schritten die Pferde in Schlangenlinien über die Wiese. Manchmal kamen sie sich näher und kratzten sich gegenseitig am Widerrist. Hin und wieder hob Tanzendes Feuer ihren Kopf. Die anderen Tiere taten es ihr nach. Entspannte sich die Leitstute, fraßen alle weiter. Der kräftige Hengst kontrollierte mit seinem Blick die Umgebung. Die beiden Fohlen, eines schwarz-weiß gefleckt, eines ganz dunkel, sprangen herum. Sie rasten mit wilden Galoppsprüngen über die Weide, buckelten, stiegen und schlugen aus. Wenn eines von ihnen zu frech wurde, genügte der Blick oder eine winzige Bewegung der Stuten. Die Fohlen beruhigten sich, wedelten mit ihren kurzen Schweifen und kauten in der Luft, als ob sie stumm sprechen würden. Was sollte das nun wieder bedeuten?

„Was hast du herausgefunden?“ Blaue Feder schaute das Mädchen offen an. Ihre Augen waren fast schwarz und gleichzeitig leuchtend. Der Blick der Medizinfrau traf Nala im Innersten.

Sie berichtete der Schamanin alles, was sie beobachtet hatte.

„Am wichtigsten ist, dass die Tiere Vertrauen haben und sicher sind, dass du in einer freundschaftlichen Absicht kommst,“, sagte die Medizinfrau. „Raubtiere nähern sich bei einem Angriff direkt und schnell, heben ihre Pfoten mit den todbringenden Krallen oder springen auf den Rücken der Pferde. Bei deinen misslungenen Versuchen, Tanzendes Feuer zu berühren, hast du dich wie ein Raubtier benommen. Du bist direkt und mit hochgehobener, zur Tatze geformter Hand, auf sie zu gegangen. Wenn du mit leicht gesenktem Kopf und in einem Bogen zur Stute schlenderst, bewegst du dich wie ein anderer Mustang, der entspannt grast. Du näherst dich ihr von der Seite! Renn nicht schnell auf sie zu, wie ein gefährlicher Puma.“

Dass sie wie ein Raubtier wirkte und Pferde vor Menschen mit ihren schnellen und zielgerichteten Bewegungen zurückschreckten, wäre dem Mädchen nie in den Sinn gekommen. Es dämmerte Nala, dass sich all ihre Ansichten über diese Tiere verändern, vielleicht sogar umkehren würden.

„Die Mustangs haben, genauso wie wir Menschen, empfindliche und intime Körperstellen, wie zum Beispiel den Bauch oder den Kopf. Wie würdest du es finden, wenn ein Fremder auf dich zu kommt und dir direkt ins Gesicht greift?“

„Furchtbar wäre das."

„Siehst du, und ein Pferd fühlt genauso. Es zieht sich zurück."

„Wo soll ich denn Tanzendes Feuer zuerst berühren?"

„Am besten an der Schulter oder am Widerrist. Das ist für sie so, als ob dir jemand die Hand geben würde".

„Okay, das kann ich mir vorstellen."

„Die Augen dieser Fluchttiere liegen an den Seiten des Kopfes. Pferde sehen damit fast rundum. Vorne und hinten haben sie eine Art blinden Fleck. Sie können niemanden erkennen, der dort steht. Da du dich ab jetzt seitlich annähern wirst, gibst du den Mustangs die Chance, zu beobachten und einzuschätzen, ob du vertrauenswürdig bist."

Blaue Feder sprach weiter: „Hebe langsam die Hand von unten vor die Nase der Stute, damit sie daran schnuppern kann. Tanzendes Feuer erkennt deinen Geruch. Er sagt dem Mustang, ob du ängstlich bist, wo du vorher warst, was du gegessen hast und vieles mehr. Pferde haben einen sehr feinen Geruchsinn und sie verlassen sich auf ihn."

Nala, die das Wissen der Medizinfrau aufsog wie ein Schwamm, nickte zustimmend und fasziniert. Blaue Feder legte die Hand auf ihr Herz und sprach weiter: „Das Wichtigste ist dein offenes Herz. Sei bereit in die Seele des Pferdes zu sehen, um sein Wesen zu erkennen. Sei gleichzeitig darauf gefasst, dass diese wundervollen Tiere dich sofort durchschauen. Du kannst nichts verstecken, kein Gefühl, keine Stimmung, keine Absicht. Ein freies, ungebrochenes Pferd spürt dein Innerstes und das solltest du wollen und zulassen. Jede einzelne Begegnung ist kostbar und etwas Besonderes. Eins-Sein, Iyuptala [ii-yoo-P'TAH-lah], nennen wir das Verbundensein mit der Natur, dem Himmel, der Erde und mit dem Wesen, dem du gegenüberstehst. Für mein Volk ist es selbstverständlich, dass alle Tiere unsere Brüder und Schwestern sind."

Tendo war zur Fuchsstute geflogen. Der schwarzblau schimmernde Vogel hüpfte vor dem Pferd herum. Er flog wieder zu Nala zurück und landete zwischen der Medizinfrau und ihr. Forderte der Rabe sie auf, mit dem Mustang Kontakt aufzunehmen? Im Moment schien dieser schwarze Vogel nicht mehr frech, sondern eher aufmunternd zu sein.

Nala stand ruhig auf und ging in langgezogenen Schlangenlinien über die Lichtung zur Fuchsstute, um sich ihr von der Seite zu nähern. So hatten es die Mustangs vorhin getan. Die Leitstute, Itancan, hob kurz den Kopf, schaute das Mädchen an und ließ ihr Maul wieder Richtung Gras sinken. Sie atmete tief durch, denn sie durfte nun die Schulter und den Hals des Pferdes berühren. Nala spürte das sonnenwarme, weiche Fell unter ihren Fingern. Nala wurde leicht ums Herz. Sanft kraulte sie Tanzendes Feuer am Widerrist und wurde dafür mit einem leisen Schnauben belohnt. Sie hatte zum ersten Mal ein frei lebendes Pferd berührt! Kein Strick, kein Zaun, kein Zwang, nichts hielt diese Stute fest. Wie Blaue Feder ihr geraten hatte, ließ sie sich beschnuppern und Tanzendes Feuer senkte ihre weiche Nase in Nalas offene Hand.

„Ich will dich kennen lernen", flüsterte sie dem starken, wilden Pferd zu. Danach sehnte sie sich aus tiefstem Herzen.

Nach einer kurzen Weile, die Nala ewig erschien, krächzte Tendo und begann einen aufgeregten Hüpftanz. Sie nahm die restliche Herde wieder wahr und kam erfüllt zur alten Eiche zurück. Dort saß schmunzelnd Blaue Feder.

„Und, wie war es?"

„So etwas Außergewöhnliches habe ich noch nie erlebt."

„Der erste Schritt ist getan. Genug für heute. Was du einmal gelernt hast, ist ein Geschenk und gehört für immer dir. Geh jetzt, aber du darfst jederzeit wiederkommen, wenn du mich brauchst."

Nala wachte auf. Sie fröstelte ein wenig. Die Sonne stand tief. Der Schatten des Baumes fiel auf das Mädchen. Die Lichtung war leer, ein sanfter Wind wehte und die Blätter raschelten leise. Was war geschehen, hatte sie geträumt? Durcheinander, aber glücklich. Ja, so fühlte sie sich. Wahnsinn, sie hatte ein frei lebendes Pferd berührt! Eine Medizinfrau kennengelernt! Ihre Sorgen waren im Moment weit weg. Sie machte sich auf den Rückweg zum Reiterhof und beschloss, niemandem von diesem Erlebnis zu erzählen. Niemand, außer vielleicht Lilou.

5 Rabe

Es war schon fast Nacht, als Nala zurückkam. Greta erwartete sie auf der Bank vor dem Haus.

„Wo warst du denn, um Himmels Willen? Ich habe mir Sorgen gemacht!“, fragte sie vorwurfsvoll. „Du kannst doch nicht abhauen und keinem Bescheid sagen!“

„Ich bin bei der alten Eiche gewesen und dort eingeschlafen, tut mir leid“, entschuldigte sich Nala. Sie hatte nicht geplant, so lange im Wald zu bleiben und sah nun ein, dass sie nicht einfach weglaufen konnte.

„Samsara erholt sich schon bald. Sie braucht ein paar Tage Ruhe. Morgen suchen wir ein anderes Pferd für dich aus“, lenkte die Reitlehrerin tröstend ein. „Normalerweise solltest du sofort wieder in den Sattel steigen. Ich hoffe, du hast den Schreck inzwischen überwunden.“

„Geht so …“, Nalas Antwort fiel recht einsilbig aus. „Am besten lege ich mich gleich ins Bett.“

„Claire hat dir Kakao und Kekse in dein Zimmer gestellt. Ist wirklich alles in Ordnung?“ Die Reitlehrerin spürte, dass das Mädchen nicht offen war.

Nala trug noch immer das Glück in sich, das die Begegnung mit der Medizinfrau und der Mustangherde ausgelöst hatte, war hundemüde und freute sich auf ihr Dachkämmerchen. Sie kuschelte sich ins Bett und nahm gleich den Skizzenblock in die Hand. Aus ihrem Gedächtnis kritzelte sie

Zeichnungen aufs Papier. So konnte sich Nala am besten merken, was sie gelernt hatte. Das Zeichnen half beim Erinnern. Zufrieden ließ sie den Stift nach einer Weile sinken und betrachtete abschließend die Skizzen. Sie fand besonders die Hand, die zu einer Raubtiertatze wurde gelungen und freute sich über ihre Idee diese Erkenntnis so darzustellen.

Das Mädchen hörte ein leises Klacken am Fensterglas. Draußen saß ... Tendo?! Ein Rabe jedenfalls, und er klopfte gegen die Scheibe. Nala öffnete das Fenster. „Bist du es Tendo?“ Der Vogel hielt den Kopf schief und nickte. Es sah aus, als ob er weiter mit seinem schwarzen Schnabel in die Luft klopfen würde. War das eine Bestätigung? Er krächzte leise vor sich hin. Nala hatte den Verdacht, dass er sich über sie lustig machte. „Dann gute Nacht, Rabe! Tendo?“, wünschte sie und warf sich aufs Bett.

Am Morgen erschien Nala pünktlich zur Stallarbeit. Rosalie stellte die Schubkarre in ihrer Nähe ab. Sie wirkte unsicher. Hatte sie gestern doch etwas bemerkt? Nach ihrem Sturz hatte Nala kurz das Gefühl gehabt, dass das rothaarige Mädchen verlegen war. Sie hatte sich nicht getraut, ihr in die Augen zu schauen. Die unglückliche Situation war schon lange vorbei, und vor allem überdeckt von ihrer Traumreise unter der alten Eiche.

Nala vermied jedes Gespräch über den Unfall, sie wusste nicht, was es noch zu sagen gab. Die Reitstunde gestern war schrecklich gewesen. Aber was sie im Steinkreis erlebt hatte, machte alles wieder wett. Nalas Stimmung änderte sich blitzartig, je nachdem, in welche Erinnerung sie eintauchte. Wie sollte sie mit der Spannung zwischen den beiden Wirklichkeiten umgehen? Am liebsten hätte sie nur an die Begegnung mit den Mustangs und an Blaue Feder gedacht. Wenn sie sich aber voll auf diese Welt konzentrierte, lief sie Gefahr, erneut in eine Falle zu tappen. Vorsicht war die Mutter der Porzellankiste. Igitt, die Sprichwörter ploppten unkontrolliert wie ein Schluckauf aus ihrem Unbewussten hervor.

Am Nachmittag eilten alle gemeinsam zur Koppel. Einige Araber waren schon angebunden und zum Abholen bereit. Samsara stand bei den Pferden, die frei auf der Weide grasten. Die weiße Lilou war ein Stück von der Herde entfernt.

Greta lehnte gut gelaunt am Zaun, keine Spur mehr von der gestrigen miesen Stimmung. In der Mittagshitze, die über dem Tal lag, waren alle, Pferde und Menschen, träge geworden. Die Kleidung klebte ihnen am Leib. Die Araber schwitzten in der Sonne, obwohl sie sich nicht bewegten. Selbst für diese abgehärteten Wüstenpferde war es heiß. Die Feriengruppe drängte sich im Schatten zusammen.

„Die gestrige Reitstunde ist, für fast alle, gut gelaufen. Ich werde euch deshalb an den Nachmittagen mit den Pferden viel Freiraum lassen. Schließlich habt ihr Ferien und lernt am Vormittag Französisch. Nach dem Mittagessen könnt ihr die Zeit meistens so verbringen, wie ihr wollt. Manchmal werdet ihr gemeinsamen Reitunterricht haben. Ihr dürft auch einen Ausritt machen oder schwimmen gehen. Hier gibt es einen Fluss, in dem man gut baden kann. Ich beobachte euch vor allem in den nächsten Tagen ganz genau! Meine Tiere sind mir sehr wertvoll. Stellt ja keinen

Unfug an, denn da bin ich vollkommen humorlos!" Greta fuhr fort: „Da Araber menschenbezogen sind, möchte ich nicht, dass ihr die Pferde zu oft wechselt. Mir ist klar, dass ihr alle euer Lieblingspferd reiten wollt. Ich hoffe, wir finden für jeden das Richtige."

Die Hälse der Mädchen und Jungs wurden lang und streckten sich der Herde entgegen. Lilou war eindeutig Nalas Herzenspferd. Ihr Blick wurde von der Schimmelstute magnetisch angezogen. Nach allem, was sie von Paul gehört hatte, stand die scheue Lilou sicher nicht zur Auswahl. Nala konnte nur daran denken, wie sie es anstellen sollte, mit diesem Pferd zusammen zu sein. Ihre innere Stimme wurde immer lauter: „Ich will nicht nur auf dem Pferd sitzen. Nicht, weil ich gestern herunter gefallen bin. Der Schreck sitzt mir zwar noch ein wenig in den Gliedern, aber wichtiger ist, dass genau diese weiße Außenseiterin mir am Herzen liegt. Wir kennen uns im Innersten! Reiten ohne eine besondere Beziehung zum Pferd erscheint mir sinnlos, nach allem, was ich erlebt habe. Ich möchte eine echte, tiefe Verbindung zu einem Tier. Und die gibt es bereits! Und zwar mit Lilou! Wir gehören zusammen!"

Greta riss sie aus ihrer Träumerei: „Nala, was machen wir denn mit dir? Wenn du fit bist, suchst du dir ein Reitpferd aus."

Peinlich! Es war ihr gar nicht recht, dass sie direkt angesprochen und hervorgehoben wurde.

„Jetzt schnell eine Lösung finden! Soll ich so weitermachen wie bisher und brav das tun, was von mir erwartet wird oder meinem Herzen folgen, wie Blaue Feder es mir geraten hat?" Nala erinnerte sich daran, wie sie sich für Tanzendes

Feuer geöffnet hatte. „Das ist es, was ich wirklich will! Ich will für mein Glück kämpfen." Aber hier, mitten in der feindseligen Gruppe und unter dem strengen Blick von Greta? Vor diesen Menschen zu dem zu stehen, was ihr Innerstes wollte, war schwer. Nala fühlte sich angreifbar und verletzlich. Sollte sie das Risiko eingehen, und aus der Reihe tanzen? Etwas Derartiges hatte sie sich noch nie bewusst getraut! In der Schule war ihr das immer wieder passiert. Sie war dafür ausgegrenzt worden und es hatte weh getan. Der Konflikt schien unlösbar.

Da schwebte eine winzige, schwarze Feder durch die Luft und berührte bei ihrem Tanz im Wind zart Nalas Wange. Das Mädchen tauchte wie aus einer Trance auf und plötzlich war ihr alles klar. Wie ein Blitz durchzuckte Nala ein Gefühl von Mut und Stärke. Sie musste es wagen, ihren Wunsch auszusprechen! Jetzt oder nie!

„Ich will Lilou!", ihre Stimme klang fremd, aber bestimmt. Wo kam diese Sicherheit her? Es war, als hätte ihre neue Lehrerin, Blaue Feder, Nala ins Ohr geflüstert. Sie fühlte, wie die Medizinfrau hinter ihr stand und den Rücken stärkte. Nalas Haltung straffte sich wie von selbst. Sie richtete sich auf. Mit offenem Blick sah sie Greta an.

„Lilou? Woher kennst du ihren Namen und was weißt du über sie?", fragte die Reitlehrerin überrascht. „Sie lässt sich bisher nicht angreifen, nicht führen, schon gar nicht reiten. Im Übrigen ist die Stute erst seit ein paar Tagen hier. Wir haben uns selbst noch nicht richtig mit ihr beschäftigt. Wie kommst du darauf, dass du mit Lilou arbeiten kannst? Nein, das geht nicht! Ich werde diese Verantwortung nicht übernehmen.“ Greta war sichtlich irritiert und schüttelte den Kopf.

„Lilou ist mir sofort aufgefallen und Paul hat mir ihre Geschichte erzählt. Lass es mich versuchen! Ich möchte sie nur anfassen und streicheln. Schaffe ich es, darf ich weiter mit ihr zusammen sein! Abgemacht? Du hast nichts zu verlieren. Bitte! Es ist mir wirklich wichtig!“ Nala kämpfte mit ganzer Kraft für ihren Herzenswunsch.

„Was für eine Verrücktheit! Wenn ich mich auf dieses Experiment einlasse, habe ich sehr wohl etwas zu verlieren. Das kann gefährlich werden. Du hattest erst gestern einen Unfall! Was fällt dir da bloß ein?“ Dass Greta ihrem Vorschlag nicht wohlwollend gegenüber stand, war die Untertreibung des Jahrhunderts. Sie stellte sich total dagegen. Bitten und Betteln half nichts.

„Was soll ich nur machen?“, fragte Nala sich. „Wie kann ich Greta überzeugen? Ich schaffte das nicht alleine! Ich brauche Unterstützung! Ein Zeichen! Vielleicht überzeugt sie ein Zeichen!“ Sie sehnte sich so sehr nach Hilfe.

Wie aus dem Nichts kam der Rabe angeflogen. Er kreiste zuerst über dem Mädchen, dann landete er sanft auf ihrer Schulter, hob seinen Schnabel und krächzte. Regungslos erstarrte Nala. Das war ja unheimlich!

Alle anderen erstarrten auch. Selbst Greta wurde zur Salzsäule.

Es war ein absolut schräges und ungewöhnliches Gefühl, einen so großen Vogel auf der Schulter sitzen zu haben. Nala spürte sein Gewicht und die Krallen, die durch ihr Shirt drangen. Sie hielt den Atem an.

Plötzlich erhob sich der Rabe und flog laut krächzend quer über die Weide zu Lilou. Die Schimmelstute hob den Kopf, schaute zu Nala, und als der schwarze Vogel wieder zu dem Mädchen zurückflog, folgte ihm das Pferd! Lilou ging langsam und bedächtig ein paar Schritte auf sie zu!

Magie lag in der Luft. Die ganze Gruppe spürte die Spannung, die sich aufgebaut hatte. Eine unsichtbare Verbindung war zwischen Nala, dem Raben und Lilou entstanden. Das Band war fast greifbar.

Die Pferdetrainerin blickte zu Paul, der stumm den Strohhut vom Kopf nahm und sich mit seiner sonnengebräunten Hand durch die grauen Haare fuhr.

„So was“, murmelte er.

Greta, die genauso überrascht war wie Nala, überlegte. Das Mädchen wartete gespannt. Die Reitlehrerin nickte, wie um ihre eigenen Gedanken zu bejahen, und stellte fest: „Ich vertraue auf mein Gefühl und die geheimnisvollen Herzensverbindungen, die ich schon oft erlebt habe, wenn es um Pferde und Menschen geht. Versuch dein Glück. Falls es nicht gelingt, sind wir ja da um dir zu helfen.“

„Danke!“, Nala war so glücklich über diese Chance. Jetzt durfte sie ja nichts falsch machen. Alle Anweisungen, die Blaue Feder ihr gegeben hatte, tauchten sofort aus der Erinnerung auf. Das Wichtigste war, zu spüren, wie ihr Herz sich ganz für das ängstliche Tier öffnete.

Vollkommen ruhig ging sie über die Koppel auf ihr Lieblingspferd zu. Obwohl die Araberstute näher gekommen war, stand sie noch immer abseits der Herde und beobachtete Nala misstrauisch.

Ganz so leicht, wie sie sich das vorgestellt hatte, gestaltete sich ihr Vorhaben nicht. Lilou war nicht wie Tanzendes Feuer eine freie, ungestörte Seele. Sie hatte eine schlimme Geschichte hinter sich und war viel vorsichtiger als die Mustangstute. Instinktiv stoppte Nala ihre Annäherung an das scheue Pferd, hockte sich auf die Wiese und wartete ab. Gestern, auf der Lichtung im Wald, war alles einfacher gewesen.

Erst als Lilou neugierig zu ihr schaute, stand das Mädchen langsam wieder auf und schlenderte in einem großen Bogen auf den Schimmel zu, während sie selber wie ein grasendes Pferd zu Boden blickte. Beim geringsten Heben des Kopfes der Stute verharrte Nala und duckte sich ein wenig. Bei jeder Entspannung Lilous ging sie weiter auf das Tier zu.

Halt! Vorsicht! Lilou war ein paar Schritte zur Seite ausgewichen! Vage nahm Nala die Zuschauer wahr. Nur jetzt keine Störung! Bloß kein lautes Geräusch! Die Zuseher! Das war es, was sie und ihr Herzenspferd irritierte! Nala war nicht ganz bei der Sache. Die Gruppe lenkte sie ab und das spürte Lilou. Was hatte Blaue Feder gesagt? „Du kannst deine Absichten und Gefühle vor einem Pferd nicht verstecken!", erinnerte sie sich.

War sie zu angespannt, weil sie Greta etwas beweisen musste? Wollte Nala erzwingen, dass Lilou sich ihr zuwandte? Es leuchtete ein, dass dieses verletzliche Wesen sie nicht heranließ!

Nala wurde glasklar, dass sie besser alles vergaß, was um sie herum vorging. Sie ließ das Beweisen wollen und das Drängen los.

Einatmen, ausatmen, loslassen.

Es ging nur mehr um Lilou und sie, um das Einssein, Iyuptala. Es zählte das Vertrauen in die Verbundenheit und nichts anderes.

Erst als ihr Gedankenstrom vollkommen versiegt war, empfand sie eine überschäumende Freude. Nala war knapp einen Meter von der Araberstute entfernt. Sie hob sanft ihre Hand unter Lilous Nase. Einen Augenblick lang zögerte das weiße Pferd. Es zog sich in einer minimalen, fast unsichtbaren Bewegung zurück. Nala hielt inne. Sie spürte, dass es um eine Entscheidung ging. Lilou senkte ihren Kopf noch ein wenig und endlich streckte die scheue Stute ihr die Nase entgegen. Auf ihrer Hand fühlte sie die warme Atemluft aus den Nüstern Lilous. Die weichen Tasthaare rund um ihr Maul kitzelten ihre Finger.

„Geduld, hab Geduld", beruhigte sie sich.

Dann war es so weit! Nala machte einen letzten Schritt und stand neben der Schulter ihres Lieblings. Die Nähe fühlte sich wundervoll an. Das Mädchen ertastete die Wärme des Fells und ein überwältigendes Glücksgefühl durchströmte sie. Lilou schnaubte leise. Etwas Außergewöhnliches geschah, sie waren eins. Iyuptala! Ein Lächeln hatte sich über Nalas Gesicht ausgebreitet. Erleichtert blickte sie

Greta an. Das war ein Moment der Stille, und Nala genoss ihn.

Das heisere Gekrächze des Raben zerschnitt die Spannung.

Die andern Mädchen und Jungs vom Feriencamp waren schon wieder abgelenkt und dabei, um ihre Lieblingspferde zu streiten. Wahrscheinlich hatte Nala sich deshalb in aller Ruhe an Lilou annähern können. Leo und Jackie beschäftigten sich damit, die besten Pferde zu ergattern.

„Ich will auf Nakar reiten! Er sieht am schönsten aus, mit seinem schwarzen Fell, total cool. Wir passen total zusammen“, herrschte Jackie den etwas linkischen Luka an. Er wagte nicht zu widersprechen.

„Amina und Alaia sind sooo süß! Wie Prinzessinnenpferde! Wir werden ihre Mähnen flechten und sie herausputzen. Wir lieben sie!“ Die Zwillinge waren sich einig und wie es aussah, machte ihnen niemand ihre Lieblingspferde streitig.

Leo bestand darauf die große, braune Stute Anouk zu reiten, wobei es schwachen Widerstand von Ben gab, der auch Anspruch auf diesen Araber erheben wollte.

Rosalie hatte sich für Merida, eine temperamentvolle Fuchsstute mit breiter, weißer Blesse, entschieden.

Lächelnd wandte sich Greta der Gruppe zu und griff schlichtend in die Diskussion ein. Sie hörte sich Argumente an, sprach hin und wieder ein Machtwort und versuchte allen Wünschen gerecht zu werden.

Nala stand glücklich neben Lilou, die sich weiter streicheln ließ. Sie wollte so bald wie möglich in den Steinkreis zurück, um zu träumen und zu erfahren, wie es weitergehen sollte. Was war der nächste Schritt, um das Vertrauen des weißen Pferdes zu gewinnen? Blaue Feder wusste sicher Rat.

6 Wolfsherz

Heute musste Nala Greta treffen und ihr sagen, dass sie zur alten Eiche wollte. Noch einmal würde die Pferdetrainerin es ihr nicht verzeihen, wenn sie im Wald verschwand.

Sie ging an der Gruppe vorbei und hörte hinter sich zischelnde Stimmen: „Die ist sicher eine Hexe! Habt ihr gesehen, wie der Rabe auf ihre Schulter geflogen ist? Oder hat die Verrückte ihn dressiert? Das ist doch nicht normal!“

„Langsam kommt mir das Gruseln“, raunte es hinter ihr.

„Na ja, immerhin ist die Stute zu Nala gekommen,“ verteidigte sie jemand, der Stimme nach könnte es Rosalie sein.

„Wie hat sie das gemacht? Greta hat doch gesagt, das Pferd lässt sich nicht berühren. Und wie seltsam sie herumgeschlichen ist. Was soll denn der Blödsinn?“

„Dieser vergammelte Schimmel? Der taugt nichts, aber bitte, wenn die Spinnerin es sich einbildet! Reiten wird sie auf dem Gaul ja doch nie können!“ Das klang nach einem Jungen.

Ohne die anderen zu beachten, strebte Nala auf die Besitzerin des Gestüts zu und versuchte, die Fassung zu bewahren. Sie musste unbedingt in den Steinkreis. Das Mädchen hoffte inständig, dass sie dort auf Blaue Feder und die Mustangs treffen würde.

Greta sprach sie an: „Du hast mich heute wirklich überrascht. Ich bin sehr gespannt, wie es mit euch beiden weitergeht“.

„Um das herauszufinden, muss ich in den Wald, zur Eiche,“ antwortete sie hastig.

„Zur großen Eiche im Steinkreis?“, fragte Greta. „Aha, verstehe ...“

Diese Reaktion verblüffte Nala. Wusste die Trainerin, was dort vorging? Was „verstand“ sie?

Egal, es war jetzt keine Zeit für ein langes Gespräch. Sie hatte sich abgemeldet. Alles andere war ihre eigene, geheime Sache. Normalerweise hätten sie die hinterrücks getuschelten Worte wie: „Hexe“, „Spinnerin“ oder „Verrückte“ verletzt. Aber nach ihrer wunderbaren Erfahrung mit Lilou war sie voller Vorfreude. Sie genoss den Weg zur Lichtung. Was scherte sie das Geschwätz der anderen. Eine Hexe sollte sie sein? Es war ihr egal, ob einige aus der Gruppe sich gruselten! Sie hatte sich auch vor der Schlange gefürchtet! Und Samsara erst recht!

Bald hatte sie den riesigen Baum gefunden. Hoffentlich tauchten die Mustangs auf! Nala fühlte sich unsicher. Es war ja nicht selbstverständlich, dass sie gleich wieder in diese Zauberwelt eintauchen würde. Das Mädchen lehnte sich an die alte Eiche. Die Blätter über ihr bildeten ein schützendes Schattendach.

Was musste sie tun, um in die andere Wirklichkeit zu gelangen? Blaue Feder hatte ihr gesagt, dass sie jederzeit wiederkommen durfte. Wo war die Medizinfrau denn nun?

Nala wünschte sich, so fest sie es nur konnte, dass die Schamanin erschien.

Nichts geschah. Lange wirklich gar nichts. Viel zu lange. Wie war sie gestern in die Zauberwelt gelangt? Nala versuchte, sich zu erinnern.

Erstens hatte sie den Steinkreis betreten.

Zweitens hatte sie sich hingelegt, die Augen geschlossen und sich entspannt. Sie war mit dem Boden und der Umgebung verschmolzen.

Drittens war sie verzweifelt gewesen und wollte dringend eine Lösung finden.

Könnte sie so durch das Portal in die Anderswelt gelangen? Den Steinkreis betreten, den Körper und die Spannung loslassen, sich für die Natur öffnen und dabei die Absicht haben, etwas zu lernen?

Den ersten und den dritten Punkt hatte sie erfüllt, nur das Verschmelzen mit der Umgebung und Entspannen hatte Nala ausgelassen. Einfach ausprobieren! Ihr fiel ja sonst nichts Besseres ein .... Sie schloss die Augen und lehnte sich an den Baum. Er war so alt und dick, dass es drei oder vielleicht sogar vier Menschen mit ausgebreiteten Armen brauchte, um ihn zu umspannen. Bevor sie die Hoffnung verlor, fühlte Nala die raue Rinde des Stammes und vor allem die Lebendigkeit und Energie der Eiche. Der Baumstamm stärkte ihr den Rücken und dieses Gefühl erkannte sie wieder. Genauso war es gewesen, als Blaue Feder hinter ihr gestanden hatte. Nala entdeckte eine neue, ungeahnte Kraft, die sie aufrichtete. Die Rinde der Eiche begann sich zu verändern! Sie wurde weicher und beweglicher, bis schließlich die Schamanin seitlich neben ihr aus dem Baum heraus trat. Verrückt! Wie konnte das nur möglich sein? Sprachlos starrte sie die Medizinfrau an. Blaue Feder benahm sich, als ob das alles ganz normal sei. Nala stand noch immer der Mund offen. In der Ferne entdeckte sie die Herde, hörte das Hufgetrappel. Aber halt, was war da?

Ein Junge, ein wenig älter als sie, sprang übermütig über die Wiese und die Mustangherde galoppierte hinter ihm her! Er stoppte den Lauf abrupt und rannte nach rechts. Wieder folgten ihm die Pferde. Stopp! Nach links! Die Mustangs ahmten seine Bewegungen nach!

Staunend sah Nala zu.

„Das ist Wolfsherz. Ich finde, ihr solltet euch kennenlernen, denn er ist auch ein Schüler von mir und damit dein Medizinbruder". Blaue Feder hielt sich nicht mit einer Begrüßung oder langen Vorreden auf.

Wolfsherz löste sich von der Herde und setzte sich zu ihnen. Nala hatte die Gelegenheit, ihn genauer zu betrachten. Der Junge war ein Native American wie seine Lehrerin. Er hatte dichte schwarze Haare, einen gebräunten Körper und auch sonst war er ... süß? So hätte man ihn wohl in der alltäglichen Wirklichkeit genannt. Er atmete heftig von der Anstrengung beim Lauf mit der Herde. Sein Gesicht strahlte vor Freude.

Trotzdem! Das hatte ihr noch gefehlt! Ein zweiter Schüler! Und ausgerechnet ein Junge! Dadurch wurde bestimmt alles schwieriger. Nala wusste nicht recht, ob ihr die Neuigkeit gefiel. Sie wollte Blaue Feder für sich haben, empörte sie sich innerlich.

„Du kannst von Wolfsherz lernen und mit ihm üben. Er ist schon eine Weile bei mir", ungerührt sprach die Medizinfrau weiter, obwohl sie sicher den abwehrenden Blick bemerkte, den Nala dem Jungen zuwarf.

„Heute hat er dir gezeigt, wie es ist, wenn man die Herde führt, und die Mustangs folgen. Das werden deine nächsten Übungen sein. Zuerst mit nur einem Pferd. Wir nennen diese Kunst: Führen und Folgen oder Itancan und Waunca [wah-OON-chah]. *Waunca* ist derjenige, der folgt."

„Puuh, ist das nicht ein bisschen viel?", wollte Nala wissen. Irgendetwas sträubte sich in dem Mädchen, seit Wolfsherz hier war. Einerseits gefiel er ihr, andererseits war sie ein wenig eifersüchtig. Das konnte ja heiter werden.

Blaue Feder ignorierte ihren Einwand. „Lass uns von vorne beginnen, bei der Herde. Gemeinschaft ist das Wichtigste für ein Pferd", stellte die Schamanin klar. „Folgen heißt vertrauen. Das ist bei allen Wesen so, auch bei Kindern. Sie folgen nur, wem sie vertrauen. Die meisten Menschen kennen diesen einfachen Grundsatz leider nicht."

Nala hörte auf die Laute, die die Tiere von sich gaben. Das Rascheln vom Kauen der Gräser, das Schnauben oder das leise Ächzen, wenn einer der Mustangs sich am Boden wälzte. Das war die Geräuschkulisse dieses sonnigen Nachmittags. Sie genoss das. Mitten in der Herde zu sein, fühlte sich großartig an. Tanzendes Feuer stand heute neben dem dunkelbraunen Hengst. Erst jetzt sah Nala, dass er ein braunes und ein blaues Auge hatte. Er wirkte geheimnisvoll. Die beiden Leittiere hoben ihre edlen Köpfe und wachten über die Fohlen.

„Schau, die jungen Pferde kauen mit ihren Mäulern scheinbar in der Luft. Woran erinnern dich diese Bewegungen?"

„Es sieht aus, als ob sie Milch saugen wollten, finde ich."

„Richtig, das ist eine Unterwerfungsgeste. Meistens sind sie vorher zu frech gewesen und haben ihren Fohlenstatus, eine Art Freibrief, um die Regeln ein bisschen zu übertreten, überreizt. Wenn sie merken, dass ihnen dafür eine Strafe droht, wollen sie zeigen: Ich bin noch ganz jung, hab's nicht besser gewusst ... Manchmal sind dann die erwachsenen Pferde nachsichtiger. Die beiden stürmischen Fohlen erforschen dadurch ihre Stellung in der Herde," erklärte Blaue Feder. „Diese Mustangs sind nicht vollkommen wild. Sie sind an Menschen gewöhnt und wir reiten sie. So ist es leichter für dich, ihre Sprache zu lernen." Die Medizinfrau nahm sich viel Zeit, um Nala ihr spezielles Pferdewissen näher zu bringen: „Innerhalb der Herde herrscht eine klare Struktur. Es gibt die Leitstute, Itancan. Sie entscheidet, wohin die Gruppe geht, wer dazugehört, wie schnell sie sich gemeinsam fortbewegt. Sie ist nicht immer die stärkste, sondern oft die aufmerksamste Stute. Daher sieht sie einen Feind zuerst. Die anderen verlassen sich auf sie. In einer Fluchtsituation galoppiert Tanzendes Feuer voran. Am Schluss läuft der Leithengst, Wakanda. Er kümmert sich um die Sicherheit, indem er aufpasst, dass keiner zurückbleibt. Wenn es einen Angreifer gibt, wird er mit ihm kämpfen und die Herde verteidigen. Eine Bewegung der Pferde ist nicht nur in Gefahrensituationen nötig, sondern auch bei der Futter- oder Wassersuche."

Wiehernd hob Wakanda den Kopf, als ob er mitgehört hätte. Mit seinem dunkel glänzenden Fell strahlte er Kraft und Stolz aus. Aufmerksam hatte er die Ohren nach vorne gerichtet, aber sobald nur der leiseste Laut zu hören war, folgten sie dem Geräusch.

„Für einen Mustang ist es absolut lebensnotwendig herauszufinden, wer höherrangig ist und vorausläuft, wenn eine Gefahr droht. Kann es hinter der Itancan her laufen, wenn ein Puma kommt? Falls nicht, entscheidet das Pferd selbst, wohin es flüchtet. Damit führt es dich und du folgst. Diese Klarheit, wer Itancan und Waunca ist, dient dem Überleben. In der Natur werden Entscheidungen oft in wenigen Augenblicken getroffen. Alle Tiere sind so miteinander verbunden, dass sie eins sind, wie ein Schwarm Vögel oder Fische. Meistens reagiert die Herde so schnell, dass man von außen kaum feststellen kann, wer als Erstes die Richtung wechselt. Das ist auch eine Form von Iyuptala, Einssein."

„Mir war nicht klar, dass Pferde immer noch so mit ihren Urinstinkten verbunden sind. Ich kenne sie ja nur aus Ställen und in der Obhut von Menschen", erzählte Nala aus ihrer Erfahrung.

„Jedes dieser wunderbaren Wesen ist wild. Deshalb faszinieren Pferde uns. Das Zusammensein mit ihnen ist heilsam. Wir nennen das Wasté [waschtee], was ‚gut' oder ‚alles ist gut' bedeutet. Denn unsere eigene Natürlichkeit wird aufgeweckt, einfach dadurch, dass wir in einer Herde stehen. Freu dich darauf, endlich wieder an die innere Wildheit und Kraft erinnert zu werden. Für ein Mädchen ist das besonders wichtig. Auch wenn man in deiner Welt vielleicht anderer Meinung ist."

Nala war so gefangen von dem Wissen, das Blaue Feder mit ihr teilte, dass sie Wolfsherz vergessen hatte.

Der saß am Boden und neckte Tendo. Von ihr unbemerkt, war der schlaue Rabe angekommen und machte sich mit seinen kratzenden Lauten bemerkbar. Er streckte den Schnabel in die Luft und spreizte die Flügel. Wolfsherz fütterte ihn aus der Hand mit Nüssen. Er lächelte schüchtern zu Nala herüber. Sie konnte nicht anders, sie lächelte zurück.

7 Vertrauen

„Komm, wir spielen Itancan und Waunca“, ermunterte sie Wolfsherz.

„Spielen? Was meinst du damit?“, fragte Nala irritiert.

„Ich nenne alles, was ich mit den Pferden mache, spielen. Du solltest die Übungen ein bisschen lockerer sehen. Tiere spüren es, wenn du verkrampft bist. Du hast weniger Kraft, hältst den Atem an, sie wittern deine Angst. Und die schwächt. Stell dir vor! Die Mustangs können aus einigen Metern Entfernung unseren Herzschlag hören. Der verrät ihnen jede Emotion oder Spannung. Mach dir und den Pferden nichts vor. Es gibt keine Chance sie zu täuschen. Bist du nun bereit zum Spielen?“, lud er Nala ein.

„Du zuerst. Ich muss mir das noch einmal ansehen“.

„Klar“, antwortete Wolfsherz. „Komm gleich mit zu Mondlicht, sie ist eine sehr sanfte Stute.“

Nachdem die beiden den Schecken gekrault hatten, stellte ihr neuer Medizinbruder sich auf Kopfhöhe neben den Mustang.

„Das würde die Leitstute tun ...“ Er richtete sich auf und kommentierte dabei seine Bewegungen. „Die Itancan hebt ihren Kopf, denn sie hat etwas entdeckt. Sie macht sich bereit loszulaufen. Das erregt die Aufmerksamkeit aller anderen. Das ranghohe Tier bewegt vielleicht nur ein Ohr oder Bein. Die restliche Herde geht augenblicklich mit.“

Er streckte den Arm, der gleich neben dem Hals des Mustangs war, nach vorne und zeigte so die Richtung, in die sich das Pferd bewegen sollte. Sofort trat Mondlicht einen Schritt vor. Einen winzigen Augenblick später ging Wolfsherz los und die Stute folgte ihm. In langgezogenen Bögen bewegte sich der Junge über die Lichtung. Der wunderhübsche *Pinto* lief aufmerksam neben ihm her. Nala schloss sich ihnen an.

„Sobald Mondlicht meine Bewegung aufgenommen hat, also mit einem Bein vorwärts tritt, gehe ich los. Das heißt, ich gebe einen Impuls, wie es die Leitstute machen würde. Ich hebe dazu den Arm, ein Pferd dreht vielleicht nur sein Ohr. Waunca zeigt ihre Bereitschaft, mir zu folgen, indem sie den ersten Schritt macht. Das bedeutet in diesem Fall nicht, dass sie hinter mir geht, sondern neben mir. Sie erkennt mich damit als Leittier an und wir haben eine Partnerschaft geschlossen. Ich kann sie ab jetzt führen, bin aber auch für sie verantwortlich. Wir sind Itancan und Waunca."

„Warum hast du die Hand gleich wieder locker nach unten hängen lassen, nachdem du losgegangen bist?", war Nalas erste Frage.

„Wenn Mondlicht den Impuls aufgenommen hat, entspanne ich mich und senke meinen Arm. So weiß sie, dass sie mich verstanden hat. Sobald du später ganz mit ihr verbunden bist, brauchst du nicht einmal mehr deine Hand zu heben. Es genügt, die Schulter oder den Kopf kurz nach vorn zu bewegen."

„Aha, indem du den Druck wegnimmst und den Arm heruntergibst, zeigst du Mondlicht, dass sie richtig reagiert hat", sagte Nala.

Wolfsherz nickte und sprach gleich weiter: „Falls sie zurückfällt, benehme ich mich wie ein Leithengst, schwinge meine zweite Hand nach hinten und mache dort ein wenig Druck. So treibe ich sie an. Sie spürt, dass ich, wie Wakanda, auf sie aufpasse. Denn Zurückbleiben bedeutet Gefahr!"

„Genial! Du ahmst mit deiner Körpersprache zuerst die Leitstute nach, und wenn das nicht funktioniert, hast du die

Möglichkeit, sie von hinten anzutreiben wie ein Leithengst."

Zu dritt gingen sie über die Lichtung. Währenddessen erzählte Wolfsherz: „Jetzt will ich, dass wir gemeinsam stehenbleiben. Nach einer Flucht oder jeder Bewegung der Herde geschieht das so, dass die Itancan sich aufrichtet und kontrolliert, ob alles in Ordnung ist. Dann senkt sie den Kopf, um weiter zu grasen. Dabei atmet die Leitstute aus und entspannt sich. Manchmal prustet sie sogar leise. Die Gefahr ist vorbei oder die frische Weide erreicht". Wolfsherz richtete sich kurz auf, atmete gut hörbar aus und stellte sich lässig auf einen Fuß. Das Knie des anderen Beins beugte er, genau wie Pferde oft dastehen, wenn sie es sich bequem machen. Den Kopf ließ er nach unten hängen.

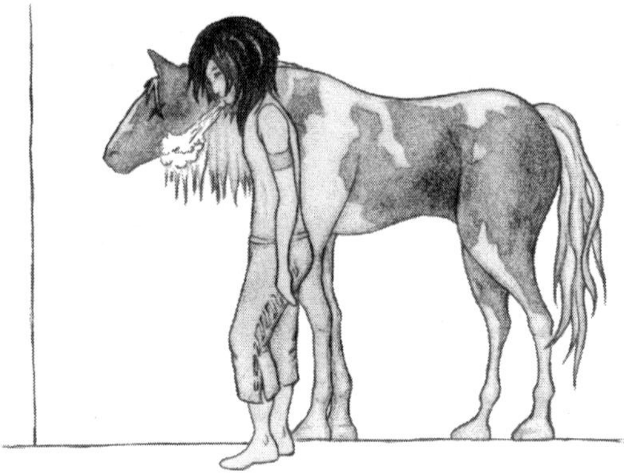

Zack, die Stute stand sofort! Das sah aus wie Zauberei! Nala war begeistert. Ihr Misstrauen Wolfsherz gegenüber löste sich in Luft auf. Alles, was er tat, war wunderbar leicht. Seine geschmeidigen Bewegungen glichen tatsächlich denen eines Pferdes. Blaue Feder hatte die beiden die ganze Zeit still beobachtet und auch Tendo mischte sich ausnahmsweise einmal nicht ein.

Als Nala an der Reihe war die Stute zu führen, sagte Wolfsherz: „Einen Tipp gebe ich dir im Voraus. Du bist ab jetzt die Itancan für Mondlicht. Das solltest du innerlich spüren. Übernimm die Verantwortung für sie. Wenn du eine Richtung vorgibst, musst du deinen Blick auch dort hinwenden.

So wirst du alle Gefahren ausspähen. Schau nicht zu ihr. Für die Leitstute ist es ganz selbstverständlich, dass die Herde hinterherläuft. Sie braucht sich nicht umzusehen.

Jetzt du!“, ermunterte Wolfsherz das Mädchen.

Sich mit dem gescheckten Mustang zu verbinden war überraschend leicht. Der Name passte prima zu ihrem Wesen, das sanft und weich wie das Mondlicht war. Nala konzentrierte sich und zeigte mit ihrem Arm nach vorn. Der winzige Augenblick, den der Pinto brauchte, bevor er den ersten Schritt machte, fühlte sich wie eine Ewigkeit an. Würde das Pferd ihr folgen? Nala spürte dass die gescheckte Stute losging und unterdrückte ihren Impuls zum Mustang hinzusehen. Erleichtert ging sie mit Mondlicht an ihrer Seite über die Lichtung. Es war wie ein Wunder, so viel Vertrauen geschenkt zu bekommen.

„Alle Pferde sind magische Wesen“, das empfand Nala tief in ihrem Herzen. Sie würde den Moment nie vergessen, in dem dieser Mustang sich ihr zum ersten Mal vertrauensvoll angeschlossen hatte. Es gelang ihr, die Stute zu führen und auch stehen zu bleiben. Wolfsherz machte sie hin und wieder darauf aufmerksam, dass Nala den ersten Schritt von Mondlicht abwarten musste, bevor sie selber losging. Überglücklich wuschelte sie nach der gelungenen Übung die schwarze Mähne des Pferdes. Sie schmiegte ihr Gesicht in das weiche Fell am Hals der Stute. Die ließ sich die ungestüme Liebesbezeugung von Nala gefallen und schnaubte zufrieden. Schweren Herzens verabschiedete sich das Mädchen von der bezaubernden Mustangstute.

„Wolfsherz und du, ihr beide seid ein gutes Team, das habe ich mir schon gedacht“, begrüßte sie Blaue Feder. Tendo stimmte mit seinem heiseren Krächzen zu.

Der Junge lachte: „Misch dich nicht überall ein, du vorlauter Vogel“.

„Verstehst du, was er sagt?“, wollte Nala wissen.

„Du doch auch“, war die kryptische Antwort ihres neuen Freundes.

„Frag nur, Nala!“, ermutigte sie Blaue Feder. Wie immer ahnte die Medizinfrau genau, dass sie sich den Kopf über ein bestimmtes Thema zerbrach.

„Ich denke an Lilou und wie ich das Führen und Folgen mit ihr üben kann. Wie ich mich dieser verschreckten Stute annähern wollte, war das wesentlich schwieriger als mit Tanzendem Feuer“, beschrieb Nala ihr Problem.

„Du hast ja gesehen, dass die Bewegungen direkt aus der Pferdesprache stammen. Das ist eine universelle Körpersprache, in der alle Pferde miteinander kommunizieren. Wenn wir die Tiere aus der Wildnis herausreißen und in unsere Welt bringen, haben wir auch die Pflicht, ihre Sprache zu lernen und nicht umgekehrt.“

Diese Sichtweise war absolut einleuchtend für Nala.

„Es macht mich traurig,“ fuhr die Medizinfrau fort, „dass manche Tiere ihr ganzes Leben lang in der Box stehen und nie erfahren, wie es ist, in einer Herde aufgehoben zu sein. Das ist nämlich das elementarste Grundbedürfnis des Pferd-Seins. Es hat sonst die Sicherheit, die eine Gemeinschaft bietet, nicht erlebt. Wenn ein Tier allein bleibt, ist es natürlich schwieriger mit diesem verlorenen Wesen in Kontakt zu kommen. Du musst unendliche Geduld haben, dein Herz und deinen Geist vollkommen öffnen und hoffen, dass dir aus dem Moment heraus das Richtige einfällt. Das wird geschehen, wenn du ganz im Augenblick bist."

Nala schluckte und sagte: „Das ist eine große Aufgabe."

„Vertrau darauf, dass Lilou Sehnsucht nach einer Herde hat. Sie ist einsam. Und du bietest ihr eine Beziehung an, du kannst ihre Herde sein. Bleib ehrlich und offen für ihre Bedürfnisse."

Nala suchte mit ihrem Blick Tanzendes Feuer. Sie war ein so wacher, aufmerksamer Mustang. Eine richtige Leitstute eben. So sollte sie selber auch sein? Daran zweifelte sie doch stark!

„Sei nicht so zaghaft!", las Blaue Feder ihre Gedanken: „Du hast viel mehr Kraft, als dir bewusst ist. In dem Moment, in dem du dich ganz einlässt und verantwortlich fühlst, zur Itancan wirst, kann sich Lilou dir anvertrauen. Das wird eure gemeinsame Heilung, Wasté."

Wolfsherz mischte sich ein: „Fürchte die anderen nicht, das schwächt".

„Woher will DER das wissen?", fragte sie sich empört.

„Du bist genauso vorlaut wie der freche Rabe". Blaue Feder schmunzelte über ihren Medizinlehrling. Zu Nala gewandt, sagte sie: „Aber er hat recht! Ich bitte deshalb den Vogel, dass er dir hilft und mitkommt. Unter uns gesagt", flüsterte sie, „frag ihn nicht noch einmal, ob er wirklich Tendo ist. Unser Rabenfreund ist nämlich eitel. Er ist von seiner Einzigartigkeit überzeugt und war ein wenig eingeschnappt, weil du ihn nicht erkannt hast. Dabei ist er ein treuer Begleiter und viel netter, als er aussieht, wenn er die Federn stolz spreizt. Er ist nur unsicher. Lob tut ihm gut", sie sprach in einer zärtlichen, sanften Art über Tendo. Die Medizinfrau hatte den gefiederten Freund richtig lieb. Und Nala auch.

Herzhaft gähnend schlug sie ihre Augen auf. War das schön gewesen! Aufregend! Sie hatte mit Wolfsherz einen großen Bruder, einen Medizinbruder, bekommen. Nala hatte bisher gar nicht gewusst, dass es so etwas überhaupt gab. Sie freute sich darauf, ihn wieder zu treffen. Verwirrt sah sie sich um. Das Mädchen fühlte sich müde und konnte ihren Körper nur langsam und vorsichtig bewegen. Sie war tief in die Zauberwelt eingetaucht und hatte Schwierigkeiten, sich unter der alten Eiche zurechtzufinden. „Noch ein wenig dösen," wünschte sie sich und ließ die Gedanken schweifen: „Der Hof hat seinen Namen von diesem Baum bekommen, *Au* Grand Chêne. Aber was wusste Greta alles vom mysteriösen Steinkreis und der Magie, die ihn umgab?"

Auf dem Rückweg merkte Nala, wie vertraut ihr der schmale Pfad geworden war. Sie setzte die Schritte achtsam und bewusst, denn nicht nur ihr Körper, sondern auch ihre Seele löste sich erst langsam aus der Traumwelt. Die so genannte Realität zog sie zwar an und die Aufgabe, Lilou wieder mit den Menschen zu versöhnen, war verlockend. Aber Nala sorgte sich darum, wie sie mit den anderen Mädchen und Jungs umgehen sollte. Die Hexennummer konnte sie ja wahrscheinlich nicht lange durchhalten. Oder?

8 Rosalie

Mit gemischten Gefühlen kehrte Nala auf den Reiterhof zurück. Die ganze Feriengruppe versammelte sich um den großen Tisch in der Küche zum Abendessen. Von draußen vernahm sie Gelächter und lebhaftes Geplauder. Der Nachmittag mit den Pferden musste toll gewesen sein. Nala wollte sich still und leise dazu schwindeln ohne aufzufallen. Es gelang ihr sogar. Der letzte Platz am Ende der Tafel neben Rosalie war frei. Wie die anderen stürzte sie sich auf das köstliche Essen, das Claire zubereitet hatte. Vorsichtig versuchte Nala, die Stimmung auszuloten. War wieder etwas gegen sie im Busch? Nein, alle hatten sich in Gespräche vertieft. So schlug auch sie sich den Bauch mit Ratatouille, Kartoffelgratin, Salat und Mousse au Chocolat voll. Leben wie Gott in Frankreich!

Rosalie erzählte von Merida, der tollen Fuchsstute, die sie heute reiten durfte. Sie schwärmte davon, wie weich ihre Gänge waren, wie schnell sie auf die Hilfen reagierte und wie wunderschön das Pferd aussah. Nala trug nicht viel zur Unterhaltung bei, denn sie konnte ja schlecht von ihren Erlebnissen im Steinkreis erzählen. Glücklicherweise fragte Rosalie nicht nach. Als alle vom Nachtisch pappsatt waren, flüsterte das Mädchen ihr zu, dass sie später allein mit ihr reden wollte.

Die Gruppe saß lange am Esstisch zusammen. Manche der Jugendlichen quatschten miteinander, andere spielten Karten, bis es draußen dunkel wurde.

„Gehen wir in die Scheune und hören Musik, tanzen ...?", schlug Ben lautstark vor.

„Super, in diesem Nest gibt es zwar keinen Handyempfang, was wir zu Hause runtergeladen haben, können wir aber auf der Anlage abspielen", Luka war von dem Vorschlag begeistert.

Mimi fragte Greta: „Ist das okay?"

Die bejahte und setzte gleich nach: „Um halb zwölf ist Schluss. Verlässlich! Haben wir uns verstanden? Um Mitternacht sind alle in ihren Betten."

Die Reitlehrerin musterte Nala von ihrem Stuhl aus. Während die Gruppe hinausstürmte, hielt Greta sie am Ellbogen zurück.

„Wie war es bei der alten Eiche?"

„Ich bin eingeschlafen und habe ein wenig geträumt", verharmloste sie ihre Erfahrung im Medizinkreis.

„Aha, träumen nennst du das", stellte Greta fest. „Interessant ... Hast du etwas Spezielles geträumt?"

Ausweichend nickte Nala. Sie schlich um eine klare Antwort herum, wie die Katze um den heißen Brei. Die Trainerin drang nicht weiter in sie und wünschte eine gute Nacht.

Die Luft war noch angenehm warm. Am Himmel glitzerten bereits die Sterne. Hier in der einsamen Bergregion konnte man sie viel besser sehen als zu Hause in der Stadt. Die anderen waren in ihrer improvisierten Disco verschwunden, so setzte Nala sich auf eine Bank, legte den Kopf zurück und bestaunte die unzähligen Lichter, die auf dem weiten, schwarzen Firmament funkelten. Eine schmale Mondsichel zeichnete sich am Himmel ab.

Nach einer Weile raschelte es. Rosalie hatte sich neben sie auf die Bank gesetzt.

„Nala, ich finde, du hast das mit Lilou super gemacht. Und wie der Rabe auf deiner Schulter gelandet ist, das war total magisch. Mach dir nichts draus, wenn die anderen dich hinter dem Rücken Hexe nennen. Ich stehe voll auf Zauberwesen und liebe Filme und Geschichten über Drachen, Einhörner und überhaupt alle Fantasystories. Die Freundinnen daheim ziehen mich manchmal damit auf, dass ich vielleicht selber eine Hexe bin, mit meinen roten Haaren."

Endlich konnte Nala über ihr Erlebnis sprechen: „Ich habe noch nie so etwas Irres erlebt! Der Rabe hat sich einfach auf meine Schulter gesetzt! Er war ganz schön schwer und hat mich sogar gekratzt!" Sie zog ihr Shirt auf die Seite und bemerkte Spuren von Tendos Krallen auf der Haut.

„Ich muss dir wohl etwas gestehen", verlegen blickte Rosalie auf das Steinpflaster des Hofes. „Als Samsara dich gestern abwarf, hatte ich das Gefühl, dass Leo neben mir irgendwie zappelt. Ich war mir aber überhaupt nicht sicher und so hab ich nichts gesagt. Das ist blöd gewesen, tut mir leid", gestand das Mädchen.

Aha, Nala war es auch schon in den Sinn gekommen, dass Rosalie sich komisch verhalten hatte!

„Bevor du mich verurteilst: Ich habe es bloß als einen schnellen Wisch aus meinen Augenwinkeln wahrgenommen. Mehr hab ich ehrlich nicht gesehen! Ich könnte nicht schwören, dass Leo wirklich etwas getan hat. Dann passierte viel zuviel gleichzeitig und ich war total gefesselt von der Action, die abging. Das Steigen von Samsara und dein Sturz waren echt spektakulär, da habe ich alles andere vergessen. Außerdem kann ich mir gar nicht vorstellen, dass jemand so gemein ist."

„Samsara hätte sonst keinen Grund gehabt sich so aufzuregen! Ich hoffe, sie ist nicht schwer verletzt. Irgendwie bin ich ja Schuld daran, dass sie gestürzt ist", beichtete Nala.

„Du bist Schuld? Wie kommst du denn darauf?“, fragte Rosalie erstaunt.

„Der Anschlag war gegen MICH gerichtet. Ich bin immer unbeliebt. Und wenn nicht ich sie auf den Platz geführt hätte, sondern jemand anderer, der nicht überall aneckt, wäre Samsara nichts passiert“, antwortete Nala zerknirscht.

„Du spinnst wohl!“, rief das Mädchen mit den roten Locken aus. „Leo ist ein Idiot, wenn stimmt, was du gesehen hast!“

Es war richtig, was Rosalie sagte. Nala überkamen allzu leicht ungerechtfertigte Schuldgefühle. Das war ihr in der Vergangenheit auch hin und wieder passiert. Gut, dass Rosalie ihr den Kopf zurechtrückte. Sie zeigte damit, dass sie ein kämpferisches Temperament hatte, und nicht nur feuerrote Haare. Würde Nala in ihr eine Verbündete oder Freundin finden? „Danke, dass du dich zu mir gesetzt hast.“ Sie wusste, dass es Mut brauchte, um sich mit ihr zu treffen und dabei das Risiko einzugehen, dass man sie miteinander sah. Nala war trotzdem noch nicht bereit, Rosalie ganz zu vertrauen.

„Schon okay. Komm mit in die Scheune, tanzen!“

„Ich glaube, ich gehe schlafen, bin müde“, drückte sie sich vor der Konfrontation mit dem übermütigen Haufen.

„Sei kein Frosch, amüsier dich ein bisschen.“ Rosalie wollte sie ermutigen.

„Das nächste Mal bin ich dabei“, versprach Nala, obwohl sie sich das noch gar nicht richtig vorstellen konnte. Beim Weg ins Haus kam sie an der Scheune vorbei.

„Bumm, bumm, bumm", die Bässe der Musik dröhnten durch die Nacht. Der Reiterhof war so weit weg von jeder anderen Siedlung, dass es sicher niemand störte, wenn hier eine Party stieg. Durchs Fenster konnte Nala sehen, wie alle ausgelassen tanzten. Die Zwillinge hopsten um Jackie herum. Die war wie immer top gestylt und glänzte mit ihrem lässigen Outfit. Sie tanzte gemeinsam mit Leo in der Mitte der Scheune. Ben und Luka bewegten sich eher minimal und schielten bewundernd und heimlich zu dem hübschen Paar. Rosalie hatte sich ins Geschehen gestürzt und schüttelte sich im Rhythmus der angesagten Musik.

Hatte das Mädchen so schnell vergessen, wie hinterlistig Leo sein konnte? Vielleicht war sie doch nicht ganz überzeugt von seiner Schuld? Nala war nicht damit herausgerückt, dass Leo ihr den Fahrradschlauch, den sie und Samsara mit einer Schlange verwechselten, gezeigt hatte. War das ein Fehler gewesen? Zu spät ... Vermutlich ging es Rosalie einfach darum, dabei zu sein. Die Rolle der Außenseiterin war nicht sonderlich attraktiv. Nala konnte ihr nicht verübeln, dass sie mit den anderen Spaß haben wollte. Eigentlich wünschte sie sich das auch, dazugehören. Sie wusste nur nicht wie. Bedauernd löste sich das Mädchen vom Fenster.

Ab ins Zimmer, um alles aufzuschreiben und zu zeichnen! Nichts von dem, was Nala im Steinkreis erlebt hatte, wollte sie vergessen. Die Zeit mit Wolfsherz, der Medizinfrau und den Mustangs war wie ein Schatz, den es zu hüten galt.

Sie machte es sich auf ihrem weichen Bett bequem und schnappte sich Block und Stift. Die Skizzen flossen nur so aus ihr heraus. Staunend ließ sie den Tag Revue passieren und erinnerte sich an die vielen verschiedenen, intensiven Erlebnisse. Eine magische Erfahrung hatte die nächste gejagt!

Nala hatte das Gefühl, sie wäre am Beginn der Reitferien in einen Kessel mit Zaubertrank gefallen, der alles beschleunigte. Jemand musste sie zwicken, um zu überprüfen, ob sie träumte.

Moment! Der Rabe sollte doch mitgekommen sein! Das hatte Blaue Feder jedenfalls angekündigt. Nala öffnete das Fenster ein wenig weiter und lehnte sich hinaus.

„Tendo", ein leises Flüstern genügte. Sofort kam der listige Vogel angeflattert. Er landete auf dem Fensterbrett und sah sie erwartungsvoll an. „Schön, dass du da bist", begrüßte ihn Nala. Sie streckte einen Finger aus und Tendo rieb seinen Schnabel daran. „Nicht zwicken!", hielt sie den Raben zurück, als er sie kneifen wollte. Gerührt stellte Nala fest, dass der schwarze Vogel sich über die freundlichen Worte freute, wie Blaue Feder es angekündigt hatte ... Schön, dass du da bist ... Das meinte sie total ehrlich, denn dieser Bote aus dem Steinkreis war ein Beweis dafür, dass alle Welten auf ihre Art und Weise real waren und sich verbinden ließen.

Das neue Abendritual, sich von Tendo zu verabschieden, gefiel Nala. Sie schaute noch einmal in den unendlichen Sternenhimmel und dachte an Rosalie und ihre Liebe zu Hexen und Fabeltieren.

9 Iyuptala

„Was habt ihr gestern erlebt?“, die anmutige Französischlehrerin Nicole forderte die Gruppe auf, von ihren Erlebnissen zu berichten, um Grammatik zu üben! Es ging ihr um die Zeiten, besonders um die verschiedenen Formen der Vergangenheit. Wie unangenehm war das denn?

Verdammt, hätte sie sich nicht eine bessere Frage ausdenken können?! Ständig kam Nala in Schwierigkeiten, weil sie nicht alles erzählen wollte. Sie musste das Geheimnis des magischen Steinkreises um jeden Preis hüten! Die anderen würden sie doch bloß auslachen.

„Gestern Nachmittag haben wir entdeckt, dass Nala eine .... wie heißt das noch einmal ... HEXE?... ist,“ begann Jackie kichernd. Sie kannte offenbar die französische Übersetzung des Wortes nicht.

Das ging ja schon mal gut los, erschrak Nala.

„Sorcière“, verbesserte Nicole trocken. Sie war so auf die Vokabel konzentriert, dass sie den Inhalt des Satzes noch gar nicht erfasst hatte. Als der Französisch Lehrerin klar wurde, was Jackie erzählt hatte, fragte sie mit ihrem charmanten Akzent:

„Ja-que-line!, was redest du da?“. Nicole war sichtlich entsetzt. „So etwas kannst du doch nicht über eine Freundin sagen?“

„Erstens ist sie nicht meine Freundin und zweitens: Wie nennt man sonst ein Mädchen, bei dem ein Rabe auf der Schulter sitzt und krächzt?“, erwiderte Jackie abfällig.

„Das wäre dann: Ein Mädchen, das einen krächzenden Raben auf seiner Schulter sitzen hat“. Zornig blitzten Nicoles Augen. Sie forderte ihre Schülerin auf: „Übersetze das!“

Der jungen Französisch Lehrerin war die Feindseligkeit des blonden Mädchens nicht entgangen. Man sah Nicole an, dass sie einerseits völlig überrascht von der Geschichte war, andererseits den bissigen Unterton Jackies nicht durchgehen lassen wollte.

Die überhebliche Rädelsführerin stammelte unbeholfen an der Übersetzung des Satzes herum. So würde ihr die Gemeinheit vielleicht vermiest, hoffte Nala kurz. Obwohl sie wusste, dass das nur der Auftakt zu neuen Angriffen war. Es hatte noch nie geholfen, von einer Lehrerin verteidigt zu werden. Ihrer Erfahrung nach rächte sich das ziemlich übel.

„Es stimmt doch, was Jackie sagt“, meldete sich Leo zu Wort.

Der schon wieder! War ja klar, dass er sich bei seiner neuen Freundin beliebt machen wollte. Mehrere Jungs und Mädchen bestätigten lautstark das Geschehene. Offensichtlich beschäftigte die gestrige Situation die ganze Gruppe. Rosalie verteidigte Nala nicht. Aber was sollte sie auch sagen? Tendo war ihr nun einmal auf diese Art zu Hilfe gekommen.

„Da gibt es viele neue Wörter zu lernen: Rabe, Schulter, fliegen, krächzen.“ Nicole versuchte, das Thema sachlich zu behandeln.

„Los, los, *vite*, *vite*, sucht die Vokabeln heraus!“, scheuchte die Französisch Lehrerin ihre Schülerinnen und Schüler auf.

Es half nichts! Die ganze Geschichte wurde nun grammatikalisch korrekt, und somit quälend langsam erzählt. Erstaunlich, wie gut sich alle erinnerten. Nalas achtsame Annäherung an die scheue Stute interpretierten sie als „seltsames Herumschleichen“. Es zeigte sich, wie leicht man ihren Versuch, die Pferdesprache zu benutzen, missverstehen konnte.

Nala bekam einen hochroten Kopf. Die Geschichte klang im Nachhinein unwirklich und absurd! Sie zog sich zurück, denn sonst würde die Schönheit und das Besondere an der Begegnung mit Lilou vollkommen zerstört werden.

Nicole versuchte zwar, neutral zu bleiben, Schaute aber immer wieder befremdet zu ihr, um herauszufinden, ob das alles wahr sein konnte.

Irgendwann fingen Mimi und Kiki an, ihre eigenen Reiterlebnisse zu erzählen und die Aufmerksamkeit war nicht mehr auf Nala gerichtet. Sie freute sich so sehr auf den Nachmittag! Endlich würde sie mit Lilou das Führen und Folgen ausprobieren! Nala wollte auch nachsehen, wie es Samsara ging, schließlich war die schöne Braune durch den Unfall verletzt worden.

Sofort nach dem Mittagessen eilte sie zur Koppel. Das Mädchen nahm sich vor, ihren Blick zu schärfen und heraus zu finden, wer in der Araberherde die Leitstute, Itancan, war.

Samsara graste mitten in der Herde. Als sie sich ein paar Schritte vorwärts bewegte, entdeckte Nala, dass die Stute nicht mehr so stark lahmte. Erleichtert seufzte sie auf.

Lilou stand immer noch abseits. Sie war aber schon etwas näher zu zwei anderen Pferden gerückt. Die verstörte Schimmelstute tastete sich langsam und argwöhnisch an die Gruppe heran. Sobald sie ein paar Schritte mehr in Richtung Herde machte, wurde sie von einer großen, dunkelbraunen Stute heftig verjagt und über die Wiese getrieben. Möglicherweise war das die Leitstute? Ritt nicht Leo dieses Pferd?

Hatte das Blaue Feder gemeint, als sie ihr riet, darauf zu vertrauen, dass Lilou sich nach Kontakt sehnte? Sie wollte inzwischen zur Herde dazugehören, fand aber offenbar ihren Platz noch nicht. Würde Nala jene Beziehung anbieten können, die Lilou zu ihrer Heilung brauchte?

Um drei Uhr trudelte die ganze Bande ein, um die Pferde für ihren Ausritt abzuholen. Paul hatte alles vorbereitet. Es war faszinierend gewesen, ihm dabei zuzuschauen, wie er bedächtig einen Araber nach dem anderen von der Weide holte. Der alte Mann war ein Teil der Herde. Das Mädchen bewunderte seine Ruhe und Gelassenheit. Sie konnte erst jetzt die Vertrautheit der Tiere mit dem Pferdepfleger sehen.

Greta, die Samsara beobachtet hatte, beruhigte Nala. „Die Braune wird bald wieder gesund sein. Ein, zwei Wochen lassen wir sie noch stehen, damit sie sich erholt. Auf welchem Pferd willst du reiten?"

„Nein, nein! Ich möchte weiter mit Lilou zusammen sein! Es wäre so toll, sie zu führen und mich mit ihr zu beschäftigen! Das finde ich spannend!“

„Ich werde mit der Gruppe ausreiten. Sie gehen zum ersten Mal hier ins Gelände und noch kennt keiner die Wege in der Gegend. Es ist unmöglich, dass du hierbleibst und dich mit einem schwierigen, unberechenbaren Pferd auseinandersetzt!“, sagte Greta.

„Bitte, ich muss bei Lilou sein! Paul kann doch hier bei mir bleiben!“ Ganz plötzlich war Nala diese Idee gekommen.

Er knurrte: „... mach ich“, noch bevor die Reitlehrerin etwas dagegen sagen konnte. Greta zuckte kurz mit ihren Schultern, nickte und gab so ihr Einverständnis.

Am liebsten hätte Nala den Pferdepfleger umarmt. Sie war erleichtert. Stattdessen sagte das Mädchen: „Danke Paul! Du bist der Beste.“

Mit einem unverständlichen Grummeln und zufrieden lächelnd drehte er sich um.

Als sich alle verzogen hatten, blieben nur ein paar der Araber auf der Koppel zurück. Der Pferdepfleger legte sich in den Schatten, seinen Strohhut übers Gesicht gezogen, um ein Nickerchen zu machen. Er beabsichtigte also weder sich einzumischen, noch Nala allzu prüfend auf die Finger zu schauen. Sie würde ihre Ruhe haben, während sie führen und folgen spielte. Nala wusste natürlich, dass dieses Training kein Spiel war. Aber das Wort half eine entspanntere Haltung einzunehmen, das hatte sie eingesehen. Das Mädchen fühlte sich wohler, seit sie mit der restlichen Herde allein war. Paul, mit seinem Hut über dem Gesicht, zählte ja nicht so richtig.

Tendo setzte sich auf einen Ast des Baumes. Er ahmte den grauhaarigen Mann nach und steckte den Kopf unter einen seiner Flügel, als würde ihn das Sonnenlicht blenden. Kopfschüttelnd ging Nala auf die Koppel zu. Der Rabe hatte also keine Absicht sich einzumischen.

Vom Zaun aus ließ Nala sich genügend Zeit, Lilou zu beobachten, bevor sie sich näherte. Das Zögern, Innehalten und Zurückweichen, das sie vom Vortag kannte, wiederholte sich zwar, aber die Stute war viel weniger nervös und hektisch als gestern. Das weiße Pferd hatte hier, auf dieser weitläufigen Koppel, jede Möglichkeit auszuweichen und davon zu galoppieren. Nala war sich dessen bewusst und ging achtsam auf Lilou zu.

„Ruhig, meine Schöne. Bleib stehen ... Ganz ruhig ... Keine Angst ...“ Wie ein Mantra wiederholte das Mädchen dieselben Worte immer wieder. Wahrscheinlich beschwichtigte Nala sich selbst am allermeisten damit. Schritt für Schritt hatte sie sich an den Schimmel herangepirscht und war in unmittelbarer Nähe der Stute angekommen.

Sie fühlte die Wärme des Pferdes und hatte schon fast eine Hand zum Beschnuppern ausgestreckt, als Lilou mit einem leisen, prustenden Laut zur Seite sprang und sich umdrehte.

„Nicht aufgeben“, murmelte Nala vor sich hin, um sich zu ermutigen. Dabei konnte sie die Spannung, die entstanden war, kaum aushalten und beschloss deshalb, sich auf den Boden zu setzen und einen Moment lang abzuwarten. Eine kurze Pause tat sicher gut.

Auf der Wiese sitzend, rupfte Nala ein paar Grashalme aus, kaute darauf herum und versank in Gedanken. Der Kraftplatz unter der alten Eiche beschäftigte sie. Sie wusste von diesen Medizinrädern aus den Geschichten der amerikanischen Ureinwohner. Steinkreise waren Orte der Kraft, des Schutzes und der Heilung. Stundenlang konnte sie sich in Abenteuerromanen über die Bewohner der weiten Prärien verlieren. Besonders gefiel ihr die Art, wie sie mit ihren Ponys umgingen. Die Reiter benutzten keine Trensen, sondern aus Schnüren geknüpfte Halfter. Bewundernswert, wie sie ohne Sattel, mit ihren Pferden verschmolzen. Inzwischen hatte Nala von der Schamanin erfahren, dass der Zustand des Eins-Seins vom Volk der Lakota Iyuptala genannt wurde. Sie dachte an Wolfsherz und die überschwängliche Freude am Spiel mit der Herde. Würde ihr so etwas je gelingen? Bei ihm schaute alles einfach und leicht aus. Musste man nur fleißig üben und eine Technik lernen oder brauchte man „die Gabe“, wie sie schon oft gehört hatte?

Vor sich hin träumend spürte Nala plötzlich eine Bewegung. Lilou! Das Pferd war von selbst zu ihr gekommen! Wie gestern hatte sie das Wollen und die Anstrengung losgelassen. Sie musste einfach nur still sein!

Der Kopf der Schimmelstute zupfte neben ihren Fingern an den Grashalmen. Überrascht hielt Nala die Luft an. Sie schob ihre Hand näher an die Nüstern. Der warme Atem von Lilou war spürbar und die weiche Nase stupste sie sanft. Wow! Was für ein wundervolles Gefühl!

Nala wünschte sich für immer hier sitzen zu bleiben! Ihr Herzenspferd zupfte unbeirrt am Gras, ging einen Schritt weiter weg, kam dann wieder zurück ... Ruhig beobachtete das Mädchen ihre Bewegungen.

Nach einer gefühlten Ewigkeit entschied sie sich, aufzustehen. Sie kraulte den Widerrist von Lilou. Bereitwillig blieb die Stute bei ihr. Das weiße Fell war schmutzig und Nala löste gedankenverloren Sandkörner und Erdkrusten vom Rücken des Pferdes. Sie war so versunken in ihr Tun, dass ihr nicht bewusst war, wie sehr diese Fellpflege dem ähnelte, was befreundete Tiere miteinander machten. Alles geschah instinktiv und selbstverständlich. Ihre Hände wussten, was zu tun war. Beide genossen die sanften Berührungen.

Das Mädchen entschied sich, weiter zu gehen. Mit traumwandlerischer Sicherheit richtete sie sich auf, ihr Arm zeigte nach vorn, und .... Lilou machte den ersten Schritt! Das war das Zeichen! Das Einverständnis: Ich komme mit dir! Gemeinsam gingen sie über die Wiese. Nala atmete aus und blieb stehen. Lilou stoppte. Während die Stute aufmerksam neben ihr stand, kraulte sie wieder den Rücken des Pferdes, löste Staub und Sand aus dem Fell. Dann genoss Nala es noch einmal ein paar Schritte mit ihrem Herzenspferd über die Koppel zu gehen. Das war pure Harmonie! Ein unsichtbares Band, Iyuptala, Eins-Sein!

Unvorsichtigerweise bewegten sie sich auf ihrem Weg zu nahe an die anderen Pferde heran. Eine kräftige Stute legte warnend die Ohren an und richtete sich hoch auf. Sofort blieb ihr Lieblingspferd stehen und wich zurück. Nala war verwirrt. Sollte sie auch nach hinten ausweichen? Zu spät. Lilou war schon weggesprungen, die Verbindung zu ihr abgerissen. Blitzschnell ging das! Das Mädchen hatte zu lange nachgedacht und den Kontakt verloren. So komplex war die Bewegung und Rangordnung innerhalb der Herde. Nala musste unbedingt mehr darüber erfahren.

Erfüllt, nachdenklich und zufrieden entfernte sie sich Richtung Zaun und Schattenplatz. Tendo hatte sich kein Stück wegbewegt. Er linste schläfrig unter seinem Flügel hervor. Paul saß im Gras und lächelte sie an. Er sagte nichts und das war genau richtig.

10 Kakao

Nala hatte viele neue Fragen auf dem Herzen. Deshalb nahm sie sich vor, so rasch wie möglich in den Steinkreis zu kommen.

Da die Gruppe noch nicht von ihrem Ausritt zurückgekehrt war, wollte sie sich in der Küche abmelden. Die nette Köchin würde keine Schwierigkeiten machen und zulassen, dass sie im Wald verschwand.

Falsch gedacht!

Claire war höchst interessiert daran, wohin Nala sich verdrücken wollte und fragte nach. Sie bot ihr ein Schokocroissant an und das Mädchen konnte nicht widerstehen. Das französische Gebäck knisterte bei jedem Bissen. Die Schokoladenfüllung schmeckte einfach wundervoll. So saß sie am Küchentisch, mampfte die süße Köstlichkeit und musste sich dafür ausquetschen lassen. Das hatte sie von ihrer Naschsucht! Auch wenn Claire sehr freundlich war, versuchte Nala unverbindlich zu bleiben und verschwieg den wahren Grund, warum es sie zur großen Eiche zog.

Dass Lilou sich sogar ohne Strick von ihr führen ließ, hatte das Mädchen restlos begeistert und das Herz lag ihr auf der Zunge. Sie erzählte Claire ausführlich von dem aufregenden Erlebnis. Nala schwärmte der Köchin vor, wie sehr sie den Kontakt mit dem scheuen Pferd genossen hatte. Beim Schlürfen des Kakaos auf der Küchenbank wurde sie immer gelöster. Die Küche wirkte behaglich. Der große, helle Raum duftete nach Kräutern, die in Büscheln zum Trocknen aufgehängt waren. Durch die hohen Fenster konnte man auf die Koppel sehen und den Anblick der friedlich dösenden Araber genießen. Kupferne Töpfe und Pfannen glänzten über dem Herd. Obst und Gemüse stapelten sich in Körben. Alles war so appetitlich, dass einem das Wasser im Mund zusammenlief. Diese Atmosphäre verlockte zum Sitzenbleiben und Entspannen.

Claire war eine aufmerksame Zuhörerin. Sie stellte präzise Fragen darüber, wie Nala die neue Stute dazu gebracht hatte, mit ihr mitzugehen. Dem Mädchen wurde immer klarer, dass die Französin, die übrigens ausgezeichnet Deutsch sprach, unglaublich viel von Pferden verstand. Diese verschmitzte Köchin hatte wohl etwas mehr drauf, als sie auf den ersten Blick zu erkennen gab. Nala dämmerte, dass alle, die hier lebten, von Geheimnissen umgeben waren. Greta wusste vom Steinkreis! Das war sicher! Paul verschmolz vollkommen mit der Herde. Tendo verhielt sich wie das Maskottchen des Hofes und war gleichzeitig in der Anderswelt zu Hause. Den ganzen Reitstall umgab eine spezielle, mystische Atmosphäre.

„Dass Lilou dich fasziniert, verstehe ich gut. Aber auszureiten ist doch so ein tolles Erlebnis. Wieso bist du denn nicht bei der Gruppe?“, interessierte sich Claire. „Mit deinem Lieblingspferd könntest du ja später noch zusammen sein.“

„Die anderen stressen nur, da bin ich lieber allein“, rutschte es Nala heraus.

Die Köchin musterte sie fragend. „Du bist nicht gerne in der Gruppe, auch zu Hause nicht, stimmt's?“ Das Mädchen nickte schweigend.

„Mach dir keine Sorgen. Allein zu sein ist kein Versagen, keine Schwäche. Dass du für dich sein kannst, ist nämlich auch eine Stärke. Du brauchst niemanden, der dich ständig bestätigt und konzentrierst dich auf Wesentliches. Du bist nicht abgelenkt und erforschst das, was vorgeht, intensiver. In jeder Schwäche ist eine Stärke verborgen und umgekehrt.“

Was? So etwas Seltsames hatte Nala noch nie gehört. „Das verstehe ich nicht! Erklär mir das genauer!“, forderte sie Claire auf.

Die überlegte einen Moment, bevor sie weiter sprach. „Wie ich das sehe, fühlst du dich wie eine Außenseiterin und empfindest das als deine Schwäche. Die verborgene Stärke darin ist aber .... ?“. Die Köchin ließ eine kurze Pause entstehen. „Was denkst du?“, überraschte Claire das Mädchen mit ihrer Frage.

Schnell antwortete Nala: „Das ist keine Stärke! Gar nicht! Es ist einfach nur eine Plage!“, abwehrend spuckte sie die Worte fast heraus.

Claire erwiderte ruhig: „Wenn du nicht dazugehörst, hast du den Blick einer Außenstehenden. Das ist eine ungewöhnliche Perspektive. Sobald du es aufgibst, um Beliebtheit zu kämpfen, kannst du Neues wagen und ausprobieren, denn du hast nichts mehr zu verlieren. Du bist ja schon draußen.“ Offenbar hatte auch sie einige Erfahrungen als Außenseiterin gemacht.

Das Gespräch war so spannend, dass Nala sich ohne groß zu überlegen noch ein Schokocroissant nahm und genussvoll hineinbiss. Das süße Gebäck duftete nach Kakao und das stimmte sie eindeutig fröhlich.

„Ist der Ruf erst ruiniert, lebt sich's frei und ungeniert. Das ist wahr ...". Nala fiel wie immer ein passendes Sprichwort ein.

„Beliebt sein ist viel bequemer! Denk ich mir wenigstens. Ich kenn das ja nicht", antwortete sie trotzig.

„Wenn du populär bist, besteht die Gefahr, ständig Dinge zu tun, die von allen anerkannt werden, um weiter im Mittelpunkt zu stehen. Das läuft für gewöhnlich völlig unbewusst ab", fuhr Claire fort. „Als Anführerin demütigst du vielleicht sogar andere, damit du dich selber groß und wichtig fühlst. Natürlich ist es toll, von allen bewundert zu werden. Es fühlt sich gut an. Man kann bestimmen oder zumindest beeinflussen, was passiert. Das ist das Schöne am beliebt sein. Wenn du jedoch deine Freunde kontrollieren willst, damit du die Mächtigste bleibst, übst du nur Zwang aus. Um glücklich zu sein, brauchst du immer die Unabhängigkeit von der Meinung anderer, egal, ob du im Mittelpunkt stehst oder Außenseiterin bist. Sobald du dich fürchtest, etwas zu verlieren und unbeliebt zu sein, hast du keine Freiheit mehr! Das macht im Endeffekt unglücklich. Glaubst du, Jackie ist so richtig zufrieden, wenn sie herumkommandiert? Wer weiß, warum sie unbedingt alles unter Kontrolle haben will? Möglicherweise hat sie Sorgen, von denen wir nichts wissen? Sicher hat sogar Leo seine Gründe dafür, so unausstehlich zu sein und ständig im Mittelpunkt zu stehen."

Offenbar hatte Claire nicht nur die Küche und die Pferde, sondern auch die Feriengruppe gut im Blick. Sie war womöglich viele Sommer hier gewesen und beobachtete die Menschen. Oder hatte sie am eigenen Leib erfahren, wie wichtig es war, ein unabhängiger Querkopf zu sein?

Nala leuchteten Claires Ansichten absolut ein und ein anderes Sprichwort kam ihr in den Sinn: „Urteile nie über jemanden, in dessen Stiefeln du noch nicht gewandert bist."

Die weise Köchin trank einen Schluck Kakao. Nachdem sie die Tasse wieder abgesetzt hatte, sprach sie weiter: „Im Gegensatz zu uns Menschen ist die Hierarchie in einer Pferdeherde meist gerecht. Das Führen, wie es eine Leitstute macht, ist eine Verantwortung, ein Job, nicht ein Privileg. Sie muss wachsam sein und wird zum Beispiel als Erste bemerken, dass Gefahr droht. Wenn die Herde nicht mehr flüchten kann, bilden die stärksten Tiere gemeinsam mit dem Leithengst einen Kreis. In der Mitte stehen die Fohlen und die nicht so kräftigen Pferde. So sind alle am besten geschützt."

Nala war Anführern gegenüber immer noch zutiefst misstrauisch: „Aber die Stärksten fressen zuerst oder verjagen die Schwächeren sogar vom Wasserloch, damit sie trinken können."

„Es gibt schon Vorteile für hochrangige Herdenmitglieder. Ja, sie fressen und trinken als Erste. Sie sind mit ihrer Klugheit und Kraft eben wichtig für das Überleben aller, das muss in der Wildnis so sein. Pferde nutzen ihre Überlegenheit normalerweise nicht aus, wenn sie in Freiheit leben. In unserer Araberherde entsteht Macht durch Verantwortung und einer wachen, schnellen Wahrnehmung. Bei Menschen ist es leider manchmal anders."

Das war ja irre! Jede Gruppe funktionierte ähnlich wie eine Herde! Eine ungewöhnliche, aber naheliegende Idee, fand Nala. Gedankenverloren lehnte sie sich bequem auf der Küchenbank zurück und verspeiste genüsslich den Rest ihres Croissants. Die Worte Claires hatten Nala voll getroffen. Ihr wurde bewusst, wie innere Freiheit und Unabhängigkeit das Glücklichsein beeinflussten und zwar für jeden Menschen, in jeder Position in einer Gruppe. Alles was man tut, um beliebt zu sein, aber nicht zu einem passt, macht unglücklich! Die Kunst war, seinen eigenen Weg zu gehen und trotzdem in Verbindung mit den anderen zu sein. Nala spürte, dass sie etwas Wesentliches verstanden hatte. Eine Lösung hatte sie noch nicht. Die Frage war zumindest klar: WIE GEHT DAS?

Nala erkannte im Stillen für sich: „Wenn man glücklich ist, hat man es nicht nötig auf anderen herum zu trampeln, wie Jackie und Leo das machten. Sich zu verstellen, um geliebt zu werden, zahlt sich auf keinen Fall aus und: Auch die Beliebten kämpfen um ihre Position. Meist ist es ihnen nur nicht so bewusst wie den Außenseitern. Alle Menschen haben dieselbe Aufgabe: Frei und unabhängig sein und das tun, was man ehrlich will". Nala hatte sich nicht vorstellen können, dass all diese wichtigen Erkenntnisse so nebenbei, beim Kakao trinken, auf sie eingeströmt waren. Am liebsten hätte sie weiter darüber nachgedacht. Aber jetzt lockte es das Mädchen wieder nach draußen, in den Steinkreis.

Claire hatte begonnen Kartoffeln zu schälen. „Jeder wird als Unikat geboren, die meisten enden als Kopie", meinte die Köchin ganz beiläufig. Angeblich hat der Maler Picasso das gesagt. „Bleib du ein Original, das steht dir viel besser."

Ein Sonnenstrahl fiel durchs Fenster direkt auf Nalas Gesicht. In diesem Moment beschloss sie, sich nie mehr zu verstellen und ganz sie selber zu sein, egal was geschehen würde.

11 Respekt

Der Weg flog an Nala vorbei, als sie gut gelaunt über den schattigen Pfad durch den Wald lief. Sie sprang und hüpfte dabei, so dass sie ganz erhitzt war, als sie im Steinkreis ankam und sich an den riesigen, alten Baum lehnte.

Auch heute ließ die Medizinfrau auf sich warten. Das Mädchen nahm sich Zeit, über die Fragen nachzudenken, die sie ihrer Lehrerin stellen wollte. Sie erinnerte sich an die Regeln, um durch das Portal in die Anderswelt zu kommen. Verflixt! Schon wieder hatte sie das Verbinden mit der Natur und das Loslassen ihrer Anspannung vergessen. Als sie ihre Gedanken geordnet hatte, atmete Nala tief, schloss die Augen und ließ sich hineinsinken in den bekannten, schwerelosen Zustand.

In der Ferne, am anderen Ende der Lichtung, ritt Blaue Feder auf der Leitstute direkt auf den Baum zu, unter dessen Schatten sich das Mädchen niedergelassen hatte.

Die Medizinfrau saß auf einer Decke, die auf dem Rücken von Tanzendem Feuer lag. Der dick gewebte gelbe Stoff hatte bunte Muster und bildete einen auffälligen Kontrast zum rötlich glänzenden Fell des Pferdes. Das *Schnurhalfter*, das um den Kopf der Stute geknüpft war, hatte dieselbe intensive, leuchtende Farbe. Blaue Feder war barfuß, genauso wie Wolfsherz, der als letzter auf dem Leithengst Wakanda über die Wiese trabte. Die Satteldecke und das

Knotenhalfter auf dem dunklen Mustang leuchtete rot und die eingewebten Zeichen waren dunkelbraun.

„Blaue Feder, Wolfsherz, da seid ihr ja!“, begrüßte Nala die beiden.

„Du hast es wieder kaum abwarten können, oder? Wir kommen zur rechten Zeit, verlass dich darauf. Geduld, kleine Schwester. Richtiges Timing ist wichtig, wenn du mit Pferden zusammen sein willst“, antwortete die Medizinfrau.

Tendo landete mit seinem üblichen Getöse, Gekrächze und aufgeregtem Geflatter. Alle drei mussten auflachen. Der Rabe konnte sich nicht entscheiden, neben wem er sich niederlassen wollte. Einmal hüpfte er um Wolfsherz herum, dann wieder umkreiste er Nalas Kopf. Er kam ihr dabei so nah, dass er manchmal mit den Krallen in ihren Haaren hängenblieb und sie daran zog! Wie frech war der denn drauf?

Glücklich erzählte Nala der klugen Medizinfrau von ihrem gelungenen Führen und Folgen mit Lilou. Blaue Feder freute sich darüber, wie enthusiastisch ihre Schülerin von der weißen Araberstute schwärmte. Nala ließ in ihrer Geschichte auch das plötzliche Ende nicht aus, bei dem sie von dem dominanten Pferd vertrieben wurden.

„Sehr gut gemacht! Erst zum Schluss hat die braune Stute Lilou verjagt. Das ist ganz normal. Sie ist ranghöher, Itancan. Sie hat nur ihren persönlichen Raum verteidigt, in den ihr beide ungefragt eingedrungen seid. Lilou ist zurückgewichen, das musste sein, weil sie rangniedriger ist. Du wusstest noch nicht, was zu tun war. Aber das wirst du heute lernen! Es geht um Respekt.“

„Respekt? Was soll das denn heißen?“, fragte das Mädchen mit erstauntem Gesichtsausdruck.

„Probier einmal etwas aus“, forderte Blaue Feder sie auf. „Streck deine Arme zuerst vor, dann zur Seite und nach hinten.“ Nala stand auf und tat, was die Schamanin verlangt hatte.

„Siehst du, rund um dich entsteht ein Kreis. Das ist dein persönlicher Raum. Er reicht ungefähr so weit, wie die ausgestreckten Arme. Hier darf niemand hinein, außer du lädst ihn dazu ein. Das gilt für alle! Für jedes Pferd und jeden Menschen. Diesen Kreis wirst du ab jetzt immer beschützen. So verschaffst du dir Respekt. Sieh Wolfsherz zu.“

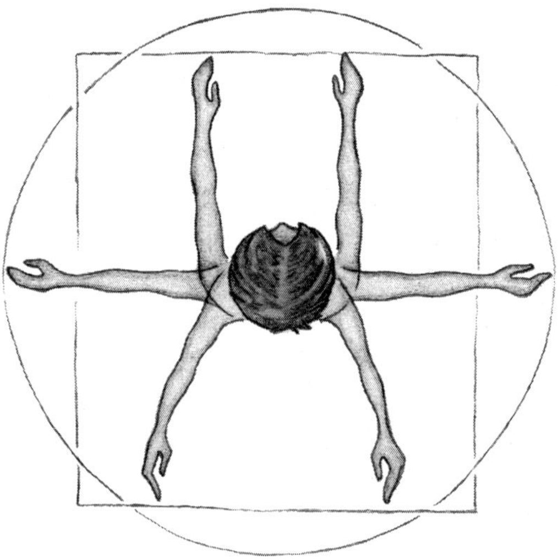

Ihr Medizinbruder schlenderte mit federnden Schritten zur Herde, bevor er langsam zu joggen begann. Die Pferde nahmen sein Tempo auf.

Plötzlich blieb der Medizinlehrling stehen und drehte sich um. Mondlicht, die hinter ihm lief, stoppte auch ihren Lauf. Der Junge schaute sie direkt an. Er war vollkommen konzentriert. Sein Blick richtete sich zwischen den Ohren des Pferdes durch und über ihren Rücken hinweg zum Wald. Wolfsherz streckte seinen sehnigen Körper und wirkte dadurch größer. Ohne den Pinto zu berühren, schob er mit den Armen Mondlicht durch kräftige, rhythmische Bewegungen zurück. Der Mustang trat ein paar Schritte nach hinten. Als Wolfsherz sich entspannte, blieb das Pferd stehen. Die beiden schauten sich an und bewegten sich für kurze Zeit nicht. Es war, als würde die Welt stillstehen!

Um Mondlicht wieder zu sich herzuholen, machte ihr Medizinbruder eine anmutige Drehung wie bei einem Tanz. Er stand jetzt mit seinem Rücken zum Mustang und senkte den Kopf. Sofort näherte sich der Pinto vertrauensvoll. Wolfsherz drehte sich zu ihr, strich weich über den Hals und kraulte ihre Stirn. Alle Bewegungen waren harmonisch und fließend, fast zärtlich.

„Sieht leicht aus“, fand Blaue Feder.

„Ist aber sicher schwer ...“, vermutete Nala.

„Respekt ..., das ist der Schlüssel“, verkündete die Schamanin kryptisch und ... „Komm, übe mit Tanzendem Feuer“.

Sich Respekt verschaffen. Den eigenen Raum verteidigen. Jemand aus seinem persönlichen Kreis schicken ... All das war im Leben Nalas bisher nicht vorgekommen. Sie konnte in der Schule nicht einmal die lästigen Plagegeister vertreiben, die ihre Sachen versteckten oder sie beim Vorübergehen verspotteten. Wie sollte sie ein mächtiges Pferd wie Tanzendes Feuer ohne Hilfsmittel, nur mit ihrer Körpersprache aus ihrem Kreis schicken?

Im strahlenden Sonnenlicht begleitete Wolfsherz Nala zur Leitstute. Der schwarze Tendo kreiste wie ein Schutztier über ihnen. Sie sammelte Kraft und Mut. Würde sie die Schneid haben, diese starke Stute in ihre Schranken zu weisen und selber zu Itancan zu werden? Tanzendes Feuer hob den Kopf und blickte Nala neugierig an. Wie sollte sie nur beginnen?

„Das Wichtigste: Mach dich groß zum Wegschicken. Entspanne, und mach dich kleiner zum Einladen“, schärfte ihr Wolfsherz ein.

Nala erinnerte sich, wie ihr Medizinbruder seine Körpersprache benutzt hatte. Langsam gewöhnte sie sich ans genaue Beobachten. Das Mädchen stellte sich direkt vor die kräftige Leitstute. Als sie sich aufrichtete, um Tanzendes Feuer von sich wegzuschicken, kam jedoch keine Reaktion vom dominanten Mustang.

Nala versuchte es noch einmal, diesmal schon etwas unsicherer.

Wolfsherz wollte helfen, indem er seiner Medizinschwester zuflüsterte: „Schau über ihren Rücken nach hinten und stell dir dabei fest vor, wie Tanzendes Feuer zurückweicht. Du musst dieses Bild vor deinem inneren Auge sehen!“ Als er bemerkte, dass die Idee keine Wirkung zeigte, schlug er vor: „Mach dich groß. Streck die Arme hoch. Wenn es sein muss, spring in die Luft, um größer erscheinen! Los! Beweg dich so, als würdest du sie zurückschieben!“, seine Stimme war energischer und lauter geworden. „Gib nicht auf! Sonst glaubt Tanzendes Feuer nie, dass es dir ernst ist!“ „Konzentrier dich! Bleib dran!“, Wolfsherz ließ nicht locker. Er hielt Nala mit seinen Worten davon ab aufzugeben und ihre Körperspannung zu lösen. „Vertrau dir!“, er blieb beharrlich.

Aber Nala hatte das Gefühl, dass sie nicht das Recht dazu hatte! Sie durfte die Leitstute doch nicht von ihrem Platz vertreiben! Darum funktionierte es nicht! Sie musste sich entscheiden, jetzt selber Itancan, Führende, zu sein. Nala entschied sich und machte sich Mut: „Los, du darfst sie wegschicken!“. Sie stellte sich vor, wie Tanzendes Feuer zurücktrat und als sie dieses Bild ganz deutlich vor Augen hatte, nahm sie allen Mut zusammen, warf die Arme entschlossen vor, und ...

Endlich! Endlich, ging ein Ruck durch das stolze Pferd! Es setzte einen Fuß zurück ... dann einen zweiten!

Rasch folgte die nächste Anweisung von Wolfsherz. „Sofort entspannen. Es genügt! Das war sehr gut für den Anfang. Lade Tanzendes Feuer wieder ein, zu dir zu kommen und streichle sie.“

Liebend gern drehte sich Nala um und senkte den Kopf. Das fuchsrote Tier kam daraufhin leise schnaubend einen Schritt auf sie zu. Das Mädchen machte einen innerlichen Freudensprung, wandte sich dem Mustang zu und kraulte die starke Brust der Leitstute. Obwohl Nala stolz darauf war, dieses wundervolle Pferd von sich wegbewegt zu haben, war ihr Nähe viel lieber als Distanz. Wenn sie dicht bei der Fuchsstute stand, fühlte es sich an, als würden sie verschmelzen. Wolfsherz, der an ihrer Seite geblieben war, fügte hinzu: „Jeder Schritt, den ein Pferd für dich rückwärts macht, ist ein Geschenk."

Tendo war inzwischen zur Medizinfrau geflogen. Er saß auf ihrer Schulter. Blaue Feder schaute ihre Schülerin gelassen an, so als ob nichts Besonderes passiert wäre, und winkte sie zu sich.

„Leicht, oder?", fragte sie verschmitzt lächelnd.

„Total easy," witzelte Nala zurück.

Wolfsherz, der sich auf seine rote Reitdecke gesetzt hatte, verdrehte bei Nalas Antwort die Augen, bevor Blaue Feder weiter sprach: „Du hast inzwischen die zwei grundlegenden Energien der Pferdearbeit erfahren. Respekt und Vertrauen. Erst, wenn eine Beziehung darauf aufgebaut ist, kannst du sie genießen."

„Ich bin erschöpft, obwohl es bloß ein paar Schritte waren, die Tanzendes Feuer nach hinten gewichen ist. Wie kommt das?"

„Deinen Platz zu verteidigen und dich zu konfrontieren, ist ungewohnt und braucht volle Aufmerksamkeit. Wenn du in eine Herde gehst, weichst du ab jetzt nie wieder zurück. Merk dir das! Wer sich zuerst bewegt, hat verloren und ist der Rangniedere. Das ist für ein Pferd, das seinen Platz in der Hierarchie akzeptiert, kein Problem. Für uns Menschen ist das anders. Wir haben die Tiere aus ihrer natürlichen Welt gerissen und in die unsere gebracht. Es gibt hier viele Gefahren. Deshalb müssen wir für ihre Sicherheit sorgen. Das geht nur, wenn wir Itancan sind. Und die Grundfrage dabei ist: Wer bewegt wen?"

„Die große Araberstute hat Lilou und mich bewegt, das war eindeutig“, stellte Nala nüchtern fest.

„Stimmt, und das ist für alle gefährlich. Indem du ein Pferd führst, bist du automatisch die Itancan. Das heißt, du übernimmst die Verantwortung, dass es in Sicherheit ist. Die dominante Stute hätte Lilou gebissen, vielleicht getreten. In diesem Fall musst du mit ihr auf Abstand bleiben oder auch die Ranghöhere kontrollieren und euren gemeinsamen Raum verteidigen. Wie soll Lilou sich dir sonst anvertrauen? Du führst, du denkst voraus!“

Tendo setzte sich auf Nalas Schulter. Diesmal überraschte sie das Gewicht des Raben nicht mehr. Frech versuchte er, sie am Ohr zu zupfen! Das war ein bisschen schmerzhaft. Nala verzog den Mund und sog dabei die Luft scharf ein.

Wolfsherz, der alles beobachtete, begann sich über sie lustig zu machen. Mit übertrieben heller Mädchenstimme zickte er los: „Ich bin ja so ein liebes Mädchen! Ich trau mich nicht, dieses aufdringliche Federvieh zu verscheuchen. Das tut man nicht, das geht doch nicht, das darf ich nicht …“

Es reichte! „He! Weg da!“ Nala fuchtelte energisch mit den Armen und verjagte damit den listigen Raben.

Der schwarze Vogel stürzte sich sogleich auf sein nächstes Opfer und das war ihr frecher Medizinbruder. Der schlug wild um sich. Neckisch attackierte Tendo mit beeindruckendem Gezeter den vorlauten Jungen, ohne sich von seinem abwehrenden Geschrei abhalten zu lassen. Wolfsherz kreischte, zuckte wie von der Tarantel gestochen mit allen Gliedern und wurde den verspielten Raben doch nicht los. Sie stritten sich wie zwei Clowns in einer Zirkusshow.

Zuerst staunte Nala über das, was sich hier abspielte, und starrte verdutzt auf die beiden Komiker. Aber das Schauspiel, das Wolfsherz und Tendo boten, war so lustig, dass die beiden Zuschauerinnen sich bald vor Lachen am Boden kugelten. Sie konnten fast nicht mehr atmen vor Gekicher und ihre Bauchmuskeln begannen zu schmerzen. Die Tränen stiegen ihnen in die Augen, als sie japsend versuchten sich zu beruhigen. Erst als der Rabe von Wolfsherz abließ, und triumphierend vor ihm auf und ab stolzierte, gelang es ihnen sich wieder unter Kontrolle zu bringen.

„So macht das also ein wahrer Experte?", kicherte die Schamanin.

Missmutig zog Wolfsherz eine Schnute, aber er konnte sich nicht lange zurückhalten und prustete lachend los.

„Tendo, du Spaßvogel! Du lässt mich ganz schön blöd dastehen!", schimpfte er. Der Rabe hielt den Kopf schief, wetzte seinen Schnabel und schielte zu Wolfsherz.

Nala hätte schwören können, dass er dabei grinste.

12 Gitarre

Kichernd stolperte Nala zum Stall zurück. Wenn sie an die Szene dachte, die Wolfsherz und Tendo geliefert hatten, stiegen ihr vom Lachen wieder Tränen in die Augen.

Aus der Ferne drang ihr ein verlockender Geruch in die Nase. Ein Lagerfeuer? Wunderbar! Neben Pferden, Schokolade und Zimt, zählte der Rauch von Holzfeuer zu Nalas Lieblingsdüften. Sie hörte Musik, die aus derselben Richtung wie die Rauchschwaden kam. Als Nala nahe genug war, konnte sie sehen, dass alle gemeinsam um ein Feuer saßen und Würstchen, die auf Holzspießen steckten, brieten. Das anheimelnde Knistern und Knacken der brennenden Äste mischte sich mit den Klängen der Musik. Funken stoben in den Abendhimmel.

Ein Junge, den sie noch nie gesehen hatte, zupfte auf den Saiten einer Gitarre und spielte eine spanisch klingende Melodie. Er sah nach unten auf sein Instrument. Die schwarzen Haare verdeckten sein Gesicht. Er wirkte versunken in sein Spiel. Der Gitarrist sah auf und blickte Nala aus hellgrauen, wachen Augen direkt an. Die Wimpern waren so dunkel und lang, dass sein Blick dem des Piratenkapitäns aus Fluch der Karibik ähnelte. Als Fan von Fantasy Filmen, gefiel ihr sein verwegenes Aussehen und sie war sofort fasziniert von dem unbekannten Musiker.

„Hallo, ich bin Emanuel", seine Stimme war warm, mit einem sanften französischen Klang. Er stellte sein Instrument neben sich auf den Boden.

„Hi,... Nala", mehr brachte sie nicht heraus.

„Spiel doch weiter!", rief Jackie dem Jungen auffordernd zu.

„Ich werde jetzt essen", antwortete der Neuankömmling kurz und bündig. Offenbar hatte er nicht vor, ihren Wunsch zu befolgen.

„Der Kartoffelsalat schmeckt himmlisch!", empfahlen die Zwillinge mit aufgeregten Stimmen. „Sollen wir ihn dir bringen?"

„Merci", während er das sagte, blieb sein Blick bei Nala hängen.

Sie war durcheinander. „Was geht denn hier ab? Wer ist der geheimnisvolle Neue? Wieso hat er mich so angesehen?"

„Du kannst mein fertig gebratenes Würstchen haben!" Rosalie, die ihm gegenüber saß, sprang auf und wollte ihm ihren Spieß reichen.

„Nett von dir, aber jetzt habe ich Zeit mir selber etwas zu grillen. Ich mach das total gern", meinte er und lächelte Nalas Freundin dabei an. Die Mädchenherzen flogen Emanuel zu. Nur Leo starrte ihn mit saurer Miene an, er hatte offensichtlich nicht mit einem Konkurrenten gerechnet.

„Ist er nicht super?", Rosalie war ganz verzückt und rollte mit den Augen. Die zurückhaltende Nala wagte es nicht einmal zu nicken. Sie lenkte sich ab, indem sie verschiedene

Salate und Soßen auf ihren Teller häufte und ein Stück vom Baguette abriss.

Mimi und Kiki hatten die Zöpfe aufgelöst und warfen ihre Locken in den Nacken. Sie trugen schicke Blusen. Waren da vielleicht sogar Lippenstift und Wimperntusche im Spiel? Ben und Luka, die neben Emanuel ein wenig blass ausschauten, wirkten nicht ganz so begeistert von dem Neuen wie die Mädchen.

Hinter vorgehaltener Hand schwärmte Rosalie: „Er ist der Neffe von Greta. Seine Familie lebt aber auch hier in Frankreich und er kommt in den Ferien auf den Hof, um bei den Pferden zu helfen. Ich glaube, er ist schon sechzehn ... Er ist erst heute Nachmittag angekommen. Emanuel spielt super Gitarre! Sieht er nicht toll aus? Irgendwie exotisch, oder?“ Rosalie war kaum mehr zu stoppen. Ein richtiger Wortschwall sprudelte aus ihr heraus.

Die letzten Grillwürstchen waren verputzt, dann nahm Emanuel wieder sein Instrument zur Hand. Zuerst zupfte er ein wenig auf den Saiten herum. Als die Mädchen ihm Vorschläge für Lieder zuriefen, sangen sie gemeinsam und die weichen Klängen der Gitarre begleiteten sie.

Am Höhepunkt des Grillabends gesellten sich Claire, Greta und Paul zu ihnen ans Lagerfeuer. Die drei brachten Schüsseln mit Eis und Schlagsahne und wurden dafür mit überschwänglichem Pfeifen und Klatschen empfangen. Obwohl kaum jemand noch Platz in seinem Bauch hatte, verputzten sie die Nachspeise restlos. Woher die anderen die Energie nahmen, um danach auf dem beleuchteten Reitplatz Fußball zu spielen, war Nala ein Rätsel.

Sie saß auf der Bank und beobachtete das Gewusel, das kreuz und quer über den Platz tobte. Leo und Emanuel hatten die die Mannschaften gewählt. So stand von vornherein fest, dass die beiden Gegner waren. Hindernisstangen bildeten ein improvisiertes Tor. Die Jungs und die Zwillinge, die gar nicht schlecht kickten, trippelten und tricksten mit dem Ball, den irgendjemand mitgebracht hatte. Leo, der sich für den besten Fußballer hielt, hatte in Emanuel seinen Meister gefunden, die zwei kämpften am heftigsten miteinander. Es fielen Tore. Jubelgeschrei und Umarmungen begleiteten das Spiel.

„Ecke!“, Ben protestierte und alle gaben ihm nach kurzer Diskussion recht.

„Foul!“, und „Elfmeter!“, wurde so lange reklamiert, bis Paul sich als Schiedsrichter zur Verfügung stellte. Leo hatte Emanuel am Shirt gerissen und zurückgehalten. Seine Mannschaft musste das Straftor einstecken. Der neu angekommene Junge stieg in der Achtung von Ben und Luka.

Mimi und Kiki zogen sich die sauberen Blusen aus. In ihren Tops, die sie darunter trugen, rannten sie entschlossen dem umkämpften Fußball nach. Auch Jackie und Rosalie zeigten Sportsgeist und warfen sich voll ins Geschehen. Da sie technisch nicht so versiert waren, wurden ihnen einige unbeabsichtigte Fouls oder Tritte verziehen.

Nala fühlte sich wohl auf ihrer Zuschauerbank, und als ihr die getigerte Hofkatze auf den Schoß sprang, war die Welt in Ordnung. Zärtlich strich sie über das weiche Fell der jungen Katze. Das Mädchen genoss die Wärme und den ruhigen Atem des Tieres.

Im Schlaf zuckte das Kätzchen und fuhr sich mit der winzigen, rosa Zunge um den Mund.

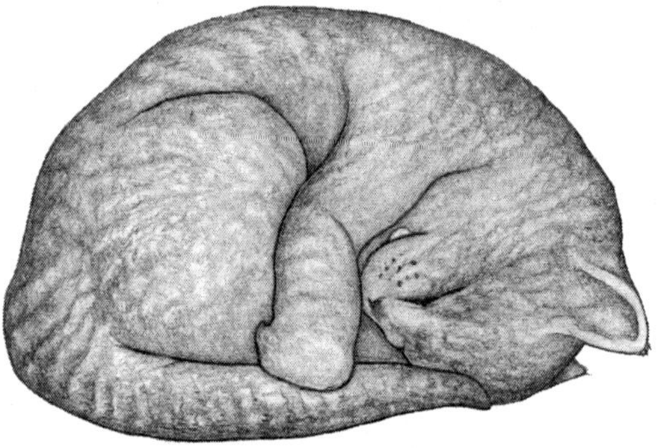

Nala war nur Zaungast. Aber das störte sie nicht. Durch ihren Entschluss zu tun, was sie glücklich machte, konnte das Mädchen sich gelassen zurücklehnen. Sie hatte dabei eine gute Sicht auf Emanuel. Seine Bewegungen ähnelten denen von Wolfsherz. Die beiden liefen schnell und elegant. Der Medizinlehrling mit den Pferden, der umwerfende Musiker mit dem Ball. Bisher hatte Nala nicht viel mit Jungs zu tun gehabt. Die meisten fand sie einfach nur ätzend. Manche waren schlau, das fiel ihr in der Schule auf, aber die blieben oft unter sich. Ihr Medizinbruder und der Neue hier am Hof gefielen ihr eigentlich ganz gut, musste sie sich verwirrt eingestehen.

Nach einer Weile schlenderte Nala in der Dunkelheit zum Haus. Sie stieg die Treppe zu ihrem Dachzimmerchen hoch. Ihren Koffer hatte sie bis heute noch nicht ausgepackt. Trotz der Müdigkeit schlichtete sie die Klamotten in den Schrank und die Bücher ins Regal. Die Tasche mit den Badesachen bugsierte Nala in eine Ecke. In den letzten Tagen war so viel passiert, dass sie keine einzige Zeile gelesen hatte! Das war bisher nie geschehen, solange sie sich erinnern konnte.

Das Mädchen kritzelte neue Skizzen in den Block. Das musste sein! Die Augen fielen ihr fast zu. Ob die Zeichnungen gut oder exakt waren, kümmerte sie nicht mehr.

Das Einzige, wonach Nala sich sehnte, war tiefer, erholsamer Schlaf. Mit letzter Kraft schleppte sie sich zum Fenster, um es für Tendo zu öffnen. Er kam heute gar nicht, um Gute Nacht zu sagen. Statt dessen erhaschte sie einen Blick auf eine lange, glühende Sternschnuppe.

Den Wunsch werde ich wohl träumen, so müde wie ich bin. Das Bild von Emanuel blitzte kurz auf, sie verwarf es sofort wieder. „Nein, ich muss mir schon was Richtiges wünschen ...“, und noch während sie das dachte, schlief Nala ein.

13 Mistgabel

Klopf, klopf ... Ein lästiges Geräusch weckte Nala aus ihrem wirren Traum, an den sie sich nur bruchstückhaft erinnerte. Je mehr sie sich bemühte zu wissen, was sie geträumt hatte, desto flüchtiger und verschwommener wurden die restlichen Traumfetzen. Schade! Zumindest hatte sie keine Ahnung mehr, was ihr richtiger Wunsch an die Sternschnuppe gewesen war. Nala gähnte herzhaft, sie dehnte und streckte sich unter ihrer leichten Decke. Die Sonnenstrahlen drangen durchs Fenster und kündigten einen weiteren heißen Tag an.

Ihr Freund, der Rabe mit dem schwarzblauen Gefieder, hüpfte energisch am Fensterbrett auf und ab. Er klopfte mit seinem kräftigen Schnabel gegen das Glas. Das war also das Geräusch gewesen, das sie gehört hatte!

„Na gut, es ist wohl Zeit zum Aufstehen, danke mein Lieber, dass du mich geweckt hast“, begrüßte sie den Raben.

Wie ferngesteuert stand Nala auf und wankte mit halb geschlossenen Augen ins Badezimmer, das zufälligerweise frei war. Sie hoffte, dass eine Dusche sie endgültig aus ihrem verschlafenen Zustand reißen würde.

Das Haus füllte sich mit Stimmengewirr. Es summte wie in einem Bienenstock. Sie schlurfte die Treppe hinunter bis in die Küche, in der sich die ganze Gruppe versammelt hatte. Seit ihrem Gespräch mit Claire war Nala dieser Raum noch lieber geworden. Tee und Saft wurden herumgereicht und es duftete nach Crèpes, wie es in Frankreich üblich war. Zum ersten Mal dachte sie an ihre Eltern und Phillip. Ihre Familie ahnte ja nicht im geringsten, was für eine verrückte Zeit sie hier erlebte ...

Greta trat ein und überraschte die Gruppe mit einer Ankündigung: „Heute gibt es keinen Französisch-Unterricht. Es ist Sonntag!“

Die Jugendlichen hatten das Gefühl dafür, welcher Wochentag war, verloren. Das kam in den Ferien öfter vor.

„Wir versorgen, wie jeden Morgen, zuerst die Pferde und dann fahren wir gemeinsam zum Fluss und baden!“, kündigte die Reitlehrerin an.

„Hurra!“, tönte es aus den verschiedenen Ecken der Küche.

Nala blieb ihr Baguette fast im Hals stecken. Hurra? Darüber sollte sie sich freuen?

Eigentlich war sie eine richtige Wasserratte. Das Schweben im Meer oder in einem See fühlte sich großartig an. Das Mädchen liebte es zu schnorcheln und bunte Fische und die Unterwasserwelt zu beobachten.

Aber erstens bedeutete der Ausflug, dass sie mit den anderen mitfahren musste.

Zweitens blieb es ihr nicht erspart, sich im Bikini, also fast nackt, zu zeigen. Schon bei der Vorstellung davon kriegte sie die Krise.

Und drittens: Wann sollte Nala sich mit Lilou und mit ihrer schamanischen Lehrerin treffen? Das war der Horror!

Außerdem fiel ihr beim besten Willen, auf die Schnelle keine plausible Ausrede ein, um hierzubleiben. Während der Stallarbeit musste sie unbedingt einen Ausweg finden!

Rosalie spekulierte: „Hoffentlich kommt Emanuel mit zum Baden“, und zu Nala gewandt fragte sie: „Warum bist du denn gestern so plötzlich verschwunden? Es war ein toller Abend! Wir haben es Leo und Jackie richtig gezeigt und 5:3 gewonnen. Gut, mein Verdienst war das sicher nicht. Das Team war einfach perfekt“, sagte sie und blickte mit glänzenden Augen zu Emanuel.

Nala bekam so gleichzeitig eine Zusammenfassung vom Fußballspiel und vom emotionalen Zustand Rosalies. Es hatte ihre neue Freundin voll erwischt. Verknallt sein machte, jedenfalls nach Nalas Meinung, das Leben nur komplizierter. Ihr konnte das nicht passieren, davor würde sie sich hüten!

Die beiden Mädchen gingen während ihres Gesprächs in den Hof hinaus, schnappten sich zwei Mistgabeln und eine Schubkarre. Heute waren sie damit dran, die Koppel abzumisten. Nala freute sich darauf. Bei dieser Arbeit war sie mitten in der Herde, bewegte sich zwischen den Pferden und konnte ihnen nahe sein. Rosalie suchte einen zentralen Platz für die Mistkarre. Sie trennten sich, um möglichst rasch mit dem Einsammeln der Pferdeäpfel fertig zu werden. Neugierig näherten sich die edlen Araber. Einer nach dem anderen kam auf Nala zu, um sie zu beschnuppern. Die Stuten und Wallache waren zutraulich und bewegten sich gelassen über die Weide. Sie wollte eigentlich alle Pferde begrüßen, doch Rosalie machte ihr einen Strich durch die

Rechnung. Sie plapperte ständig vor sich hin, schwärmte von Gitarrenkünsten und von grauen Augen ...

Mit einem Ohr hörte Nala ihr zu. Immer, wenn sie einem Tier begegnete, nahm sie sich Zeit für ein kurzes Kraulen da, ein Streicheln dort ... Samsara war zu ihr gekommen! Ohne zu lahmen, streifte das Pferd über die Koppel. Erleichtert kraulte sie ihre Stirn so lange, bis sich die zarte Stute umarmen ließ. Dann widmete sie sich wieder dem Mist. Für den Moment war Nala mit sich im Reinen und genoss diese sonst nicht unbedingt beliebte Arbeit.

Vielleicht war Rosalie von der Hitze und vom anstrengenden Einsammeln der Pferdeäpfel die Luft ausgegangen. Sie hatte jedenfalls mit ihrem Dauertext aufgehört. Allmählich arbeiteten sich die beiden Mädchen in die Ecke der Koppel vor, in die Lilou sich zurückgezogen hatte. Nala stellte die Mistkarre in ihre Nähe, so konnte sie wie zufällig neben der weißen Stute *abmisten*. Als sie abwechselnd vom Schubkarren weg und wieder zurückging, begann das Pferd damit, das Mädchen auf seinem Weg zu begleiten. Zuerst folgte Lilou ihr noch in einem sicheren Abstand. Je selbstverständlicher sich Nala über die Wiese bewegte, desto näher kam der Schimmel.

Ein Tanz war entstanden. Sie fand längst keine Pferdeäpfel mehr und tat nur mehr so, als ob sie etwas aufsammeln würde. Die Stute folgte ihr auf dem Fuß! Das Mädchen konnte einfach nicht aufhören, mit ihrem Herzenspferd spielerisch hin und her zu laufen, so schön war das. Lilou und Nala hatten wieder zu ihrer tiefen Verbundenheit gefunden und genossen den gemeinsamen Weg.

Rrrrums!

Das Mädchen hatte sich gerade über einen imaginären Haufen mit Pferdemist gebeugt, als sie heftig von hinten geschubst wurde. Sie kam aus dem Gleichgewicht und machte einen Satz nach vorn, um nicht umzufallen. Diese braune, kräftige Stute schon wieder! Die hatte sie mit ihrem Schädel weggestoßen! Wie kam sie dazu, so grob zu sein! Nala war empört. Jetzt war ihr Moment! Das würde sie sich nicht gefallen lassen! Sie richtete sich auf und sprang sogar in die Luft! Nala warf die Arme hoch! Dabei hatte das Mädchen ganz vergessen, dass sie die Mistgabel in der Hand hielt. Die Wirkung der blitzschnellen Aktion war verblüffend.

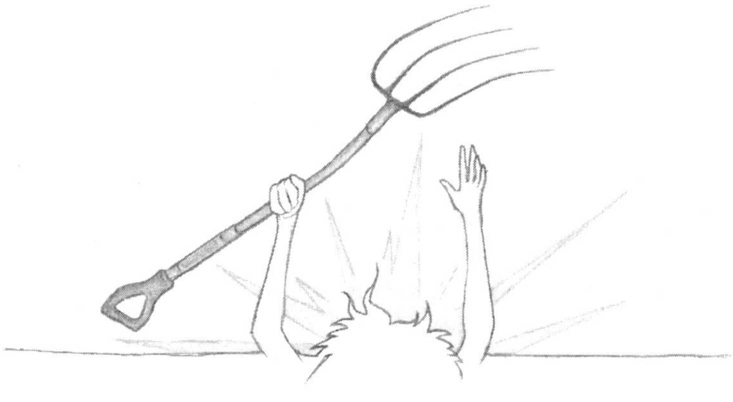

Beeindruckt von ihrem Hüpfer, schnellte die dominante Araberstute nach hinten. Nala war so in Fahrt, dass sie gleich noch einmal mit ihrem furchterregenden Werkzeug in der Hand einen energischen Satz machte. Dabei stieß sie die Mistgabel in den Himmel. Schnaubend wich die Braune zurück. Wahrscheinlich erschien ihr der Dreizack wie eine Raubtierkralle. Nala erinnerte sich an das erste Treffen mit der Medizinfrau, die ihr von diesem Phänomen erzählt hatte. Egal, die abschreckende Wirkung war ja beabsichtigt gewesen. Das war weit genug! Sie spürte, dass der Sicherheitsabstand zwischen ihr und dem Pferd jetzt stimmte und blieb stehen. Die Stute schaute das Mädchen aufmerksam an. Sie setzte schon dazu an, wieder einen Schritt näher zu kommen, als Nala instinktiv mit dem Fuß auf den Boden stampfte und dabei ihren Kopf hob. Der braune Araber riss die Nase hoch und trat zurück. Sie wollte sicher sein, dass das Pferd sie nicht noch einmal anrempeln würde. Nach einem kurzen, spannungsgeladenen Moment wandte sie sich ein wenig von der Stute weg und senkte Kopf und Schulter. Es funktionierte! Die kräftige Braune schritt nun viel entspannter auf sie zu. Die Araberstute war sanft geworden und sogar Lilou, die aus einiger Entfernung scharf beobachtete, was da vor sich ging, kam näher.

„Wer bist denn du?“, murmelte Nala dem starken Tier ins Ohr.

Als ob sie die Frage gehört hätte, rief Rosalie:

„He, was machst du da? Anouk ist hier die Oberchefin, die Leitstute.“

Nala hatte den Namen des Pferdes ganz vergessen. Sie war bei den Gruppenreitstunden ja nicht dabei. Leo ritt auf ihr, fiel ihr nun wieder ein.

Rosalie beobachtete, wie ihre Freundin mit der Leitstute kommunizierte.

„Das ist ja so was von cool!", fand das rothaarige Mädchen. Die zwei Pferde standen links und rechts von Nala. Als Anouk die unsichere Lilou von ihrem Platz vertreiben wollte, wies sie die Stute mit einer kraftvollen und selbstbewussten Handbewegung zurecht. Sie wiederholte das so lange, bis sie alle drei friedlich nebeneinanderstanden. Mit einer Hand streichelte sie links, mit der andern rechts. Das Mädchen stand grinsend wie das sprichwörtliche Honigkuchenpferd in der Mitte.

Rosalie stütze ihr Kinn auf die Mistgabel, die sie in den Boden gestochen hatte. Ihr Mund blieb offen und sie blickte fasziniert auf das Dreiergespann.

„Jetzt schau nicht so! Ich mag Lilou wahnsinnig gerne! Wenn sie endlich ein bisschen Anschluss an die Herde findet, ist das doch super", fand Nala.

„Seid ihr nicht langsam fertig da drüben?" Jackie schrie ihre Frage quer über die Koppel. „Wir wollen nämlich los!"

Oh, je! Nala erinnerte sich. Die Ausrede! Sie hatte ganz vergessen, sich eine zurechtzulegen!

Rosalie sah ihre Freundin an, als würde sie wissen, was in ihrem Kopf vorging.

„Du solltest endlich auch Anschluss an die Herde finden, oder?", flüsterte sie ihr zu.

14 Fluss

Eilig holte Nala die Schwimmsachen aus ihrem Zimmer. Natürlich hatte sie gewusst, dass Badeausflüge zum Ferienprogramm gehörten und zu Hause Bikini, Handtuch und Sonnencreme in ihren Rucksack geschmissen. Fertig war die Badetasche! Jetzt stopfte sie noch ein neues Buch dazu. Nala hoffte, endlich zum Lesen zu kommen. Wenigstens darauf freute sie sich, wenn es schon keine Möglichkeit gab, sich vor dem Badetag zu drücken.

Claires Stimme drang durchs Stiegenhaus. „Jause ist fertig! Kommt in die Küche!" Sie hatte für jeden einen Papiersack mit Obst, Sandwiches, Süßigkeiten und einem Getränk vorbereitet. Alle holten die Lunchpakete bei ihr ab.

Ein Minibus, in den acht Jugendliche passten, parkte vor dem Haus. Er trug die Aufschrift: Au Grand Chêne und das Symbol des Reiterhofes, einen Pferdekopf, von einem Eichenblatt umrahmt.

Jackie und Leo kletterten zuerst hinein. Nala wollte als Letzte einteigen. Mit so vielen Menschen in ein Auto gestopft zu werden, erzeugte bei ihr ein Gefühl der Beklemmung. Auch Rosalie wartete bis zum Schluss, denn sie hoffte inständig, dass Emanuel mit einsteigen würde. Paul war der Fahrer des Vans und ließ bereits den Motor an, als Nala vorne, neben ihm, Platz nahm. Rosalie grummelte enttäuscht vor sich hin. Erst als ein kleiner, gelber Jeep, in dem

Greta und ihr Neffe saßen, sich ihnen anschloss, hellte sich ihre Miene wieder auf.

Die Landschaft, die am Fenster vorüber sauste, war spektakulär. Steil abfallende, weiße Kalkfelsen säumten das Ufer des Flusses, der in tausend verschiedenen Grüntönen schillerte. Im Wasser lagen bizarre Felsbrocken und bleiche Baumstämme steckten kreuz und quer zwischen den Steinen wie vergessene Mikadostäbe.

Aus Bens Rucksack lugten Schwimmflossen hervor und der verfressene Luka begann schon jetzt den Inhalt der Brote zu untersuchen. Die Zwillinge betätigten sich als Reiseführerinnen:

„Der Platz am Fluss ist voll abgefahrenl! Dort ist sogar eine heiße Quelle! Auch die Römer haben hier gebadet“, berichtete Kiki.

Mimi war begeistert: „Gleich bei unserem Badeplatz gab es damals einen antiken Wellnesstempel!“

„Klingt gar nicht schlecht“, fand Nala. Aber schon stieg wieder Panik in ihr auf, wenn sie daran dachte, sich im Bikini zu zeigen. Mitgefangen, mitgehangen .....? Jetzt war es auf jeden Fall zu spät zum Umkehren. Rosalie strahlte inzwischen vor Vorfreude auf den Ausflug mit Emanuel. Neben ihrer neuen Freundin zu sitzen, stimmte Nala ein wenig optimistischer. Wenigstens würde sie nicht allein sein.

Wunderschön, fast malerisch war es hier. Die Felsen mit ihren Höhlen wirkten wie eine Kulisse vor dem klaren Wasser, das von Becken zu Becken plätscherte. Aus einem alten Mauerstück, von dem das Flüsschen auf einer Seite begrenzt wurde, strömte durch eine Felsrinne die heiße Heilquelle herein und mischte sich mit dem Gebirgsbach. Auf einem winzigen Sandstrand zwischen den Steinen lagerten die Schnellsten der Gruppe. Sie hatten ihre Tücher ausgebreitet und schälten sich bereits aus den Klamotten. Nala suchte sich einen Platz am Rand des Geschehens, gleich bei den Büschen, die den Strand umringten. Sie fischte das neue Buch heraus und rückte ihr Handtuch und den Rucksack zurecht, um eine bequeme Stellung zum Lesen zu finden.

„Langsam gehen uns die Vorräte aus. Paul und ich fahren in die Stadt zum Einkaufen. In ein paar Stunden sind wir zurück. Habt eine schöne Zeit!“, verabschiedete sich Greta.

Mit Begeisterung stürzten sich Mimi und Kiki in die Fluten. Später eroberten die Jungs nach und nach das Wasser. Sie begannen ausgelassen herumzuspritzen und johlend Hahnenkämpfe auszutragen. An ein entspanntes Baden in den Tümpeln war nicht zu denken, also schlug Nala zufrieden die ersten Seiten ihres Romans auf. Kaum hatte sie sich in ihr Buch vertieft, stand Rosalie neben ihr und versuchte, sie an der freien Hand hochzuziehen.

„Komm, steh auf du Leseratte! Wir gehen ein Stück weiter flussaufwärts und suchen einen Platz, wo wir allein sind. Lesen kannst du später immer noch!“

Das war ein verlockendes Angebot. Eine ruhige Stelle finden und sich endlich abkühlen! Nach der heißen letzten Woche war das sicher eine Erlösung! Die Rucksäcke ließen sie liegen. Mit ihren Badetüchern und Bikinis in der Hand kletterten sie über die Steine den Flusslauf aufwärts. Bald fanden die Mädchen einen Platz, an dem sie sich wohl fühlten. Vor Rosalie zog Nala sich ohne Probleme um und beide glitten ins kühle Nass. Traumhaft war es hier! Sie ließen sich am Rücken schwimmend in einem kleinen Tümpel treiben und blickten in den blauen Himmel, von dem, wie jeden Tag, die Sonne brannte.

„Glaubst du, dass er mich mag?“

Es war ja nicht anders zu erwarten gewesen! Rosalie stürzte sich sofort auf ihr neuestes Lieblingsthema, Emanuel. Hier konnte Nala nicht so leicht weghören wie auf der Koppel.

„Woher soll ich denn das wissen? Da fragst du leider die Falsche! Ich hab so gar keine Erfahrung in Liebesdingen“, antwortete sie abwehrend.

„Ach komm, irgendeine Ahnung wirst du doch haben?“

Das war es also, warum Rosalie mit ihr allein sein wollte! In ihrer Verliebtheit musste sie unbedingt über Emanuel sprechen! Aber Nala hatte echt keine Lust, die Schwärmerei anzuhören und hielt sich mit ihren Antworten eher zurück. Das Gespräch wurde immer einsilbiger ...

Erfrischt stiegen die Mädchen aus dem Wasser und legten sich auf einen flachen, von der Sonne gewärmten Stein. Die Freundinnen genossen das Sonnenbad. Rosalie hatte wohl akzeptiert, dass sie keine Expertin für Romantik war. Nach einer Weile packten sie ihre Handtücher zusammen. Nala zog ihr langes, oranges Shirt über den Bikini und die beiden kehrten zur lärmenden Feriengruppe zurück.

Nach der ersten Wasserschlacht hatte sich die ganze Gruppe auf die Jause gestürzt und sie verschlangen die mit Schinken und Käse gefüllte Baguettes, die Äpfel und Leckereien.

„Mist, nicht einmal hier gibt es einen anständigen Handyempfang“, maulte Ben und Luka fragte erbost: „Wie viele Balken hast du denn?“

„Keinen!“, „Einen!“, „Nicht genug!“... Alle sprachen enttäuscht durcheinander. Nachdem sie sich beruhigt hatten, wurden die Handys als Fotoapparate benutzt. Die Mädchen und Jungs posierten in den verschiedensten Gruppierungen vor der Kamera. Leo und Jackie waren ein besonders begehrtes Fotomotiv. Sie stellten sich verliebt in Posen, die äußerst professionell ausschauten. Nala, die über ihr Buch linste, fragte sich, ob es echt war, was die beiden da vor der Kamera zeigten. Alles wirkte einfach zu glatt.

War sie nur neidisch, weil sie sich ein so perfektes Leben nicht einmal vorstellen konnte?. Mit einem Seufzer verschwand sie wieder in ihrem Roman. Den Blick, den Emanuel ihr zuwarf, übersah Nala.

Die Mädchen umringten ihn und bedauerten lautstark, dass er die Gitarre nicht mitgebracht hatte. Sie bombardierten den Jungen mit Fragen. Wie war das Leben in Frankreich? Mimi und Kiki quetschten ihn über seine Erfahrungen mit der Araberherde am Hof aus und belagerten ihn so lange, bis er fluchtartig ins Wasser abtauchte.

Obwohl Nala sich aufs Lesen gefreut hatte, war die Konzentration darauf schwierig. Sie fand nicht richtig in die Geschichte hinein, denn alles darin erschien ihr eigenartig farblos, wenn sie es mit ihren unglaublichen Erlebnissen mit der Schamanin und Wolfsherz verglich. Nalas Herz war so erfüllt von Lilou, Samsara, Mondlicht und Tanzendem Feuer, dass sie gar keinen Platz mehr für fremde Figuren hatte. Diese Erkenntnis traf sie überraschend. Zum ersten Mal war ihr eigenes Leben bunter und interessanter als die Geschichte, die in einem Buch erzählt wurde. Seufzend legte sie den Roman beiseite.

Nala träumte ein wenig vor sich hin, während sich ihre Beine, die aus dem Schatten ragten, immer mehr röteten. Die Sonnencreme! Hastig kramte sie eine Tube aus ihrem Rucksack und deckte den Sonnenbrand, der sich anbahnte, damit ab. Sie bemerkte erfreut, dass ihre Arme eine goldene Farbe bekamen. Hier in Frankreich verbrachte sie den ganzen Tag im Freien. Auch das Gesicht war inzwischen ein wenig gebräunt. In den Ferien traten ihre Sommersprossen deutlicher hervor und die dunkelblonden Haare hellten sich auf. Ihre Beine waren jedoch immer noch bleich. Vielleicht sollte sie die langen Jeans doch gegen Shorts eintauschen?

Emanuel, der aus dem Fluss gestiegen war, und die Sonnencreme in Nalas Hand bemerkte, schüttelte sich die Wassertropfen aus seinen Haaren und bot freundlich an: „Ich creme dir den Rücken ein, wenn möchtest."

Erschrocken wehrt Nala ab: „Nein danke! Ich zieh mich sicher nicht aus!"

„Okay, wie du willst." Der Junge setzte sich neben sie.

Emanuel: „Tolles Buch?"

Nala: „Geht so."

Pause

Nala: „Nicht mein Ding."

Emanuel: „Schade"

Wenn das so weiterging, würde ihr Gespräch bald von Zweiwortsätzen in totales Gestammel abrutschen. Was war nur los mit ihr?

Glücklicherweise fühlte sich Rosalie von Emanuels Anwesenheit magnetisch angezogen und setzte sich zu ihnen. Sie unterhielt sich viel vernünftiger mit ihm, als es Nala gelungen war. Rosalie und der interessante Neue hatten sich schnell in ein Gespräch vertieft.

„Ich geh zu unserem Plätzchen, Rosalie", meldete Nala sich nach einer Weile ab. Ihre Freundin zuckte nicht einmal mit der Schulter und ließ sie ziehen. Emanuel schaute Nala fragend an, wurde aber sofort wieder von dem rothaarigen Mädchen mit Beschlag belegt.

Nachdem sie Handtuch und Shirt abgelegt hatte, schwebte Nala schwerelos am Rücken liegend im Fluss. Auf der einen Seite floss kühles Wasser. Dort, wo die heiße Quelle sich mit dem Strom mischte, war die Temperatur optimal. Einfach himmlisch!

Ihre Fingerkuppen verschrumpelten schon, und das Mädchen entschloss sich wehmütig, wieder aus dem warmen Becken hinauszusteigen. Mit ein paar kräftigen Zügen schwamm sie ans Ufer und erstarrte.

Wo waren ihr Handtuch und das lange Oberteil geblieben?

Da lag – NICHTS! Nala konnte es nicht glauben! Im ersten Augenblick wollte sie sich einfach nur tot stellen, unter Wasser bleiben und auf ein Wunder hoffen.

Und das Wunder geschah! Hinten, beim Gebüsch, sah sie etwas Oranges und etwas Blaues aufblitzen. Das mussten ihr Shirt und das Handtuch sein! Geduckt schlich Nala darauf zu, damit niemand sie im Bikini sehen konnte. Gerade als sie sich nach der rettenden Kleidung bückte, um sie rasch aufzuheben ...

Schwupp! Sie traute ihren Augen nicht! Das orange Teil und ihr Tuch wurden über den Boden weiter in Richtung Büsche geschleift!

„Nein!“ Heiß und kalt durchfuhr es Nala. Das konnte nur ein Streich von Jackie und Leo sein! Jedes Mal, wenn sie hektisch nach dem Shirt griff, bewegte es sich ruckartig von ihr weg. Es wurde von einer dünnen Schnur gezogen! Verzweifelt bückte sie sich immer wieder.

„Klick, klick“, das Geräusch kannte sie! Blind vor Panik nahm das Mädchen wahr, dass sie von einem Handy fotografiert wurde, als sie im Bikini über die Steine vorwärts stolperte.

„Das ist so hinterhältig und gemein!“ Nala fühlte sich wie ein gehetztes Tier.

Plötzlich blieben ihre Sachen auf der Stelle liegen! Emanuel stand auf der Schnur und stoppte die Hetzjagd. Kopfschüttelnd hob er alles auf und reichte Nala ihr Shirt und das Handtuch. Sie schlang das blaue Frottee sofort um ihren Körper. Erschüttert ließ sie sich auf den Boden sinken. Damit hatte sie nicht gerechnet! Nala war völlig unvorbereitet auf diesen Anschlag gewesen.

Jackie hörte nicht einmal auf, sie zu fotografieren, als Nala mit gesenktem Kopf in ihr Handtuch gewickelt dasaß. Wie versteinert versuchte sie, die Fassung zu wahren.

Emanuel blieb, nachdem die beiden Quälgeister sich verdrückt hatten, mit einem kleinen Abstand neben ihr sitzen. Rosalie, die wie sie erst jetzt bemerkte, gleich nach dem Jungen gekommen war, ließ sich zwischen ihnen nieder. Sie legte den Arm um Nala, die von einem stummen Weinkrampf geschüttelt wurde.

„So eine Schweinerei, du hattest Recht. Den beiden ist einfach alles zuzutrauen!“, schimpfte Rosalie lauthals. „Jetzt glaub ich dir auch, dass sie für den Unfall auf dem Reitplatz verantwortlich waren!“ In dieser verzweifelten Situation kam die tatkräftige, ungestüme Seite Rosalies zum Vorschein, wie bei ihrem ersten Gespräch auf der Bank unter dem Sternenhimmel. Sie sagte entschlossen: „Das war's mit der Freundlichkeit! So kann es einfach nicht weiter gehen. Der Unfug muss aufhören! Bist du dabei?“ Sie sah Emanuel, der die Lage gerettet hatte, fragend an.

Der Neuankömmling, der ja nichts vom Sturz mit Samsara wusste, nickte zustimmend. Offenbar reichte ihm schon dieser Streich. Er stand zornig aber wortlos auf und machte sich auf den Weg.

„Wir sind ab jetzt Hexenschwestern“, raunte Rosalie.

„Hexenschwestern? Was ist das bloß für ein schräger Gedanke? Was soll das überhaupt bedeuten?“, fragte Nala.

Rosalie hatte den befremdeten Blick und die Verblüffung in Nalas Stimme bemerkt. Sie erklärte: „Ich habe rote Haare und du einen Raben, der dich begleitet! Gemeinsam sind wir Hexenschwestern und werden uns wehren. Den beiden zeigen wir's.“

Nala war überrascht und verwirrt. Sie stammelte, nach Luft ringend: „Wir schaffen das? Oder? Aber wir machen es alleine! Die Erwachsenen müssen davon nichts wissen. Versprichst du mir das?“

„Wenn du willst und dir sicher bist? Gut, einverstanden!“, bestätigte Rosalie.

Das Freundschaftsangebot tat Nala richtig wohl. Die beiden Mädchen saßen still nebeneinander und kamen langsam zur Ruhe.

Emanuel blieb verschwunden.

15 Blitz und Donner

Auf der Heimfahrt zogen sich am Horizont Gewitterwolken zusammen und aus der Ferne hörten sie das erste Donnergrollen. Die Stimmung im Kleinbus des Gestüts, in dem sich die Nachmittagshitze gestaut hatte, war angespannt. Nala wusste nicht, ob Jackie die Handyfotos herumzeigen würde oder nicht.

Rosalie saß demonstrativ neben ihr und erzählte von ihrem Pflegepferd Gandalf, einem gewaltigen Noriker mit dichter, blonder Mähne und *Fesselbehang*, den sie zu Hause betreute und ritt. Nala konnte ihrer Geschichte kaum folgen, so sehr war sie damit beschäftigt, tapfer die Fassade aufrecht zu halten und nicht allzu geknickt auszusehen. Da Rosalie versuchte, ihre Solidarität mit der neuen Freundin zu demonstrieren, klang ihre Stimme ein bisschen zu schrill und künstlich aufgedreht. Nala war dankbar dafür, dass sie vor den anderen zu ihrer Freundschaft stand.

Die Mischung aus drohendem Unwetter und der seltsamen Spannung im von der Sonne aufgeheizten Auto fühlte sich unbehaglich an. Paul, der den Bus lenkte, fragte: „Was'n los mit euch? Hattet ihr keinen Spaß?"

„Sicher!", „War super!", mischten sich verschiedene Stimmen aus den hinteren Bankreihen.

Doch dem alten Pferdepfleger konnte man nichts vormachen. Er schüttelte zweifelnd den Kopf und blickte misstrauisch in den Rückspiegel, um unbemerkt die Gesichter der Jungs und Mädchen zu mustern.

Je näher sie dem Pferdehof kamen, umso lauter wurde das Krachen des Donners. In der Ferne waren zuckende Blitze zu sehen und der Wind rüttelte wild an den Bäumen, an denen sie vorüber fuhren. Sie hatten gerade das Tor mit der Aufschrift: „Au Grand Chêne“ passiert, als sich der Himmel auftat und dichter Regen herab prasselte. Die dicken Tropfen wurden von heftigen Windböen gepeitscht und es gab keine Möglichkeit mehr, trocken ins Haus zu gelangen.

Nachdem sie ausgestiegen waren, verlangsamten Rosalie und Nala ihre Schritte. Das Regenwasser, das die Mädchen durchnässte, traf ihre aufgeheizten Körper wie ein heilsamer Schock. Sie blieben stehen, lächelten sich im stillen Einvernehmen an, breiteten mitten im strömenden Regen die Arme aus, legten ihre Köpfe in den Nacken und ließen sich die Regentropfen über ihre Gesichter laufen. Nala und Rosalie begannen übermütig zu hüpfen und zu kichern. Nach kürzester Zeit hatten sich unter ihren Füßen Pfützen gebildet und die beiden sprangen barfuß hinein, dass es nur so spritzte!

„Hexenschwestern“, murmelten sie sich zu und tanzten wie wild geworden los.

Die Zwillinge hatten kurz vor der Haustür innegehalten und wurden vom Gelächter der tanzenden Mädchen angezogen. Auch sie stellten sich voller Freude in den Regenguss. Emanuel, der eben erst aus dem Jeep geklettert war, schloss sich an und bald sprangen alle gemeinsam im krachenden Unwetter herum. Der Wind pfiff, Blitze flammten über den dunkelgrauen Himmel und hinterließen dort ihre zackigen Feuerzeichen. Die Spannung löste sich auf, rann mit den Regentropfen an ihnen hinunter und vermischte sich mit dem feinen Schlamm, der sich zwischen ihre nackten Zehen drückte. Vollkommen durchgeweicht und von heftigen Windböen gebeutelt, bibberten sie und rannten Richtung Haus.

Nachdem Nala wieder trocken und kuschelig angezogen war, zog es sie in die Küche. Der Blick aus den hohen Fensterbögen bot ein trauriges Bild. Die Pferde standen mit hängenden Ohren im Regen oder steckten ihre Köpfe unter das Dach der Heuraufen.

Das Unwetter zog weiter, hinter die Berge. Das Grollen des Donners wurde leiser. Es goss noch immer wie aus Kübeln.

„Auch das wildeste Gewitter zieht vorbei“, dachte Nala.

„Es tut richtig gut, wenn es ordentlich kracht“, meinte Claire, die eine dampfende Suppe zubereitete. „Die Spannung war ja nicht mehr auszuhalten.“

In dem ausgefallenen, bunten Sommerkleid, der gepunkteten Schürze und ihrem zerzausten Haar, wirkte sie wie eine Zauberin, die mit Kräutern und Gewürzen heilte oder magische Tränke braute.

„Die Pferde warten ab und trollen sich irgendwohin, wo ihnen das Wasser nicht in die Ohren läuft“, bemerkte sie.

„Ohren zu und durch?“, witzelte Nala. Sie wusste nie genau, ob die Köchin einen Scherz machte, eine philosophische Wahrheit von sich gab oder ein harmloses Gespräch führte.

„Eines ist sicher“, sagte Claire in einem rhythmischen, geheimnisvollen Singsang, während sie im großen Kupfertopf rührte:

„Alles wird vorübergehen ...

Wenn etwas Schreckliches geschieht: Es wird vorübergehen.

Wenn etwas Wundervolles geschieht: Es wird vorübergehen.

Alles wird vorübergehen ...

Wenn etwas Schreckliches geschieht: Es wird vorübergehen.

Wenn ctwas ...“

Still ließ Nala ihre Worte auf sich wirken und nachklingen.

Bald wimmelte es in der Küche von hungrigen Menschen, die sich mit Tellern vor dem Herd anstellten, um eine kräftige Portion von der Suppe abzubekommen. Ihre Haare waren nass, die Klamotten jedoch trocken. Die Stimmung wurde durch Gelächter und süßen, heißen Tee aufgewärmt. Das Gewitter löste alle Spannungen. Jackie und Leo saßen dicht nebeneinander und beschäftigten sich mit ihren Handys.

16 Krafttier

Für die Nacht öffnete Nala ihr Fenster weit und ließ die frische, feuchte Luft ins Dachkämmerchen. Tendo kam angeflogen, als der Regen aufgehört hatte und wagte sich zum ersten Mal in ihr Zimmer.

„Na, du? Wo warst du denn heute den ganzen Tag?“, fragte Nala.

„Ich hätte dich gut brauchen können ...“ Tendo schnarrte, als ob er jedes Wort begreifen würde. Belustigt und gleichzeitig verzagt über ihre Unfähigkeit, den Raben zu verstehen, sprach sie weiter: „Du solltest mir doch helfen! Oder bist du nur der Bote zwischen den Pferden und mir?“

Tendo schnappte mit seinem schwarzen Schnabel nach dem Stift, den sie vorbereitet hatte, um ihre Erlebnisse festzuhalten.

„Also gut, dann kritzeln wir eben gemeinsam“, ergab sich Nala. Sie sprach mit dem Vogel, während sie mit ihrem Bleistift Linien übers Papier zog. Bald hatte Tendo das Interesse am Zeichnen verloren. Er flatterte zum Regal, um auf den mitgebrachten Büchern zu landen. Schwankend versuchte er, darauf Halt zu finden. Eines davon fiel polternd zu Boden. Nala sah aus dem Augenwinkel den alten, roten Buchumschlag mit schwarzen Lettern, der ihr bisher nie aufgefallen war. Neugierig las sie den Titel:

Krafttiere

und ihre Bedeutung in der Mythologie

Woher kam dieses Buch? Wie war es in ihr Gepäck oder auf das Bücherbord geraten? Nala kannte es nicht einmal!

Tendo krähte vom Regal herab und wippte dabei von einem Bein aufs andere, als könne er es kaum abwarten, dass sie zu lesen begann.

Auf der ersten, sonst leeren Buchseite, stand in schwungvoller Handschrift:

Für Nala, Sternenträumerin

Keine Unterschrift. Rätselhaft ...

Das Mädchen blätterte gleich vor zum Kapitel, das ihr am interessantesten erschien.

Rabe

Das Krafttier der Menschen, die vom 24. September bis zum 23. Oktober geboren sind, ist der Rabe.

Nala hatte am 27. September Geburtstag! Gebannt las sie:

Diese Medizintiere bringen Veränderung ins Leben und ihre Kraft ist verbunden mit Magie und Zauberei.

Rabenvögel haben herausgefunden, wie nahe sie Wölfen und Bären kommen können, um sie zu ärgern und zu necken. Dann bringen sie sich blitzschnell wieder in Sicherheit. Da diese weisen Vögel gesellig sind, schließen sie sich sogar manchmal Wolfsrudeln an.

Raben sind Gestaltwandler und Hüter der magischen Gesetze. In vielen Naturreligionen werden sie als Götterboten betrachtet. Manche indianische Stämme halten diese Vögel für die Schöpfer der Welt. Sie gelten als göttergleiche Wesen.

Nala schaute Tendo an und runzelte argwöhnisch die Stirn: „Göttergleiche Wesen, geht's noch?“ Liebevoll zwinkerte sie ihm zu, bevor sie den Text weiter las.

Der Rabe als Medizintier hilft beim Auflösen von Zweifeln. Durch seine Magie ist derjenige, der mit ihm verbunden ist, in der Lage, Lügen zu enttarnen.

„Oh, euer hochwohlgeborenes Wundertier, da muss ich mich vor deiner Weisheit verbeugen?“, frotzelte Nala und senkte ihr Haupt. Tendo ließ sich nicht auf den Witz ein, sondern verbeugte sich hoheitsvoll zurück.

Im nächsten Abschnitt: „Andere Mythologien“, stand:

In der nordischen Sagenwelt hat Odin zwei Raben als Boten zu seiner Seite: Hugin und Munin. Übersetzt bedeuten diese Namen Gedanke und Gedächtnis. Odin kann sich sogar selbst in einen Raben verwandeln.

Auch Kali in der indischen Mythologie steht in Verbindung mit dem mystischen Vogel.

„Okay, das klingt doch recht beeindruckend“, gab Nala zu.

Tendo saß auf dem Metallgestell des Bettes und blickte sie mit seinen schwarzen Knopfaugen durchdringend an.

„In dem Buch steht auch, dass du ein Stimmkünstler bist. Kannst du nicht endlich so sprechen, dass ich dich verstehe?“, fragte sie gähnend.

„Aber klar“, schnarrte er.

„Was?!“, Nala fuhr hoch. „Was hast du gesagt?“.

„Krah, krah“, antwortete Tendo.

17 Freundschaft

In der Morgenluft lagen Nebelschwaden über den Wiesen und Wäldern rund um den Hof. Die Hitze steigerte sich langsam und die Erfrischung nach dem gestrigen Gewitter war nur mehr eine vage Erinnerung.

Emanuel, Rosalie und Nala arbeiteten heute gemeinsam auf der Koppel. Beim Misten übte das Mädchen all das, was sie im Steinkreis von den Mustangs, Wolfsherz und der Medizinfrau gelernt hatte: Führen und Folgen, Zurückweichen und Einladen. Samsara, die braune Stute mit der schmalen, weißen Blesse, war besonders zutraulich und anhänglich. Ob sie sich an den Unfall erinnerte? Wenn ja, brachte sie zumindest nichts Negatives mit Nala in Verbindung.

Lilou stand schon viel näher an der Herde. Sie graste zwischen den beiden Pferden, die am Nachmittag von Mimi und Kiki geritten wurden. Wenn eines davon seine Ohren nach hinten legte oder den Hals lang machte und sich aufrichtete, zog ihr Herzenspferd sich zurück. Unermüdlich pirschte es sich an die beiden Araber heran. Hin und wieder musste die Schimmelstute schnell ausweichen, wenn eines der Tiere mit gefletschten Zähnen auf sie zu kam.

Erleichtert stellte Nala fest, dass Lilous Wunsch, bei der Herde zu sein, geweckt war. Paul hatte ihr am ersten Tag gesagt, dass die Gemeinschaft mit anderen Pferden viel wichtiger sei als der Kontakt zu Menschen. Schritt für Schritt ging es aufwärts mit Lilou. Das Fell schien nicht mehr so stumpf zu sein und die Körperhaltung der Stute wirkte lebendiger. War ihr Lieblingspferd nur vom Gewitterregen gewaschen worden oder zeigte sich ihre neu gefundene Sicherheit und Kraft in einem weiß strahlenden Haarkleid?

Ständig umkreiste Tendo die Herde und die drei Freunde. Er ritt auf Lilous Rücken und pickte winzige Fliegen von ihrem Körper, dem Hals und sogar aus den Ohren. Sie gewöhnten sich an den Anblick des schwarzen Vogels und daran, dass er immer wieder auf Nalas Schulter landete. Das Mädchen nahm sich Zeit, seine Gesellschaft zu genießen und sprach auf gut Glück mit ihrem Krafttier. Er antworte mit einem knirschenden Klacken, Schnarren und gehauchtem Krächzen. Sie glaubte die Worte: „Ja, ja," zu verstehen. „Gut so", konnte sie auch heraushören. Sie fand immer mehr Spaß daran, seine Rabensprache zu enträtseln.

Nala wurde durch ihre Führübungen und Experimente von der Arbeit abgelenkt. Rosalie und Emanuel schaufelten umso eifriger Pferdeäpfel in die Mistkarre. Die beiden verstanden sich wunderbar, und die rothaarige Hexenschwester schmachtete den Jungen möglichst unauffällig an.

Bei ihren regelmäßigen Treffen an der Schubkarre begeisterten sie sich gemeinsam für die Schönheit und Eleganz der arabischen Pferde. Amüsiert beobachteten sie die Fohlen, die seltsame Kapriolen schlugen und mit ihren übermäßig langen Beinen ein wenig linkisch wirkten. Sie stoben über die Koppel und zettelten dabei Scheinkämpfe und Rangeleien an. Zuerst rasten die Jungtiere wie verrückt herum. Schlagartig erschöpfte sich ihre Kraft, dann dösten sie, langgestreckt am Boden liegend, bis das Frechste von ihnen wieder stänkerte und die wilde Jagd von vorne losging. Das war besser als Kino!

Während einer Arbeitspause, in der die beiden Mädchen zusammen standen, schielte Rosalie wie hypnotisiert zu Emanuel. Gesprächsmäßig konnte man nicht viel mit ihr anfangen, wenn sie in diesem Zustand war. Die Pferde folgten dem Jungen und machten ihm respektvoll Platz. Täuschte es, oder führte er dieselben Bewegungen aus, die Nala von der Medizinfrau gelernt hatte? Seine Hilfen waren allerdings minimaler und eleganter als die des Mädchens.

Nala vermutete, dass jeder Mensch auf diesem Reiterhof auf eine besondere Art und Weise in ein geheimnisvolles Netz von Wissen über Pferde eingebunden war. Zuerst fiel ihr auf, dass Greta seltsam reagierte, als sie von ihrem Besuch bei der Eiche erzählte. Sie ahnte, dass die Pferdetrainerin ganz genau wusste, was es mit ihren Träumen beim alten Baum auf sich hatte. Kannten alle hier den indianischen Steinkreis? Nala nahm sich vor, dieses Geheimnis zu ergründen.

Bis die Arbeit getan war, brütete wieder die Sonne über dem Tal.

18 Stille

Nala schnappte sich ein Brötchen und nutzte die Mittagspause für einen Ausflug zum alten Steinkreis. Sie kam an vielen Brombeersträuchern mit reifen Früchten vorbei und stürzte sich mit Begeisterung auf die süßen Beeren. Die färbten ihren Mund und die Zunge lila und blau. Eidechsen huschten durchs Unterholz, als sie den Weg entlang spazierte und raschelten mit dem trockenen Laub, das überall am Boden lag. Nala wusste, dass es hier Schlangen gab, deshalb war sie auf die Täuschung mit dem Fahrradschlauch hereingefallen. Unsicher und vorsichtig ging sie weiter, trampelte und stampfte mit den Füßen, um ja genug Lärm zu machen. Die Reptilien sollten von der Erschütterung des Bodens aufgeschreckt, flüchten. Theoretisch zumindest. Nala fürchtete sich panisch vor Schlangen, obwohl sie noch nie einer begegnet war. Sie hatte in Naturfilmen Nahaufnahmen von Klapperschlangen oder Kobras gesehen. All diese Bilder erzeugten eiskalte Schauer, die über Nalas Körper krochen. Aus heiterem Himmel überkam sie eine Angst, die ihr wie eine Faust in den Magen fuhr und die Luft abschnürte. Die Fantasie spielte ihr Streiche und sie vermutete hinter jedem Rascheln von Blättern ein bedrohliches Reptil.

Dornen kratzten an Nalas nackten Beinen und hinterließen dort blutige Spuren. Sie bereute, dass sie ausgerechnet heute die abgeschnittenen Jeans angezogen hatte.

Seltsam, bisher war ihr der Weg hierher nie gefährlich erschienen. Seitdem Nala von Jackie und Leo am Fluss bloßgestellt worden war, vermutete sie hinter jeder Ecke eine Falle. Die Unsicherheit kam wahrscheinlich daher, dass sie wieder misstrauischer und vorsichtiger war. Die Welt schien feindlicher geworden zu sein. Auch im Paradies gab es schließlich eine Schlange ...

Außer Atem gelangte Nala zum Steinkreis. Diesmal trat sie ganz bewusst ein, er war ja ein Schutzkreis! Das Mädchen wählte für ihren Durchgang zwei größere Felsbrocken, die aussahen, als würden sie ein Tor bilden. Sie legte eine Hand auf ihr heftig pochendes Herz und wünschte sich dabei verzweifelt in Sicherheit zu sein und ihre Freunde aus der Anderswelt zu treffen.

Tendo hatte sich in der Krone der Eiche niedergelassen. Nala erschien der schwarze Vogel wie ein Wächter über ihren Schlaf, in den sie hoffentlich gleich fallen würde. Sie entspannte sich erst, nachdem sie die Vorstellung von Vipern, die sich unbemerkt näherten, verscheucht hatte. Sie legte sich auf die Erde und fiel in einen Dämmerzustand. Ihr Körper wurde immer schwerer und sank in den Erdboden, einen Stock tiefer, in die untere Welt. Die Zauberwelt.

Blaue Feder saß neben Nala an den Baum gelehnt. Inzwischen hatte das Mädchen sich an die bizarren Wege gewöhnt, die die Medizinfrau wählte, um aufzutauchen. Sie war unglaublich erleichtert, dass die Schamanin endlich erschien.

„Wovor hast du Angst?“, fragte Blaue Feder direkt.

Es war typisch für sie, ohne Umschweife zum Kern des Problems zu kommen.

„Vor Schlangen."

„Und weiter?"

„Vor allem. Nein, ich weiß es eigentlich gar nicht so genau", sagte Nala.

„Spür in dich hinein", forderte die Medizinfrau.

„Ich hab das Gefühl, dass ich ständig auf der Hut sein muss, sonst passiert etwas Schlimmes. Obwohl Rosalie und Emanuel jetzt meine Freunde sind, bin ich immer noch unsicher. Eigentlich sollte es mir gut gehen, denn die beiden sind klasse, doch das tut es nicht."

„Das klingt, als ob Lilou mir ihre Geschichte erzählen würde. Eine Geschichte von Verletzungen, Missachtung, Angst und Einsamkeit. Kannst du dir vorstellen, dass es deinem Lieblingspferd so ähnlich geht wie dir?"

„Oh, ja", bestätigte Nala. „Sie vermutet wahrscheinlich auch hinter jeder Bewegung eine Gefahr. Das wird es sein!"

Blaue Feder lächelte: „Genau dafür hast du den Steinkreis gefunden. Du bist eine junge Kriegerin des Lichts und beginnst deutlich zu sehen, was sich bis jetzt verborgen hat. Kriegerin des Lichts zu sein bedeutet anzuerkennen, dass die Gegner nicht außerhalb von dir sind. Es heißt, du beleuchtest deine eigenen Schwächen, die inneren Feinde. Du beschäftigst dich damit so lange, bis du sie überwunden hast. Und ...", blinzelte die Medizinfrau ihr zu: „... der Kriegerin beste Waffe ist eine Taschenlampe!"

Nala lachte überrascht auf. Mit verwundert aufgerissenen Augen blickte das Mädchen die Schamanin an.

„Du lachst?“, fragte die Medizinfrau. „Mit der Taschenlampe leuchtest du unter das Bett. Direkt dorthin, wo die Gespenster leben, deine Ängste und Sorgen. Wenn du im Lichtstrahl erkennst, dass da nur alte, schmutzige, vergessene Socken liegen, die du in der Fantasie zu Monstern aufgeblasen hast, kannst du sie wegräumen und dich wieder entspannen,“ erzählte die Schamanin.

Nala verstand sofort, wovon Blaue Feder sprach. „Nur, was soll denn meine Taschenlampe sein?“, fragte sie.

„Das ist dein neues Wissen, sowohl das schamanische als auch das über Pferde, die Übungen, die ihr *Horsemanship* nennt. All das sind Werkzeuge, um Licht auf Probleme zu werfen. Die Techniken, die du hier lernst, funktionieren nicht nur mit den Mustangs. Sogar die Kommunikation zwischen Menschen wird hauptsächlich von ihrer Körpersprache bestimmt. Das ist vielen nicht bewusst. Wissen ist wie Licht. Wissen wollen, ist das Anknipsen deiner Taschenlampe.“

Im vollen Galopp stürmte Wolfsherz auf dem schokobraunen Hengst Wakanda auf die Lichtung. Er stieß gellende Schreie aus, so heftig, dass sie Nala in die Knochen fuhren. Die Mustangs sprangen schnell und etwas orientierungslos über die Weide. Unruhig stampften und scharrten sie mit ihren Hufen. Die Mustangherde spiegelte Nalas Aufregung und Panik auf ihrem Weg hierher! So erklärte sie sich jedenfalls den Tumult. Tanzendes Feuer stürmte in den Wald. Die Herde stob hinter ihr her. Wolfsherz ließ wieder sein schallendes Gejohle ertönen und galoppierte mit Wakanda rund um die Eiche. Jetzt wirkte sein einzelnes blaues Auge noch gespenstischer.

Nie hatte das Mädchen die Pferde so aufgeregt erlebt. Der Boden bebte und vibrierte unter dem Getrappel der Hufe und Nalas Körper fing an zu zittern.

Blaue Feder stand nah bei ihr, das gab Sicherheit. „Die Mustangs und Wolfsherz haben dir gerade gezeigt, wie Unruhe und Angst sich sofort von Pferd zu Pferd übertragen. Bei Menschen ist das genauso. Manchmal gibt es konkrete Gefahren, die uns in Panik versetzen. Oft genügt aber schon ein starker Windstoß, ungewohnte Geräusche, ein fremder Geruch, etwas, das uns an alte Verletzungen erinnert. Das versetzt unser Innerstes und auch das Äußere, in dem Fall die Herde, in Aufregung. Das Unbekannte macht am meisten Angst." Die Medizinfrau gab Wolfsherz ein Zeichen. Sein Galopp auf Wakanda wurde langsamer. Nala bewunderte das kraftvolle Tier, während es mit glänzendem Fell nun gelassener um den großen Baum lief. Seine schwarze Mähne flog auf und ab. Der Junge saß locker am Rücken des Hengstes, als wären sie zusammengewachsen.

Ruhig und entschlossen trat Blaue Feder auf die Lichtung. Ohne zu zögern, versammelte sich die Mustangherde um sie, als sei es das Natürlichste auf der Welt, von einem Augenblick zum anderen die Stimmung zu wechseln. Sie streichelte die schnaubenden Stuten. Selbst die beiden Fohlen drängten sich heran und ließen sich von ihr die Ohren kraulen. Wie ein Zauber hatte sich tiefe Ruhe ausgebreitet.

„Komm her!“, rief Blaue Feder das Mädchen in die Mitte. „Lass zu, dass du mit ihnen atmest und still wirst.“

Nala stand zwischen den Mustangs und hörte auf den Atem der Pferde. Tatsächlich! Es klang, als ob sie einen gemeinsamen Rhythmus hätten! Und die Medizinfrau war Mittelpunkt der Herde, die Leitstute, Itancan, die mit ihrer inneren Sicherheit alle zur Ruhe brachte. Jetzt sah und verstand Nala noch deutlicher, wie ein Mensch das Leittier sein konnte. Die Pferde ließen sich von der Gelassenheit, die Blaue Feder ausstrahlte, anstecken.

„Still und sanft werden“, wies die Schamanin ihre Schülerin an. Sie wiederholte ihre Worte: „Teile die Stille mit den Mustangs. Sei einfach da. Dasein ist genug.“ Mit jedem Atemzug gelang es Nala mehr und mehr, in sich zu ruhen. Sie wurde Teil der Herde. Die Frage, wer Pferd und wer Mensch war, verlor an Bedeutung. Ihr Atem wurde eins. Aus diesem Rhythmus bestand nun ihre Welt.

Eine riesige, golden schillernde Kugel, einer Seifenblase ähnlich, hatte sich als schützender Raum über und um die Herde, den Baum und den Steinkreis gelegt. Ein Schutzraum aus Stille und Zusammengehörigkeit hatte sich gebildet. Iyuptala.

Blaue Feder sprach, ohne die tiefe Verbindung zu zerstören: „Pferdeflüstern bedeutet Zuhören und Verstehen wollen. Still sein. Da sein. Das ist es, was zählt.“

Neugierig beobachtet Nala, wie die Medizinfrau Tanzendes Feuer berührte. Da Mondlicht direkt neben der Fuchsstute stand, ahmte das Mädchen die Bewegungen der Schamanin nach. Eine ihrer Hände blieb ruhig am Mustang liegen, während sie mit der anderen über den Körper des Tieres streifte.

„So putzen und massieren wir unsere Pferde! Manchmal benutzen wir auch ein Stück Fell dafür. Eine Hand bleibt am Rücken liegen und gibt die Sicherheit, dass wir da sind," erklärte Blaue Feder.

„Wozu sollten wir überhaupt einen Mustang putzen? Wildpferde brauchen das doch nicht?", fragte Nala.

„Gut mitgedacht! Nur, wenn wir reiten wollen, müssen die Stellen, die unter Decke, Sattel, Gurt oder Zaumzeug liegen, sauber sein, so dass nichts scheuert. Das Putzen und Massieren ist dazu da, um das Fell zu pflegen, wie es befreundete Tiere tun. Es geht darum, Freundschaft zu schließen! Wichtig ist, den Mustang am ganzen Körper anzufassen, damit wir keine Wunden oder schmerzhaften Stellen übersehen. Putzen dient also auch dem Schutz des Pferdes." Nala hörte mit gespitzten Ohren zu.

„Bevor ich Tanzendes Feuer berühre, nehme ich eine spezielle, innere Haltung ein. Ich sage mir: ‚Ich sehe dich', oder: ‚Ich werde mit dir sein'. Damit ist gemeint, dass ich mein Wesen mit dem Innersten des Pferdes verbinden will. Wir beide beschreiten ab jetzt einen gemeinsamen Weg. Das ist etwas sehr Persönliches zwischen mir und dem Mustang und jedes Mal neu und überraschend."

Die Schamanin strich immer weiter über das Fell der fuchsroten Stute. Sie berührte die Ohren, die Schultern, die Brust, das ganze Pferd bis zu den Beinen. Als sie bei einem der Hufe angekommen war, hob sie ihn hoch. Die Medizinfrau schaute sich die Unterseite genau an, pulte ein Steinchen, das neben dem Strahl steckte, heraus und stellte den

Huf der Leitstute mit einem hörbaren Ausatmen wieder am Boden ab.

Blaue Feder säuberte auch die anderen Hufe und sprach weiter: „Jede Bewegung, die ich mache, hat ihre alte, gewachsene Weisheit und ist gleichzeitig eine Vorbereitung auf das Reiten. Ich lasse niemals ein Bein einfach auf den Boden plumpsen. Ich atme aus, während ich es bewusst auf die Erde zurückstelle. Ausatmen ist ein Zeichen der Entspannung. Du hast das bereits beim Stehenbleiben nach dem Führen gelernt. Den Huf setze ich dorthin, wo ich will, und zwar so lange, bis das Tier begriffen hat, dass es ihn auf diesem Platz stehen lassen soll. Das Pferd vertraut dann, dass die Stelle am Boden, die ich gewählt habe, sicher ist. Ich möchte nämlich später, beim Reiten, vom Pferderücken aus jedes einzelne Bein bewegen können. Wenn wir in schwierigem Gelände, einer Brücke oder auf einem Abhang unterwegs sind, braucht der Mustang vielleicht meine Unterstützung, um den ungefährlichsten Weg zu wählen. Ich kann dem Pferd helfen, seine Beine so zu platzieren, dass es gut steht. Das Tier hört auf mich, vertraut mir, denn das hat es bereits beim Hufe Auskratzen gelernt. Wir verlassen uns aufeinander."

Wolfsherz und Wakanda, Mondlicht und Nala, Tanzendes Feuer und Blaue Feder, sie alle waren verzaubert von der Atmosphäre. Die Fohlen lagen lang ausgestreckt im Schatten. Größer hätte der Unterschied zwischen der anfänglichen Panik in der Herde und dem jetzigen Zustand nicht sein können. Nala versuchte zu verstehen, wie diese Ruhe entstanden war.

„Nicht nachdenken ... fühlen“, sagte die Schamanin zum Abschied.

Das Bild der Medizinfrau und der Pferde verblasste langsam, wie in einem Film, der heller und heller wurde, bis alle Konturen und Farben verschwanden. In diese Helligkeit öffnete Nala die Augen. Geblendet klappte sie die Lider wieder zu. Sie sehnte sich danach, in dem Schutzraum und in der Stille zu bleiben. Da sein. Atmen. Was hatte blaue Feder noch gesagt?

Nala ließ sich lange Zeit, um zurückzukommen in die Alltagswelt. Wenn sie langsam die Augen öffnete, sah sie von ihrem Blätterbett am Boden hinauf zu Tendo, der oben auf einem Ast der alten Eiche saß. Die Grillen zirpten, die Vögel zwitscherten. Die Stimmung ähnelte der in der Traumwelt, aus der sie kam. Gestärkt und fröhlich blieb Nala eine Weile sitzen. Sie fühlte den wundervollen Seifenblasen Schutzraum um sich herum, auch wenn sie darin allein war.

Ihre Füße fanden den Heimweg wie von selbst. Nichts mehr schien gefährlich zu sein. Die Dornen der Brombeersträucher kratzten sie. Na und? Das waren nur ein paar Schrammen ... Die schillernde Seifenblase schwebte um sie herum, nicht zu sehen, und doch spürbar. Ein Raum gefüllt mit Mut und Zuversicht.

19 Himmelblau

Die Reitergruppe versammelte sich. Wie immer trafen sich alle am Rand der Weide, um die Pferde zu holen.

Rosalie sah sie fragend an: „Wo warst du in der Pause? Ich habe dich gesucht!“

„Oh je, ich bin nicht daran gewöhnt, eine Freundin zu haben, die auf mich wartet. Ich war im Wald.“

„Was machst du denn im Wald?“, fragte Rosalie verwundert.

Noch bevor sie antworten konnte, sprach Greta zur Gruppe: „Paul hat heute die Pferde nicht von der Weide geholt. Das macht ihr! Emanuel verteilt alles, was ihr dazu braucht. Auf jedem Halfter steht ein Name. Ihr werdet, bis auf wenige Ausnahmen, nicht euer vertrautes Reittier holen, sondern eines, das euch der Zufall beschert.“

Noch bevor Nala abwehren konnte, drückte Emanuel ihr ein nagelneues, hellblaues Halfter in die Hand. Darauf stand in geschwungener Schrift LILOU. Erfreut lächelte das Mädchen. Würde ihr gelingen, es der Schimmelstute anzulegen?

Jackie protestierte: „Das macht doch gefälligst der Pfleger. Wie kommen wir dazu, über die Weide zu hetzen, um Pferde zu fangen?“

„Was soll ich tun, wenn Merida abhaut?“, der schlaksige Luka fragte verunsichert nach.

„Die Koppel ist ja riesig ...", „Ach was, die bleiben bei Paul ja auch stehen ...", „... den kennen sie doch!", ein Durcheinander aus selbstbewussten und zweifelnden Stimmen ertönte.

Der erfahrene Pferdepfleger streichelte den dicken, schwarzen Kater Balu, der sonst nur zum Fressen vorbeikam und grinste vor sich hin. Paul würde sich in der nächsten Stunde köstlich amüsieren. Die Reitlehrerin wandte sich an die Gruppe, nachdem sich die Aufregung über die neue Herausforderung gelegt hatte.

„Besprechen wir, wie es am leichtesten gelingt, die Pferde von der Weide zu holen." Greta rief zur Ordnung. Alle setzten sich ins Gras und hörten mehr oder weniger aufmerksam zu.

„Es stimmt, die Koppel ist großflächig. Wenn ihr ungeschickt seid, müsst ihr unter Umständen weit rennen, um euer Pferd zu erwischen. Darum passt gut auf, ich erkläre euch, gemeinsam mit Nala, wie das geht."

Dem Mädchen blieb beinahe das Herz stehen! Hatte sie das richtig gehört? Nie würde sie vor der Gruppe den Mund aufmachen! Vor ein paar Tagen war sie als Hexe verlacht worden und jetzt sollte sie den anderen erklären, wie man ein Pferd einfing? Auch Rosalie schaute geschockt zu ihrer Freundin. Jackie riss erstaunt die Augen auf. Leo verzog verächtlich sein Gesicht. Mimi und Kiki blickten neugierig zu Nala, die am liebsten in den Boden versunken wäre.

„Ihr habt alle beobachtet, wie Nala sich der scheuen Lilou angenähert hat. Das war ausgezeichnet! Wie aus einem Lehrbuch für *Horsemanship*", erzählte Greta. „Horseman, Pferdemensch, ist ein Ausdruck, der sich von Amerika aus verbreitet hat. Er beschreibt Menschen, die sich mit der Körpersprache von Pferden beschäftigen und mehr wollen als reiten. Ihre Techniken werden *Natural Horsemanship* genannt. Horseman streben an, möglichst natürlich, frei und partnerschaftlich mit Tieren umzugehen. Da die Herde im Moment nicht angebunden ist und flüchten kann, nutzen wir diese Methode, um die Araber von der Weide zu holen und zum Reitplatz zu führen."

„Nala, erzähl uns doch, wie man sich einem Pferd nähert, ohne es zu verschrecken oder zu vertreiben?"

„Ähh, ähh…", war das Einzige, was sie stotternd herausbrachte. „Urghh …" wäre vielleicht noch eine Alternative gewesen.

Greta, die Nalas vorübergehende Sprachlosigkeit bemerkte, überging ihr Problem locker und sagte: „Macht nichts! Ich fange an, du hilfst mir, wenn dir etwas einfällt …".

Das Mädchen erinnerte sich an den schillernden Seifenblasen Schutzkreis. Und als die Trainerin über den Unterschied zwischen Flucht- und Raubtieren sprach, hatte Nala deutlich die Zeichnung mit der Kralle vor Augen, die sie eines Abends skizziert hatte: „Pferde erschrecken, wenn man mit erhobener Hand direkt auf sie zugeht, denn das erinnert sie an Pumakrallen oder andere Raubtiere, vor denen sie flüchten", warf sie ein.

Stolz streckte Rosalie ihren Daumen nach oben. Die Einzigen, die grimmig dreinschauten, waren Leo, Jackie und Ben. Greta lächelte ihr aufmunternd zu und setzte fort: „Sobald ihr bei eurem Pferd steht, schließt ihr zuerst Freundschaft und verbindet euch mit ihm. Erst dann legt ihr den

Führstrick locker um den Hals. Falls es doch einen Schritt zur Seite macht, habt ihr so die Möglichkeit, es zu halten ...“

Greta erklärte die Technik von Führen und Folgen! Unglaublich! So ähnlich hatte Nala es von der Medizinfrau gelernt. Der auffallendste Unterschied war, dass die Mädchen und Jungs ihre Pferde mit Halfter und Strick führen sollten. Sie hatte das alles ohne jegliche Hilfsmittel gemacht! Erst jetzt bemerkte Nala, wie viel sie schon über die Pferdearbeit wusste und sie ergänzte immer lockerer die Erklärungen Gretas. Nach und nach begann es, ihr Spaß zu machen und sie vergaß ihre Schüchternheit zunehmend.

„Niemals zieht ihr einen der Araber am Führstrick hinterher! Ich will das nicht ein einziges Mal sehen! Entweder vertraut das Tier und geht freiwillig mit oder ihr bleibt so lange dran, wie es eben dauert! Paul, Emanuel und ich werden euch unterstützen, wenn ihr uns braucht“, forderte Greta.

Nala zog Rosalie zur Seite und flüsterte ihr spontan zu: „Das ist es, was ich im Wald mache. Ich lerne Horsemanship bei einer Schamanin. Frag mich nicht, wie. Das ist eine lange Geschichte und ich brauche Zeit, um dir alles zu erklären.“ Welcher Teufel hatte sie denn jetzt geritten? Nala war, ohne groß nachzudenken, mit ihrem Geheimnis herausgerückt! Hoffentlich würde sie das nicht bereuen ...

„Was? Was erzählst du da?“, stutzte Rosalie.

„Lass uns später darüber reden. Holen wir zuerst unsere Pferde. Wessen Halfter hast denn du bekommen?“, versuchte Nala abzulenken.

„Samsara, ich freue mich schon ...“, antwortete ihre Hexenschwester. „Du bist mir ja eine Geheimniskrämerin! Am Abend treffen wir uns allein und du erzählst mir alles haarklein“, sagte Rosalie.

Die nächste Stunde war nicht für jeden ein Spaß. Diejenigen, die sich zu sicher fühlten und glaubten leichtes Spiel zu haben, rannten bald schwitzend hinter den Pferden her. Sie steuerten zu forsch und raubtierhaft auf die Araber zu. Wenn die Herde erst einmal in Schwung kam, ließen sich auch einige Tiere mitreißen, die schon fast aufgehalftert waren. Nala sah vom Rand der Koppel hockend dem Treiben zu. Emanuel saß neben ihr. Sie beobachten die Bemühungen von Leo. Er steuerte immer wieder schnell und unaufmerksam auf Marrakesch zu. Der vorlaute und selbstsichere Junge war ein wenig außer Atem. Anstatt sich zu sammeln und zu beruhigen, wurde er wütender und ungeduldiger. Jackie war den Tränen nahe! Hoch erhobenen Kopfes stemmte sie ihre Fäuste in die Hüften und blieb stocksteif mitten auf der Koppel stehen.

„Nicht die schlechteste Taktik, um ihre Stute zumindest einmal zur Ruhe kommen zu lassen“, dachte Nala.

Mimi, die gut zugehört hatte, näherte sich Amina, der Schimmelstute, behutsam. So legte sie ihrem Pferd als Erste das Halfter um. Das fröhliche Mädchen freute sich und grinste bis hinter die Ohren. Gleich nach ihr halfterte Luka, der am allermeisten gezweifelt hatte, Anouk auf. Rosalie konnte Samsara für sich gewinnen und sie mit lockerem Strick über die Koppel führen. Jackie stand immer noch alleine und trotzig auf demselben Fleck, auf den sie sich vor zehn Minuten hingestellt hatte. Leo hetzte in der glühenden Sonne hinter der lebhaften Falbstute Luna her.

Emanuel machte sich bereit, um Jackie zu unterstützen.

Nala, die lange die Bewegung der Herde beobachtet hatte, öffnete ihr Herz für Lilou, mit der sie, durch ihr vieles Üben, eine innige Freundschaft verband. Das Mädchen rief ihr Herzenspferd innerlich herbei. Und wirklich, die Schimmelstute kam in ihre Nähe. Sie graste friedlich ein wenig entfernt vom turbulenten Geschehen. Nala schlenderte auf Lilou zu, wie sie es geübt hatten. Die ließ sich berühren und kraulen. Als das Mädchen ihr den Führstrick locker um den Hals legte, hob die Araberstute misstrauisch den Kopf. Ihr Herzenspferd beruhigte sich sofort wieder und senkte die Nase Richtung Boden. Nala hatte das neue Halfter inzwischen in der Hand gehalten, so dass es ihren Duft angenommen hatte. Sie rieb das hellblaue Teil ins Gras und die Erde, um den fremden, künstlichen Plastikgeruch zu überdecken. Lilou schnupperte mit ihren großen Nüstern daran. Nala war bewusst, wenn sie die scheue Stute überrumpeln wollte, und ihr so schnell wie möglich das Halfter über den Kopf zog, würde das Vertrauen verloren gehen, das sie so achtsam und liebevoll aufgebaut hatten. Sie löste den Strick vom Hals ihrer Lieblingsstute.

Nala richtete sich auf, streckte den Arm nach vorne und führte das Pferd frei über die Koppel, wie schon so oft. Das war eine hervorragende Idee! Als sie nämlich den Führstrick zum zweiten Mal um Lilous Nacken legte, blieb sie gelassen und entspannt. Beim Versuch, ihr Lieblingspferd aufzuhalftern, streckte es dem Mädchen freiwillig sein Maul entgegen und hielt den Kopf gesenkt. Selbstverständlich und vertraut, als seien sie seit jeher miteinander unterwegs gewesen, folgte Lilou ihr am lose baumelnden Strick auf den Putzplatz. Yes!

Rosalie, Luka und Mimi waren mit ihren Pferden bereits dort angekommen. Vom etwas höher gelegenen Platz aus hatte Nala einen tollen Überblick über die Weide. Emanuel begleitete Jackie auf ihrem Weg zu Nakar. Bisher war der ihr immer entwischt. Zwar ritt sie den Wallach jeden Tag, aber Greta wollte beiden eine Chance geben, sich frei miteinander zu bewegen und ihre, beim Reiten entstandenen Spannungen zu lösen.

Der Rappe stand in einer Ecke des Zaunes, der die Koppel begrenzte. Das war eine ungünstige Position, um ihn aufzuhalftern, denn so eingesperrt, hatte er nur den Fluchtweg nach vorne offen, direkt auf das Mädchen und Emanuel zu. Eine gefährliche Situation! Nun war es für die beiden wichtig, sich besonnen und geschickt zu verhalten. Greta stand aufmerksam bereit, um im Notfall helfen zu können. Jackie war, seit der attraktive Junge sie unter seine Fittiche genommen hatte, aus ihrer trotzigen Starre erwacht. Sie himmelte Emanuel möglichst unauffällig an und konzentrierte sich kaum mehr auf ihre eigentliche Aufgabe. Vielleicht war das sogar besser. Bis jetzt hatte sich Jackie über ihren Misserfolg so sehr geärgert, dass sie das Pferd mit ihren Emotionen in die Flucht geschlagen hatte. Wollte das sonst so arrogante Mädchen sich hinter Emanuel verstecken? Ahnte sie die Gefahr, die von einem in die Ecke gedrängten Tier ausging? Der junge Horseman näherte sich Nakar mit gesenktem Blick von der Seite. Etwas entfernt blieb er stehen und schwang das Führseil in Richtung Pferd. Der Rappe sprang einige Schritte nach vorn. So war er wenigstens nicht mehr in der Ecke gefangen, und die Lage entschärft. Dann stoppte der Wallach und wartete mit scharrenden Hufen ab. Emanuel redete auf Jackie ein. Nala konnte nicht hören, was er zu ihr sagte, aber kurz danach hockten sich die beiden ins Gras. Das besänftigte Nakar. Er wirkte jetzt neugierig und bereit sich zu beruhigen. Der dunkelhaarige Junge stand auf und streichelte den Wallach sanft an der Schulter. Dann gab er Jackie das Zeichen mit ihrem Führstrick näher zu treten.

Während der ganzen Zeit, in der das Mädchen dem Rappen das goldgelbe Halfter überzog, sprach Emanuel beschwichtigend auf sie und ihr Pferd ein. Keine Ahnung, wer das nötiger hatte. Paul und Greta blickten angespannt zur Weide. Gerade, als Jackie den Karabiner schließen wollte, sprang Nakar mit einem Satz nach vorne. Erschrocken kreischte das Mädchen auf.

„Ho, ho", mit voller, tiefer Stimme versuchte Emanuel, den aufgeregten Araber zu besänftigen.

Paul runzelte die Stirn, schob seinen Hut in den Nacken, aber er lief nicht sofort los. Das war schon einmal ein gutes Zeichen. Die Pferdetrainerin hatte fast gleichzeitig mit ihrem Neffen ein beruhigendes: „Ho, Ho, ganz ruhig", gerufen, und ging mit langsamen Schritten in Richtung Nakar. Greta blieb jedoch bald wieder stehen.

Emanuel gelang es, das Halfter zu schließen.

„Stell dich etwas weiter weg, da bist du sicherer", wies er Jackie an.

Er stellte sich einfach ruhig neben den Wallach und berührte das Pferd sanft. Zuerst kraulte er seinen Hals und die Brust. Schließlich hatte Emanuel sich bis zu den Ohren des Rappen vorgewagt. Die Ruhe, die sich rund um das Paar ausbreitete, dehnte sich weiter aus. Nala sah die schillernde Seifenblase, die sich langsam aufgebaut hatte. Sie vibrierte im Atemrhythmus der beiden, des Jungen und des Pferdes.

Selbst Jackie musste das spüren!

„Schau, Nakar wird entspannter und schnaubt ab“, ihre Hexenschwester beobachtete Emanuel aufs Genaueste. Sie passte auf, dass ihr nicht die kleinste Bewegung ihres Schwarms entging. Er benutzte dieselbe Körpersprache, die Nala von der Schamanin gelernt hatte. Sie jubelte innerlich. Er war also auch ein Medizinbruder! Ein Pferde-Medizinbruder!

„Das ist ja stark“, gab Rosalie ihren, zwar mit der rosa Brille gefärbten, aber immerhin wahren, Kommentar ab.

Jackie gesellte sich zu Nakar, und Emanuel überreichte ihr den Strick. Man sah bereits aus der Ferne, dass der Wallach sich gleich wieder anspannte. Kopfschüttelnd ging Greta zu dem aufgewühlten Mädchen und erklärte ihr offenbar noch einmal, wie sie das Pferd am besten führen sollte. Vielleicht gab es doch Hoffnung, dass Nakar und Jackie ein gutes Team wurden ...

Vor lauter Konzentration auf Emanuel hatten Nala und Rosalie gar nicht beobachtet, wie es Ben, Leo oder Kiki gelungen war, ihre Pferde zu holen. Kiki, der das strubbelige, sture Pony Pippi zugeteilt worden war, kam lächelnd über die Weide. Die beiden wirkten wie alte Freunde. Sie stellte das schwarz-weiß getupfte Shetty zufrieden zur Putzstange. Ben, der wohl endlich eingesehen hatte, dass man freien Pferden, die ihren Willen zeigen konnten, durch Sanftheit und Vertrauen begegnen sollte, betrat abgekämpft und verschwitzt den Platz. Leo kam mit der Falbstute Luna erschöpft als Letzter an.

Die Trainerin sagte: „Ihr hattet ein paar Tage Zeit, um anzukommen und euch an die Pferde zu gewöhnen. Jetzt wollen wir etwas Neues ausprobieren."

Was nun folgte, kannte Nala. Mit weniger poetischen Worten als Blaue Feder wies Greta die Gruppe an, sich mit den Tieren zu verbinden und bereits beim Putzen eine achtsame Beziehung aufzubauen.

Paul brachte ihr einen vollständig ausgestatteten Koffer mit Putzutensilien, auch er war himmelblau. Die Farbe passte gut zu Lilous weißem Fell. Und was sah Nala da zwischen Hufkratzer und Mähnenbürste hervorblitzen? Ein Lammfellhandschuh! Sie ließ Lilou daran schnuppern, wie sie es schon mit dem Halfter getan hatte. Erst dann begann sie damit, die Stute zu putzen.

Der Nachmittag ging Nala noch einmal durch den Kopf. Ungeheuerlich, wie Greta sie aufgefordert hatte, sich am Unterricht zu beteiligen! Zuerst war sie völlig sprachlos gewesen, absolut platt. Erst als sie über ihren Schatten sprang und vor der Gruppe gesprochen hatte, wurde sie lockerer! Nala war schon ein wenig stolz auf sich! Das neu gewonnene Wissen bewährte sich! Sie hatte den Schutzkreis aus schimmernden Licht gefühlt und sich darin aufgerichtet, wie eine echte Itancan. Nala stellte sich ihrer Angst vor den anderen zu sprechen und nichts Schlimmes passierte. Das Schlimmste war die Angst selbst gewesen. „Es ist schon okay, mich zu fürchten. Ich darf mich nur nicht davon abhalten lassen, das zu tun, was ich will!", schloss sie daraus.

Unbemerkt trat die Reitlehrerin hinter Nala. Obwohl Rosalie mithören konnte, sprach Greta das Mädchen an:

„Wissen bedeutet Verantwortung.“ Nach diesem rätselhaften Satz machte sie eine kleine Pause. „Wir müssen unser Wissen weitergeben, damit möglichst viele Pferde und Menschen etwas davon haben. Das ist wie in einer Herde: Wer Kraft hat, setzt sie für die Gemeinschaft ein. Nichts darf zurückgehalten werden, was dem Überleben oder der Weiterentwicklung dient. Jeder gibt sein Bestes, auch wenn es Überwindung kostet! Gratuliere, du bist mutig über deinen Schatten gesprungen!“

Rosalie starrte Nala verdutzt an und hob fragend ihre Schultern und Augenbrauen. Als die Pferdetrainerin weiter ging und sie wieder unter sich waren, nutze sie die Gelegenheit. „Wann erzählst du mir von deiner Schamanin?“, wisperte ihre Freundin.

Nala zischte zurück: „Bist du verrückt? Sei leise, niemand sonst darf davon wissen!“

Emanuel bog um die Ecke und näherte sich den beiden Mädchen. „Was tuschelt ihr denn da?“ Rosalie widerstand gerade noch der Versuchung, ihm alles brühwarm zu erzählen und entgegnete unschuldig: „Nichts, warum?“

„Hexenschwestern unter sich, verstehe ...“, schmunzelnd drehte Emanuel sich um und schlenderte weiter.

„Shit, hoffentlich ist ER nicht eingeschnappt!“, schickte Rosalie ein Stoßgebet zum Himmel. Nala hörte das große und bedeutungsvolle ER förmlich heraus.

„Der hält das schon aus, mach dir keine Sorgen“, versuchte sie ihre Hexenschwester zu trösten. „Liebe ist ja wirklich die Pest und macht sogar aus der starken, mutigen Rosalie ein abhängiges, seelisches Wrack", dachte Nala.

Claire rief zum Abendessen. Nachdem alle ihre Pferde auf die Weide zurückgebracht hatten, lockte ein verführerischer Duft aus der Küche.

Um mit Emanuel wieder Frieden zu schließen, nahmen ihn die beiden Mädchen in die Mitte. Von hinten gab das Trio ein lustiges Bild ab. Die blonde, kleine Nala mit Tendo auf ihrer Schulter, daneben der schwarzhaarige, aufgeschossene Junge und die feuerrote Rosalie. Zu dritt gingen sie schwungvoll auf das alte Haus zu.

Sie waren gerade eben bei der Eingangstür angelangt, da zwängte sich Jackie neben Nala und wollte sich an ihr vorbeidrängeln. Instinktiv schnellte Nalas Arm zur Seite und sperrte ihr den Weg ab.

„Stopp," mit diesem Kommando verteidigte sie kurz und bündig ihren Platz. Jackie musste ihren Schwung heftig abbremsen und sich mit hochrotem Kopf hinten anstellen. Nala hörte sie schimpfen: „Das wirst du mir büßen! Was glaubst du, wer du bist?".

Die Aktion war schnell und unauffällig abgelaufen. Die Zwillinge hatten jedoch bemerkt, wie sie Jackie in die Schranken gewiesen hatte und wirkten erstaunt. Rosalie machte einen kleinen Luftsprung.

„Geht doch!", bestätigte sie Emanuel.

Hoch erhobenen Hauptes stellte Nala sich mit ihrem Teller in der Reihe fürs Abendessen an. Tausend Steine fielen ihr vom Herzen. Sie hätte vor Freude singen und tanzen können.

20 Wolf

„Das war genial, wie du Jackie ausgebremst hast! Endlich wehrst du dich!“, sagte Rosalie, während sie gemeinsam mit Nala in die Mansarde hochstieg.

„Und wie sie geschimpft hat: ‚Wer glaubst du, wer du bist?‘“, kichernd ahmte die Hexenschwester den hochnäsigen Tonfall Jackies nach.

„Was glaubt DIE denn, wer sie ist, die Schnepfe! Die Königin von Saba?“, sagte Rosalie wieder mit ihrer normalen Stimme.

Die Mädchen stolperten fast über ihre Füße vor Lachen. Der ganze Ärger, der sich im Lauf der Zeit angesammelt hatte, brach heraus. „Wieso sollen WIR denn die Pferde einfangen, dafür gibt es Personal!“, die beiden steigerten sich immer weiter in die Karikatur von Jackies Überheblichkeit hinein und konnten vor vergnügtem Glucksen kaum mehr reden. So richtig losprusten, das tat gut!

Nach der ersten Erleichterung erinnerte sich Nala zwar an die Drohung, sie würde „das büßen ...“ Der Augenblick war aber zu schön, um sich in Sorgen hinein zu steigern. Das Glück war auf Nalas Seite und das wollte sie voll auskosten.

Beinahe gleichzeitig ließen sich die quietschvergnügten Freundinnen rückwärts aufs Bett plumpsen: „Wow, hast du ein tolles Zimmer!“ Rosalie bewunderte die Dachkammer, in der Nala untergebracht war.

Tendo klopfte stürmisch ans Glas.

„Moment! Moment! Ich kann ja nicht fliegen!“ Das Mädchen beeilte sich, ihr Fenster zu öffnen. Der Rabe hüpfte zum geschnörkelten, metallenen Betthaupt, den er zu seinem Lieblingsplatz erkoren hatte. Flugs saß er drauf und thronte über den Freundinnen.

Tendo schnarrte: „Na, also“, und: „Gut so. Gut so.“

„He, ich versteh dich!“, jubelte Nala und Rosalie war begeistert: „Wahnsinn, voll magisch! Können denn alle Raben sprechen? Im Alpenzoo in Innsbruck lebte auch einer. Er hieß Jakob und rief dauernd seinen Namen. Dafür war er berühmt!“ Krächzend ahmte Rosalie ihn nach: „Jakob, Jakob“. Sie imitierte den Vogel, den sie aus ihrem Heimatland kannte, ziemlich perfekt.

„Tendo!“, stellte der Rabe schnarrend klar und streckte den schwarzen Schnabel in die Luft.

„Ist schon gut, natürlich heißt du Tendo!“, lachte Nala auf: „Und du bist mein Schatz!“. Ihm ein bisschen Honig ums Maul zu schmieren, schadete nicht. Sie wusste ja, wie empfindsam und eitel ihr Medizintier war.

„Du solltest ihn nicht beleidigen,“ raunte sie. „Er ist doch so eine Mimose und außerdem mein Medizintier!“ Nala war stolz auf ihren Tierverbündeten.

„Los, erzähl jetzt endlich, sonst verlier ich noch den letzten Rest meines Verstandes! Was ist das mit deiner geheimnisvollen Schamanin und den Krafttieren und Horsemanship ...?“

„Du glaubst, DU verlierst den Verstand? Nach dem ich dir alles erzählt habe, wirst du denken, ICH bin total durchgeknallt. Wetten?“ Vorsichtshalber wollte Nala ihre Freundin auf die fantastische Zaubergeschichte, die sie erzählen würde, vorbereiten.

Sie holte tief Luft, um sich innerlich noch einmal zu versichern, dass es in Ordnung war, Rosalie einzuweihen.

Nein, Blaue Feder hatte nicht von ihr verlangt, das Geheimnis für sich zu behalten! Es gab jetzt sowieso kein Zurück mehr. Nala sprudelte ihre Erlebnisse heraus und berichtete der Freundin, so gut es eben ging, was sie alles erlebt hatte. Lange Zeit hörte Rosalie verblüfft zu und unterbrach die Erzählung in unregelmäßigen Abständen durch erstaunte Laute und kurze Satzfetzen wie: „Nicht möglich ..., wow ..., unglaublich ...“. Das Interesse, mit der ihre Freundin den Abenteuern lauschte, machte Nala Mut.

Als sie fertig war, sagte Rosalie: „Ich bin ja soooo neidisch! Nein, stimmt nicht! Ich gönn dir alles von Herzen. Ich will nur auch so etwas Wundervolles erleben! Darf ich mit in den Steinkreis?“

„Ich weiß wirklich nicht, wie oder ob du mit mir in den Steinkreis kommen kannst. Das wäre natürlich toll. Aber da ist noch was: Ich bin überzeugt davon, dass Greta, Emanuel, ja sogar Claire und Paul den Kraftplatz und Blaue Feder kennen! Sie tarnen ihr Wissen zwar meisterhaft, nur das, was Greta unterrichtet, ist dem, was die Medizinfrau mir weitergibt, ziemlich ähnlich! Bei Greta geht es mehr um die Horsemanship-Technik. Sie spricht nicht über die schamanische Philosophie dahinter. Das tut Blaue Feder. Und ist dir aufgefallen, wie Emanuel sich mit den Pferden bewegt? Das ist Horsemanship live!"

Rosalie war völlig elektrisiert, als Nala ihren Schwarm erwähnte. „Stimmt, ich hab zwar gesehen, dass er mit den Tieren wie ein absoluter Profi umgeht, aber jetzt, wo du es sagst ..."

„Eben. Auch Paul ist total verbunden mit der Herde. Das ist richtig auffällig!", sagte Nala. „Ich muss dieses Geheimnis unbedingt ergründen. Das Geheimnis vom magischen Steinkreis. Das klingt wie ein Abenteuerroman, oder?"

„Sollen wir mit Emanuel reden? Er ist doch unser Freund?", schlug Rosalie vor.

„Hmmm?", überlegte Nala. „Es hat mich so viel Überwindung gekostet, dir alles anzuvertrauen. Ich möchte noch nichts weitererzählen. Bitte, das muss unter uns beiden bleiben. Wenn Emanuel den Steinkreis kennt, hätte er uns ja auch davon erzählen können ..."

Rosalie hatte Einwände: „Er gehört doch zu uns und er mag mich ... uns ... Na, ja, wie du meinst. Ich versteh dich. Aber ich hab so die Ahnung, dass wir ihn brauchen werden, um hinter dieses Geheimnis zu kommen."

„Noch etwas", Nala holte das alte Buch über Medizintiere vom Regal. „Das habe ich hier gefunden. Ich schwöre, ich hab es nicht von zu Hause mitgebracht. Ist einfach eines Abends am Bücherbord gestanden."

Achselzuckend reichte sie es an Rosalie weiter. Die bestaunte den alten, abgegriffenen Umschlag. Man hatte das

Gefühl, dass es seit langer Zeit in Gebrauch war und vielen Menschen als Nachschlagewerk gedient hatte. Vor allem die Widmung sprang dem Mädchen ins Auge.

Für Nala, „Sternenträumerin"
Für Rosalie, „Feuerwolf"

„He, da steht ja mein Name! Rosalie und Feuerwolf. Was bedeutet das?"

„Zeig her!", Nala zupfte ihr das Buch aus der Hand und starrte ungläubig hinein. „Das stand gestern noch nicht drin. Als ich es allein gelesen habe, war es nur mir gewidmet. Ich werd verrückt!"

„Es gehört uns gemeinsam!", stellte Rosalie fest. „Mich wundert gar nichts mehr ..."

„Der Wolf ist dein Medizintier! Und das Feuer kommt von der Farbe deiner Haare? Lass uns nachschauen, was die spezielle Wolfs-Medizin ist." Hastig blätterte Rosalie vor.

Wolf

Wenn der Wolf dein Krafttier ist, begibst du dich auf einen Weg des Lernens oder Lehrens. Er steht in Verbindung mit dem Mond. Der ist ein Symbol für das Unbewusste, in dem die Geheimnisse des Wissens und der Weisheit liegen.

Sozial ist der Wolf von allen Tieren dem Menschen am ähnlichsten. Er hat einen ausgeprägten Familiensinn. Wenn ein Wolf verwundet ist und die anderen zur Jagd aufbrechen, bleibt einer zurück, um für die Verletzten zu sorgen und sie zu beschützen. Kommt das Rudel wieder, bringt es Futter für Kranke und Alte mit. Die werden so lange versorgt, bis es ihnen besser geht. Gerade die Fürsorge ist es, die Menschen und Wölfe so ähnlich sein lässt.

Dieses Medizintier sagt dir möglicherweise auch, dass du einen einsamen Platz aufsuchen solltest, um deinem inneren Lehrer zu begegnen .....

Noch bevor Rosalie fertig gelesen hatte, stotterte sie los und klopfte dabei mit ihrem Zeigefinger auf die Buchseite: „Da ... da ... da steht es! Ich brauche eine Lehrerin und einen einsamen Platz! Und ich soll den Mond anheulen! Und ich liebe meine Familie und meine Freunde! Das stimmt alles voll! Woher weiß das Buch, dass ich ein Feuerwolf bin? Wer hat diese Widmung hinein geschrieben? Und heißt dein Medizinbruder nicht auch Wolfsherz? Bedeutet das, wir haben beide Wolfs-Medizin oder wie immer man das nennt?“ Rosalie ging ihr Mundwerk durch wie ein Pferd auf der Flucht.

„KEI-NE AH-NUNG!“, unterbrach Nala den Fragestrom ihrer Freundin.

„Ich glaube, du bist schon in diese Zauberwelt hineingerutscht! Und ehrlich! Ich versuch dort auch nur irgendwie zurechtzukommen. War es ein Fehler dich einzuweihen?“

„NEIIIN, kein Fehler! Ich bin so froh, dass ich bei dem Abenteuer mitmachen darf! Mein ganzes Leben lang wollte ich zaubern und etwas über Naturvölker lernen und ....“, allmählich ging Rosalie die Luft aus. „Nala, du bist die coolste Freundin ever! Ich hab ja gleich gewusst, dass wir Hexenschwestern sind oder Medizinschwestern, wie ihr das nennt.“ Den Temperamentsausbruch Rosalies, begleitete Tendo mit einem Hüpftänzchen. Seine Krallen kratzten auf dem Boden und erzeugten seltsame Geräusche. Durch sein Krächzen und den Sound der Krallen entstand ein Rhythmus, in dem sich auch die beiden bewegten. Ein Rabe, der mit dem Feuerwolf tanzt ... Rosalies Locken und die blauschwarzen Federn Tendos wippten im Takt ihres Freudentanzes.

21 Eins plus Eins ist Drei

Die nächste Zeit verging unspektakulärer. Nala genoss das. Es schien, als ob die Wirkung des Zaubertrankes, der ihr Leben so unglaublich beschleunigt hatte, endlich ein wenig nachließ. Sie war superglücklich über die Freundschaft mit Rosalie, in deren Gesicht sie immer deutlicher den schrägen Schnitt ihrer grünen Augen sah. Die Ähnlichkeit mit einem Wolf wurde ihr jeden Tag klarer. Nala machte sich mit ihrem eigenen Medizinnamen, Sternenträumerin, vertraut. Das war eine Versöhnung mit ihrer Verträumtheit. Wenn das eine Medizingabe war, konnte sie sogar stolz darauf sein! Das Mädchen nahm sich vor, Blaue Feder zu fragen, ob Rosalie in der Anderswelt willkommen sein würde. Die beiden Freundinnen steckten ständig zusammen und beobachteten Greta, Emanuel, Paul und Claire detektivisch genau, um das Geheimnis des Steinkreises zu lüften. Aber alles wirkte normal. In ihrem Eifer übersahen die Mädchen jedoch, dass auch sie beobachtet wurden ...

In einer Mittagspause gelang es Nala, sich vom Hof loszueisen und so schlug sie den Weg Richtung Wald ein. Greta, die beim Eingangstor stand, bemerkte ihre Absicht und fragte kurz: „Wohin?“, worauf sie nur eilig: „Steinkreis“, antwortete. Ein breites Grinsen, und: „...wird ja Zeit“, begleitete das Mädchen auf ihrem Weg.

Tendo saß auf der Schulter Nalas und quasselte ihr die Ohren voll. Sie verstand mittlerweile beinahe jedes Wort des Vogels. Sie liebte es, wie er scherzhaft und zärtlich ihre

Haare zerzauste und dabei unbeholfen klickend Kussgeräusche nachahmte. Das war eben seine Art Zuneigung auszudrücken.

Nala hatte Rosalie das Versprechen gegeben, der Schamanin von ihr zu erzählen; von der Freundschaft, die sie verband und ihrem Wunsch auch Medizin-Lehrling zu werden. Was würde Wolfsherz dazu sagen, dass ihre Hexenschwester mit demselben Krafttier verbunden war wie er?

Kurz bevor Nala den Steinkreis betrat, holte sie tief Luft und sprang beherzt auf den Kraftplatz. Als sie sich niederließ, war sie auch diesmal vom mächtigen Baum beeindruckt. Fasziniert betrachtete sie die zerfurchte Rinde. Eine Ameisenstraße führte nach oben in die Krone der Eiche und ein wenig seitlich wieder hinunter zur Erde. Die winzigen Tierchen schleppten Teile von Blättern mit sich, die wesentlich größer waren als sie selbst. Alle arbeiteten mit ganzer Kraft an ihrem gemeinsamen Ziel, dem Ameisenhaufen. Nala hatte ihn beim Vorbeigehen am Waldrand entdeckt. Konnten auch Insekten Krafttiere sein? Ameisen verkörperten vielleicht die Medizin der Zusammenarbeit? Sie konzentrierte sich auf das Gewimmel der flinken Tierchen. Die genaue Betrachtung der winzigen Krabbler hatte den Effekt, dass Nalas Welt auf dieses mikroskopisch kleine Blickfeld zusammenschrumpfte und verschwamm. Das brachte sie in den verträumten, tranceartigen Zustand, der ihr dabei half, in die Anderswelt zu schlüpfen. Nala schloss die Augen.

Das erste, das sie bemerkte, war das Beben des Bodens unter dem Getrappel der Mustangherde. Die Erde erklang wie eine riesige Trommel, die durch die Hufe der Pferde in Schwingung geriet. Als Nala ihre Augen öffnete, sah sie Wolfsherz und Blaue Feder, die inmitten der Mustangs standen und die Tiere mit ihrer Körpersprache anwiesen, im Kreis zu galoppieren. Dabei verbanden unsichtbare Fäden die beiden mit ihren Ponys.

Richtungswechsel, langsamer werden, zum Stillstand kommen. All das geschah fließend und schnell. Die Pferde blieben stehen und näherten sich dem Jungen und der Schamanin, um sich streicheln zu lassen.

Auch Nala fühlte sich angezogen und bewegte sich auf die Herde zu. Die schillernde Regenbogenkuppel umschloss sie wie bei ihrem letzten Besuch. Sie alle kamen in Stille zusammen und das geheimnisvolle Gefühl von Iyuptala ergriff das Mädchen wieder.

„Du fühlst es?“, fragte Blaue Feder.

„Hmmm“, brummte Nala zufrieden.

„Westliche Menschen glauben, sie sind allein nicht vollständig und brauchen EINEN anderen Partner. Durch das Verschmelzen der beiden entsteht ein Ganzes. Sie werden damit leider abhängig von ihrer zweiten Hälfte, aber das Leben fühlt sich so besser an. Native Americans haben nicht das gleiche Bild. Wir stellen uns vor, dass jeder Mensch vollständig ist oder werden sollte, wie ein ganzer Kreis. Zwei Wesen, zwei Kreise begegnen sich und berühren sich so intensiv, dass etwas Drittes um sie herum entsteht. Ein Raum, eine Energie, die stärker ist als beide allein. Wir nennen diese Dynamik:

1+1=3

Ich weiß, das geht gegen euer mathematisches Denken und die Vorstellung, wie die Welt funktioniert. Eine echte Begegnung bedeutet für uns, dass die Energie eines Wesens plus die Energie eines Anderen nicht nur zusammengezählt wird, das Ganze ist mehr als die Summe seiner Teile. Der Zauber von Iyuptala wirkt, wenn du jemanden triffst und es entstehen neue Ideen, vielleicht Pläne, auf jeden Fall eine stärkere Energie und Kraft. Manchmal ist eine unbändige Freude, die alle mitreißt zu spüren. Auch in Momenten, in denen du eine tiefe Begegnung mit einem Pferd hast, wird eins und eins zu drei. Das schenkt dir möglicherweise einen unglaublichen Frieden und eine Harmonie, die du alleine nicht fühlen würdest. Das meine ich mit dem Größeren, Dritten, das sich entwickelt. Es ist magisch. Die Formel für Magie ist: 1+1=3.“ Blaue Feder zeichnete mit einem Stock diese Skizze in den Sand.

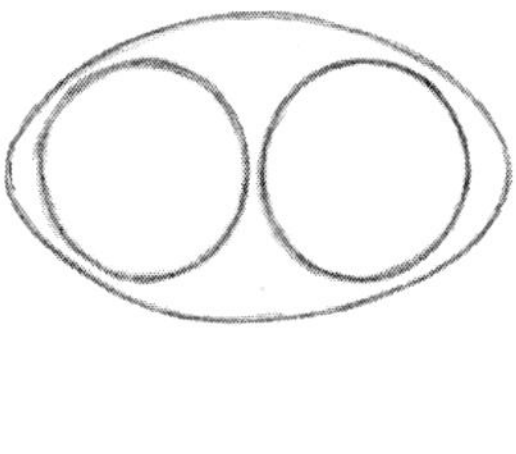

Nala verstand nun, was damit gemeint war.

Sie war vollkommen verbunden mit dem Schnauben der Pferde, der Hitze der Sonne, den weichen Fellen der

Mustangs und dem Klang der Worte der Medizinfrau. „Das Geheimnis von Magie ist Begegnung?“, fragte Nala.

„Ja, Begegnung mit einem offenen Herzen“, bestätigte Blaue Feder. „Du wünschst dir nichts anderes, willst nichts erreichen. Nur Sein und Genießen.“

„Das klingt schön“.

22 Fliegen

„Sternenträumerin, du hast heute Gelegenheit diese Magie zu erleben. Es ist Zeit auf ein Pferd zu steigen und zu reiten. Dich tragen zu lassen. Mondlicht ist bereit. Bist du es auch?" Blaue Feder blickte Nala auffordernd an.

Das Mädchen zuckte zurück: „Was? Glaubst du denn, dass ich soweit bin?"

„Du entscheidest", entgegnete die Medizinfrau.

Das war schwer. Ganz hatte sie den Sturz von Samsara nicht überwunden. Aber die Sehnsucht auf einem Pferderücken zu sitzen, wurde in den letzten Tagen immer stärker. „Muss ich nicht noch viel über Bodenarbeit lernen?", fragte Nala ausweichend.

Blaue Feder hielt ihre Schülerin mit dem Blick gefangen und sagte nichts. Das war ein Moment der Wahrheit.

„Ja oder nein?"

„Wenn nicht jetzt, wann dann? So eine Gelegenheit muss ich nutzen! Was zögere ich?" Nala traf eine Entscheidung und in diesem Augenblick hüpfte ihr Herz vor Freude.

„Ja!"

„Verbinde dich mit Mondlicht und vergiss alles, was du bisher übers Reiten gelernt hast. Die Bodenarbeit war eine perfekte Vorbereitung. Wir benutzen dieselbe Körpersprache um vom Rücken der Mustangs aus zu kommunizieren.

Genau wie beim Führen und Folgen richtest du dich auf, lehnst dich leicht vor, damit Mondlicht losgeht. Dabei streckst du deine Hände nach vorn. Die Stute erkennt dieses Zeichen, egal ob du neben ihr gehst oder auf ihr sitzt. Wenn du anhalten möchtest, atmest du aus und entspannst dich. Und jetzt rauf mit dir!"

Nala sah Blaue Feder fragend an. „Wie, um Himmels Willen, soll ich denn ohne Steigbügel und Sattel aufsteigen?", fragte das Mädchen.

„Heute wird dir Wolfsherz helfen. Später führst du das Pferd entweder zu einem Stein oder Baumstumpf. Irgendwann wirst du vielleicht lernen, frei hinaufzuspringen, das muss aber nicht sein." Die Medizinfrau winkte ihren Schüler herbei.

Wolfsherz stand wie ein großer Bruder neben Nala. Der Medizinlehrling hatte den Pinto mit einem schwarzen Knotenhalfter zu ihr geführt und verschränkte die Finger. So konnte sie seine Hände wie einen Steigbügel nutzen.

„Eins, zwei, und drei ...", mit Schwung stieg sie aufs Pferd.

„Ahhhh!" Das fühlte sich großartig an! Sie saß auf dem warmen, weichen Rücken der sanften Scheckstute, mit der sie bereits auf der Wiese gespielt hatte. Einfach nur da sitzen und die kräftigen Muskeln des Mustangs zu spüren war fantastisch. Nala strahlte übers ganze Gesicht. Wie in Trance nahm sie die Zügel auf. Ein leuchtender Strahl zog ihren Kopf nach oben Richtung Himmel. Sie wurde dadurch aufgerichtet und mit der Sonne verbunden. Das Mädchen streckte die Hände vor. Sofort ging Mondlicht ohne Druck und Zwang im gemächlichen Schritt über die Lichtung. Als

Nala sich zurücklehnte und tief ausatmete, blieb die Stute stehen.

Wolfsherz, der neben den beiden herging, sagte: „Um nach rechts zu wenden, schaust du zuerst dorthin. Bring dein Gewicht auf die rechte Seite und öffne ein wenig das rechte Knie." Schon machte der Pinto einen großen Bogen. Die Hilfen, die Nala ihr gab, waren so fein, dass man sie nur mit geübten Auge sehen konnte.

„Falls es nötig ist, kannst du auch noch den rechten Zügel zur Seite nehmen. Also Knie und Hand bewegen sich in die Richtung, in die du reiten willst. Wir nennen das: DIE TÜR ÖFFNEN. Während dein linkes Bein am Pferd anliegt. Der linke Zügel ist am Hals angelehnt. Die linke Seite der Tür bleibt geschlossen. Einfaches Prinzip, oder? Eine Seite öffnet sich, die andere schließt sich."

„Das ist fast das Gegenteil von dem, was ich bisher gelernt habe", antwortete Nala.

„Ist bloß eine neue Sprache für dich und geht davon aus, dass das Pferd immer unter das Gewicht treten wird. Bei uns Menschen funktioniert das genau gleich. Stell dir vor, du hast deinen kleinen Bruder auf den Schultern sitzen. Sobald er sich vorlehnt, musst du auch einen Schritt vorwärts machen, sonst gerätst du aus dem Gleichgewicht. Wenn er sich zurück oder zu Seite neigt, wirst du in dieselbe Richtung gehen wie er und dein Gewicht unter seins bringen, um nicht umzufallen. Ihr findet eine gemeinsame Balance und Harmonie. Kannst du dir das vorstellen?"

„Leuchtet ein." Nala versuchte, nach links abzubiegen, was nicht sofort gelang.

„Du hast vergessen, zuerst nach links zu blicken! Mondlicht wird doch nicht einer Itancan folgen, die nicht sieht, wohin sie reiten will. Es könnte ein Hindernis dort sein oder eine Gefahr. Das erste, was du machst, ist in die Richtung zu schauen, in die du dein Pferd lenkst."

Trotz der Erklärungen, die Wolfsherz ihr gab, war Nala ganz gefangen von dem wunderbaren Erlebnis, sich von Mondlicht tragen zu lassen. Ohne Sattel spürte sie jeden einzelnen Schritt der Stute unter sich und hörte die Worte ihres Medizinbruders immer verschwommener. Sie war nur mehr auf die gescheckte Mustangstute konzentriert. Nala bemerkte ihre Umgebung erst wieder, als die Medizinfrau auf Tanzendem Feuer und Wolfsherz auf Wakanda neben ihr ritten. Die Fohlen sprangen übermütig hinter ihnen her.

„Lust auf fliegen? Streck deine Hand ein bisschen vor und bleib locker!" Alles ging so schnell, dass Nala kaum reagieren oder Angst haben konnte. Die drei Mustangs trabten an, und als das Mädchen unsicher wurde, rief Blaue Feder ihr zu: „Atmen, Sternenträumerin! Atmen und entspannen! Erlebe deinen Traum!" In diesem Moment fielen die Pferde in einen schaukelnden, langsamen Galopp.

Als ob sie nie etwas anderes getan hätte, ließ Nala sich vom Rhythmus des Galopps mitreißen. Zu dritt flogen sie über die Lichtung und ihr Herzenswunsch ging in Erfüllung. Es gab nur diesen Augenblick auf dem warmen Pferderücken. Die ganze Welt wurde zu einem Schweben, Schaukeln, Fliegen ...

„Woahhh, laaaangsam, ausatmen." Die Mustangs fielen zurück in einen schwungvollen Schritt und Nala ließ ihren Oberkörper vornüber auf den Hals von Mondlicht sinken. Ihr Gesicht schmiegte sich an die schwarze Mähne und Tränen der Freude standen in ihren Augen.

„Das war mein großer Traum, ich danke dir“, flüsterte sie in die pelzigen Ohren der gescheckten Stute. Sie richtete sich wieder auf und streckte ihre Arme hoch nach oben Richtung Sonne. „Das Leben ist schön“.

„Ja, das ist es. Gut, dass dir das bewusst ist“, sagte die Schamanin.

„Das war deine Feuertaufe! Deine Verbindung zu den Mustangs ist tief.“ Wolfsherz gab natürlich auch seinen Kommentar ab. Nala war berührt von dem Kompliment, das er ihr gemacht hatte.

Unter dem Schatten der alten Eiche glitt Sternenträumerin, ihren Kraftnamen fühlte Nala jetzt nämlich besonders deutlich, vom breiten Rücken Mondlichts herunter. Sie streichelte das Pferd ausgiebig. Die Medizinschülerin war so dankbar dafür, dass der frei lebende Mustang sie getragen hatte.

Eine Weile blieben sie alle stumm und glücklich auf dem duftenden Gras sitzen. Selbst Tendo hatte sich auf einen Ast der Eiche niedergelassen und hielt ausnahmsweise seinen Schnabel.

„Du hast etwas auf dem Herzen?“, fragte Blaue Feder.

„Ja, ich muss gestehen, dass ich meiner besten Freundin Rosalie, Feuerwolf, von unseren Treffen erzählt habe. Es fühlte sich einfach richtig an. Sie hat eine ganz starke Beziehung zu Pferden. Ihr Name steht im Buch über Krafttiere und sie hat einen Wolf als Medizintier ...“, sprudelte es aus Nala heraus.

„Ist ja gut ... Ich weiß ...“, beruhigte sie Blaue Feder. „Jeder Mensch hat seinen persönlichen Weg in diesen Kreis. Die kleine Wolfsfrau wird den ihren finden. Mach dir darüber keine Gedanken, dafür bist nicht du verantwortlich. Ihr Moment der Kraft wird kommen. Sag ihr das als meine Botschaft aus der Traumwelt: Der Mond wird ihr den Weg und die Zeit weisen." Die Medizinfrau beendete das Thema.

„Was? Du hast eine Freundin mit Wolfsmedizin? Die will ich kennen lernen." Wolfsherz, der bisher am Boden liegend vor sich hin geträumt hatte, war aufgeschreckt.

„Sie heißt Rosalie, hat rotes Haar und Augen wie ein Wolf! Sie gefällt dir sicher ...", lachte Nala. Der Mond wird ihr den Weg und die Zeit weisen, hatte Blaue Feder ihr als Botschaft für ihre Hexenschwester mitgegeben. Sie musste sich diesen Satz unbedingt merken.

Als ihre Gedanken ruhiger wurden, kam die Erinnerung an das Gefühl des Fliegens mit aller Heftigkeit zurück. Seit Nala ein kleines Mädchen gewesen war, träumte sie davon, ohne Sattel auf einem Pferd über die Wiesen zu galoppieren, und nun war dieser Wunsch in Erfüllung gegangen!

Alles konnte gut werden! Alles würde gut werden! Alles war gut!

23 Vertrauenstraining

Nala lief zum Reiterhof zurück. Sie bemerkte, wie ihr Körper durch das viele Arbeiten und Trainieren gestärkt war. Die Jeans rutsche fast über die Hüften. Sie würde sich einen Gürtel ausleihen müssen! Hoffentlich hatte Rosalie einen dabei. Rosalie! Sie konnte ihrer Hexenschwester eine Botschaft aus dem Steinkreis mitbringen! „Der Mond weist den Weg und die Zeit.“ War nicht bald Vollmond? Nala kam keuchend am Reiterhof an und ihre Freundin empfing sie am Tor. Sie erzählte ihr aufgeregt vom Reiten ohne Sattel, das sich wie fliegen angefühlt hatte, und überbrachte die Botschaft der Medizinfrau. Sie stahlen sich in die Küche, um ein Extra-Eis zu ergattern. Claire, die Nalas erhitztes Gesicht und ihre leuchtenden Augen sah, lächelte.

Gemeinsam schlenderten die Hexenschwestern zur Weide. Über den Köpfen der beiden Mädchen segelte Tendo im Sommerwind.

„Übrigens Rosalie, kannst du mir einen Gürtel, leihen? Ich verlier meine Jeans beim Laufen“, fragte Nala ihre beste Freundin.

„Ja, ich hab einen. Hey, stimmt! Du hast abgenommen! Wie kommt das?“

„Ich hab kaum Zeit zum Essen. Renn vom Steinkreis zur Koppel und zurück, miste aus und schleppe Heuballen. Mir wachsen Muskeln an Stellen, wo ich garantiert nie welche hatte! Jeden Abend fall ich todmüde ins Bett. Ich schaffe nur ein paar Skizzen und schmökere kurz im Buch der Krafttiere, schon werden meine Augen schwer."

„Wie ich dich kenne, schmust du noch mit Tendo, bevor du einschläfst, oder?", fragte Rosalie.

„Schmusen ist nicht das richtige Wort. Wir unterhalten uns über Gott und die Welt ...", schmunzelte Nala. „Er ist ein echter Freund geworden. Der Vogel ist unglaublich witzig. Er denkt sich Streiche aus und heitert mich auf, wenn ich Trübsal blasen will. Ganz schön frech, mein Medizintier", erzählte die Hexenschwester, während sie sich der Koppel näherten.

Rosalie erinnerte sich an Nalas Bitte: „Hol dir später den grauen Gürtel mit den Metallsternchen von mir. Weißt du was? Den schenk ich dir! Du heißt Sternenträumerin! Der passt genau zu dir."

Plaudernd holten die beiden Mädchen Merida und Lilou für die Nachmittagsarbeit von der Weide. Lilou hatte sich von der verschreckten Außenseiterin zum kräftigen Pferd gemausert. Es war fast ein Wunder, wie gut sie sich erholte. Die Schimmelstute schreckte zwar immer noch bei Unbekanntem auf, aber es ging ihr wesentlich besser als am Anfang. Sie ließ nur Nala an sich heran und die beiden wuchsen Tag für Tag näher zusammen. Würde Lilou jemals so weit sein, dass sie auf ihr reiten konnte?

Greta hatte das übliche Ferien-Reitprogramm umgestellt. Ihr Unterricht beinhaltete nun auch Horsemanship Übungen. Die Pferde mussten die Jugendlichen selbst von der Koppel holen. Es gelang besser und besser. Nicht immer natürlich. Oft genug wurde, was als harmloses Abholen der

Araber begann, zur erschöpfenden Jagd über die ausgedehnte Wiese. Die Mädchen und Jungs spüren, dass sich ihre eigene Stimmung unmittelbar auf die Laune der Pferde übertrug. Je ruhiger man selber war, desto gelassener ließen sie sich zum Reitplatz bringen. Leo, der sich immer noch als König der Welt aufspielte, kriegte einen harmlosen Tritt von Anouk ab. Er rannte viele Kilometer hinter der Leitstute her, bis er einsah, dass es nicht nur darum ging seinen Willen durchzusetzen, sondern mit dem Tier zusammen zu arbeiten.

Greta eröffnete die Stunde: „Heute machen wir ein Vertrauenstraining, das wird oft auch Schrecktraining genannt. Wir wollen, dass unsere Pferdefreunde vertrauensvoll und ruhig auf unerwartete Situationen reagieren. Ich habe euch verschiedene Gegenstände mitgebracht, die Pferden Furcht einflößen können. Da ist ein Ball, die Trillerpfeife, ein bunter Regenschirm, flatternde Bänder und eine Plastikplane, die wir auf den Boden legen. Die Fluchttiere werden, wenn ihnen etwas unheimlich ist, was tun?“

„Weglaufen ...“, „...steigen“, „...ausweichen“. Die Meinungen purzelten durcheinander.

„Stimmt, all das kann passieren“, antwortete die erfahrene Trainerin.

„Das sind ihre ersten Reflexe. Wenn Pferde jedoch gelernt haben zu vertrauen und euch als Leittiere anzuerkennen, fühlen sie sich sicher. Wir Menschen müssen uns dazu entsprechend verhalten. Heute haben wir die Gelegenheit, den Tieren zu helfen Ängste zu überwinden. Vielleicht müsst ihr auch eure eigene Angst beherrschen. Die ist nämlich oft die eigentliche Ursache für die Nervosität des Pferdes. Wer möchte anfangen?"

„Merida und ich!", spontan meldete sich Rosalie mit ihrer fuchsroten Stute.

„Die Hexe will sich wieder wichtig machen." Gehässig mischte Leo sich ein. Das Mädchen war bei ihm und Jackie neuerdings in Ungnade gefallen, weil sie mit Nala befreundet war.

„Dann möchtest also du beginnen, sehr schön." Greta forderte Leo mit einer einladenden Handbewegung auf mit seinem Pferd in die Mitte zu kommen.

„Danke für deinen Mut, Rosalie. Wenn Leo sich vordrängen will, geben wir ihm ausnahmsweise die Chance zu zeigen, was er kann."

„Nein, nein, so war das nicht gemeint", versuchte der Junge einen Rückzieher zu machen. Aber die Reitlehrerin ließ ihn nicht mehr entwischen. „Aus dem Hintergrund jemanden anzumachen und sich dann drücken, das gibt es hier nicht. Komisch, dass du das bis jetzt noch nicht gemerkt hast ..."

Zögernd schleppte er Anouk hinter sich her.

„Vergessen, wie man ein Pferd führt?", fragte Greta.

„Sorry", Leo nahm die korrekte Haltung ein und schon ging die Leitstute, am lose durchhängenden Strick mit ihm mit.

Wir üben zuerst mit der Plastikplane, die hier liegt. Anouk soll drüber gehen. Probier einmal."

Leo führte sie auf die Plane zu, da brachte ein Windstoß

das grüne Plastik zum Rascheln. Die Stute rammte ihre Vorderbeine in den Boden und rührte sich nicht mehr von der Stelle.

„Nicht stehen bleiben! Führe sie nur einen kleinen Schritt weiter. Komm schon! Aufrichten, Arm nach vorne, und ...“. Wirklich, Anouk hob ein Huf und stellte ihn einen Zentimeter näher an der Plane ab. „Stopp, und jetzt lob sie. Das war mutig von ihr.“

Leo streichelte der Braunen über den Hals und kraulte sie.

„Gut gemacht, alle beide“, sagte Greta. „Sobald Anouk auch nur einen Schritt weitergeht, belohne sie. Am besten durch Stehenbleiben. Ein Fluchttier ist ein Energiesparer. Das Pferd will ruhig stehen, fressen und dabei Energie in Form von Futter aufnehmen. So hat es im Notfall genug Kraft zum Wegrennen. Also bedeutet Ruhe immer Belohnung.“

„Könnte Leo ihr nicht ein Stück Apfel geben?“, warf Mimi ein.

„Es gibt verschiedene Ansichten über das Thema *Futterbelohnung*. Natürlich lieben Pferde ihr Leckerli! Wir wollen aber nicht zur lebenden Karotte für sie werden. Wenn du jedes Mal, sobald dein Liebling etwas gut macht, Futter verteilst, gewöhnt sich das Tier daran. Das kann gut ausgehen oder auch nicht. Einige Ponys fangen an zu betteln, Hosentaschen zu durchwühlen, vielleicht sogar zu beißen, falls sie nicht sofort ihr Leckerli kriegen. Das wollen wir ihnen nicht angewöhnen. Wenn du auf die Weide kommst, weißt du nicht, ob das Tier aus Freundschaft zu dir kommt, oder es nur eine riesige Karotte in Menschengestalt vor sich sieht.

Raubtiere bekommen nach ihrer Jagd, der Anstrengung, als Belohnung ihr Fressen. Das ist für sie ein natürlicher Vorgang. Pferde stehen den ganzen Tag in ihrem Futter und sparen ihre Energie für die Flucht. Wenn sie davon gekommen sind, erwartet sie als Belohnung? Ruhe. Ich weiß, es gibt auch andere Methoden, das ist schon in Ordnung. Wir machen es hier einfach ohne Leckerli."

Zu Leo gewandt, sagte die Trainerin: „Führe Anouk eine Runde über den Platz und noch einmal zur Plane". Greta ermunterte Leo, weiter zu experimentieren. „Versuch einen Schritt näher zu kommen. Bleib ruhig dabei." Leo war diesmal konzentrierter, und tatsächlich war die Araberstute schon fast auf das unheimliche, grüne Plastikmonster getreten.

„Geh weiter und steig drauf."

Leo trat mit einem entschlossenen Schritt auf die Plane, die sich sofort raschelnd bewegte. Zusätzlich fuhr ein heftiger Windstoß unter das grüne Plastik und hob es abermals in die Höhe. Die sonst so dominante Anouk zitterte und versuchte rückwärts zu entkommen. „Ho, alles ist gut", hörten sie zu ihrer Überraschung von Leo. Er streckte seine Hand aus und beruhigte die Stute.

„Weiter! Geh wieder ein Stück und führ sie, als ob es ganz selbstverständlich wäre", kam Gretas Vorschlag.

Noch einmal näherte sich Leo der Plane. Diesmal stellte Anouk schon einen Huf auf das grüne Ungetüm. Leo, der normalerweise die Ungeduld in Person war, blieb stehen und lobte die braune Stute. Alle blickten ihn erstaunt an.

„Super machst du das! Du hast also doch kapiert, worum es geht?“ Auch die Trainerin war überrascht.

Eine Wandlung ging vor sich. Leo nahm seine Aufgabe ernst. Er war in den letzten Minuten vom überheblichen Wichtigtuer zum starken und verlässlichen Anführer mutiert.

„Spinn ich? Was passiert denn da?“, fragte Nala.

Rosalie: „Der Angeber reißt sich tatsächlich einmal zusammen. Bis jetzt war Leo ja der reinste Kotzbrocken. Ich hab sowieso geglaubt, er reitet nur um anzugeben.“

„Es schaut aus, als würden ihm Pferde doch am Herzen liegen“, vermutete Nala.

„Ach was, das macht er, um Jackie und Greta zu beeindrucken! Ich geh dem nicht auf den Leim!“ Rosalie war gnadenlos.

Beim nächsten Mal ließ sich Anouk auf die Mitte der Plane führen. Es brauchte einen weiteren Versuch, bis die Braune mit Leo locker über das Plastik ging, das offensichtlich alles Monsterhafte verloren hatte.

„Yeah!“ Er stieß triumphierend seine Faust in die Luft.

„Das war nur Glück! Anouk ist die Leitstute und von Natur aus mutig. Da hatte er leichtes Spiel“, feixte Rosalie. Sie wollte Leo das Gelingen der Übung auf gar keinen Fall gönnen. „Er ist und bleibt ein Idiot“, stellte sie trocken fest.

Nala war verunsichert: „Na ja, immerhin hat Anouk ihm seine Rolle abgekauft. Pferde täuscht man nicht so leicht. Kann sein, dass er beides ist:? Ein Idiot und echt interessiert an Tieren?“

Jackie reagierte euphorisch auf den Erfolg ihres Freundes und applaudierte überschwänglich.

Alle begannen nun mit Übungen, bei denen sie Bälle zu den Pferden warfen. Zuerst nur in die Nähe der Pferde, später direkt auf ihre Körper. Sowohl Merida mit Rosalie, als auch Lilou und Nala waren dabei. Lilou, die bei den ersten Versuchen heftig stieg und sich fast von dem Mädchen losriss, akzeptierte schon bald die rollenden und springenden Bälle in ihrer Nähe. Nala freute sich wie verrückt darüber, dass sie ihrem Herzenspferd zeigen konnte, dass die beweglichen Teile, die auf Lilou zugeflogen kamen, harmlos waren. Zum ersten Mal bewältigten sie als Team eine Herausforderung! Immer wieder knuddelte sie den Widerrist, den Hals und die Mähne der Schimmelstute. Wie wunderschön sie geworden war! Die Körpersprache Lilous hatte sich so verändert! Vielleicht konnte Nala es doch bald mit dem Reiten versuchen! Sie nahm sich ganz fest vor in einer ruhigen Stunde zumindest eine Decke ihren Rücken zu legen ....

„Sobald sie keine Angst mehr haben, können wir sogar Pferdefußball spielen!“, freuten sich Ben und Luka. Sie hatten, wie üblich, große Pläne. Ihre beiden Lieblingshobbys vereint!

Mimi und Kiki experimentierten mit dem Regenschirm, den sie blitzschnell aufspringen ließen und ihre Pferde so lange damit vertraut machten, bis sie mit den Schirmen in der Hand hin und her ritten. Sie winkten erhaben von ihren Schimmeln herab wie die englische Queen und amüsierten sich dabei. Alle schmunzelten über die „Prinzessinnen“ auf ihren weißen Pferden.

24 Samsaras Heilung

„Kommt bitte. Ich werde euch die nächste Übung zeigen“, rief Greta.

„Hier in der Gegend gibt es, wie überall im Süden Europas, Schlangen. Die Wahrscheinlichkeit, dass ihr auf eine trefft, ist verschwindend gering. Aber Pferde haben eine Urangst vor diesen Reptilien und manche Menschen auch. Wir werden beim Vertrauenstraining etwas dagegen tun.“

„Was, hier gibt es giftige Schlangen?!“, Mimi zuckte zusammen. „Ist das wahr?“

„Die flüchten doch sicher, wenn ein Pferd den Boden erschüttert, oder?“, fragte Luka.

„Ja, das tun sie normalerweise. Wir wollen trotzdem unsere Reittiere daran gewöhnen, dass sie nicht bei jedem schlangenähnlichen Gegenstand in die Luft gehen.“ Greta zog ein Stück eines schwarzen Fahrradschlauchs aus ihrer Hosentasche. „Das habe ich hinter den Mülltonnen gefunden.“ Sie blickte prüfend in die Runde. „Den könnte man leicht mit einer Schlange verwechseln, besonders wenn er in Bewegung ist ...“ Jackie und Leo schauten sofort verlegen zu Boden. Die Freude über den Erfolg wich aus ihren Gesichtern. Leo wurde blass. Er hatte wohl nicht damit gerechnet, dass der schwarze Schlauch wieder auftauchen würde.

„Vielleicht weiß niemand genau, was passiert ist, als Samsara stieg. Vor so einem Fahrradschlauch oder einem kurzen Strick könnte sie erschrocken sein." Gretas Blick wanderte prüfend von einem Jugendlichen zum anderen. „Wir haben Samsara mitgenommen, um ihr zu helfen, die Angst zu überwinden. Der Schreck des Sturzes hat sich bei ihr eingeprägt. Am besten arbeitet Nala mit ihr."

Das Mädchen übergab Lilou an Paul und führte das Pferd am Halfter in die Mitte des Platzes. Ihr Herz schlug bis zum Hals.

„Geh ein paar Runden und zeig ihr, dass du die Verantwortung als Leitstute übernimmst", sagte die Pferdetrainerin. Nala tat, worum sie gebeten wurde.

„Zuerst nimm den Schlauch und lass Samsara daran schnuppern." Empört schnaubte die braune Stute. Sie warf den Kopf hoch, um dem unheimlich schlenkernden Gegenstand zu entkommen. Nala zeigte ihr die Schlange immer wieder. So lange, bis sie sich beruhigte.

„Sehr gut, erst wenn sie die Nase herunter streckt, entfernst du ihn. Nimmst du den Schlauch weg, während Samsara zurückweicht, zeigst du ihr, dass sie das richtige macht. Was ja nicht stimmt."

„Noch einmal. Fahrradschlauch vor den Kopf halten!"

Diesmal war die Reaktion der Stute weniger heftig. Nala wartete wieder ab, bis ihr Herzenspferd entspannt atmete. Sofort versteckte sie die ‚Schlange', um der Araberstute eine Pause zu geben.

Greta kommentierte die Übung: „So zeigt Nala ihr, wie sie mit der Gefahr umgehen soll. Das Pferd muss abwarten, was der Reiter von ihm will, und nicht einfach davonlaufen oder steigen. Es sollte einen Moment innehalten. Das heißt, es gibt den Fluchtinstinkt kurz auf, um nachzufragen, was zu tun ist. Es lässt euch, als Leittier, über seine Reaktion entscheiden. Genau das kann überlebenswichtig für beide sein! Egal ob das Monster der Gartenschlauch, ein Traktor oder eine Schlange ist."

Nachdem Nala diesen Übungsschritt wiederholt hatte, sagte Greta: „Jetzt beweg den Schlauch hin und her wie ein Reptil, das sich durchs Gras schlängelt. Ja! Richtig so! Ein bisschen schneller ..."

Sie übten das so lange, bis Samsara sich nicht mehr darüber aufregte. Später gingen sie dazu über, dass Nala die Braune mit der schmalen weißen Blesse herumführte, und Emanuel den Schlauch zuerst etwas entfernt von ihr auf den Boden warf. Die Freunde steigerten das Training so lange, bis der gefährliche Gegenstand direkt vor den Füßen Samsaras landete. Die Stute stieg nun nicht mehr und schreckte auch nicht auf. Bei jeder gelassenen Reaktion wurde Samsara mit Lob und Streicheleinheiten überschüttet. Irgendwann hielt Greta Nala zurück: „Bisher war dein Lob schon gut. Aber nun sei ein wenig sparsamer damit. Sie soll ja lernen, dass es nichts Besonderes ist ruhig zu bleiben."

Gebannt hatten alle zugesehen. Schließlich wurden kurze, schwarze Stricke verteilt und die ganze Gruppe übte mit ihren Pferden.

Emanuel brachte Samsaras Sattel und Zaumzeug. „Was soll das jetzt werden?", fragte Nala. „Auch du brauchst ein Vertrauenstraining! Gruß von Greta!", richtete er dem Mädchen aus. „Rosalie, du wirfst die Schlange und gleichzeitig steigt deine Freundin auf".

„Nein! Bist du verrückt? Das trau ich mich nicht!" Nala

versuchte abzuwehren.

Beruhigend sprach Emanuel auf sie ein: „Wir machen´s langsam, wie zuvor. Zuerst wirft Rosalie den Schlauch ein paar Meter von Samsara entfernt hin während du aufsteigst. Dann fliegt ihr die Schlange immer näher vor die Füße.“

Es dauerte eine Weile, bis Samsara nicht mehr erschrak, wenn der Fahrradschlauch angeflogen kam. Irgendwann nahm Nala all ihren Mut zusammen und wagte auf das Pferd aufzusteigen, während Rosalie gleichzeitig die Schlange auf den Boden unmittelbar vor die Araberstute warf. Sie schluckte kurz, bevor sie ihren Fuß in den Steigbügel stellte. Mit Schwung hob das Mädchen das Bein über den Sattel und setzte sich vorsichtig auf den Rücken Samsaras. Geschafft! Mit einem Seufzer kraulte sie den Widerrist des Pferdes, das nur neugierig zuschaute, als Rosalie das Stück Schlauch wieder aufhob und in ihrer Hosentasche verstaute.

„Juhuuu!“, jubelten die drei Freunde. Nala ritt hoch erhobenen Hauptes um den Platz.

Greta, die dabei war Kiki zu helfen über die knisternde Plastikplane zu reiten, nickte ihr erfreut zu.

„Wie war das?“, fragte sich Nala. „Bei Angst hilft es nicht, wegzurennen. Im Gegenteil. Man muss so lange hinschauen und heraus finden, ob etwas gefährlich ist, bis es vertraut wird. Das gilt für Pferde und auch für Menschen! In Nalas Gedanken setzten sich die Bilder zusammen: Nicht weglaufen, Taschenlampe anknipsen und entspannen! Das bedeutete es, eine Kriegerin des Lichts zu sein!“

25 Legende vom Steinkreis

Sternenglitzer übersäte den Himmel an diesem lauen Sommerabend. Ein fast voller Mond beleuchtete den Feuerplatz des Reiterhofes. Nach dem Training in der Gluthitze des Nachmittags freuten sich alle über die Kühle der hereinbrechenden Nacht.

Es war Zeit, das Geheimnis des Steinkreises zu lüften. Durch bloßes Beobachten waren die Mädchen nicht weitergekommen. Emanuel, Claire, Greta oder Paul. Einer von ihnen musste heute reden. Das war das Ziel! Rosalie und Nala planten mit ihren Nachforschungen bei ihrem Freund zu beginnen.

Die ganze Gruppe saß auf Holzblöcken rund ums Feuer. Es gab viel zu erzählen. Die Übungen des Vertrauenstrainings waren aufregend gewesen. Die Pferde und Jugendlichen hatten sich einer Mutprobe gestellt. Ein erschrockenes, scheuendes Tier macht auch demjenigen Angst, der es führt oder reitet! Beim flackernden Feuerschein wich die Spannung und alle fühlten sich stolz über ihre bestandenen Herausforderungen. Einige von ihnen blickten versonnen in die Glut und ließen die Bilder des Nachmittags vorüberziehen. Bens Magen knurrte so laut, dass sogar das Knacken der Holzscheite von den rebellischen Geräuschen seiner Eingeweide übertönt wurde. Duftend brutzelten die Grillstücke am Rost. Als das Essen endlich durchgebraten war, stürzten sich die Mädchen und Jungs darauf wie ein Rudel

Wölfe. Seltsame Redewendung? Möglicherweise fraßen die viel kontrollierter und gesitteter als diese hungrige Bande?

Emanuel hatte seine Gitarre dabei. Sie lehnte an der Birke hinter ihm. Jetzt hieß es rasch handeln, bevor das Instrument zum Einsatz kam, und die Gelegenheit für Nachforschungen verpasst war. Die Mädchen setzten sich links und rechts neben den dunkelhaarigen Jungen. Rosalie packte ihren ganzen Charme aus, um Emanuel zu umgarnen und ihm sein Geheimnis zu entlocken.

Wie nebenbei beugte sie sich zu ihm hin: „Du kennst die Gegend sicher wie deine Westentasche?“, fragte das rothaarige Mädchen. Ohne die Antwort abzuwarten, löcherte sie Emanuel weiter: „Warst du schon einmal bei der großen Eiche?“

„Klar war ich da! Dieser Baum ist das Herz des Gestüts. Es heißt ja: Au Grand Chêne. Das ist ein sehr alter Name. Die Eiche ist sogar mein absoluter Lieblingsplatz,“ antwortete er.

„Der Steinkreis, der dort liegt ... Weißt du, wer den gebaut hat?“, setzte Nala das Verhör fort.

„Ist er dir aufgefallen?“, fragte Emanuel. „Praktisch niemand bemerkt ihn, auch wenn man eigentlich drüber stolpert. Bist du hin und wieder bei dem alten Baum?“

„Ja, fast jeden Tag. Ich muss zugeben, es geschehen dort seltsame Dinge mit mir“, antwortete Nala. Irgendjemand musste ja den Bann brechen, und über die Magie des Platzes sprechen.

„Okay, Hexenschwestern,“ sagte Emanuel und rückte ein bisschen nach hinten, damit die anderen nicht mithören konnten. Die Mädchen rutschten ein wenig weg vom gemeinsamen Feuer.

„Ich hab' schon geglaubt, ihr fragt nie ....", grinste er die beiden verschmitzt an. „Es gibt da eine Legende: Vor ewigen Zeiten wurde der Steinkreis von wandernden Medizinfrauen und -männern gebaut. Sie selber nennen sich Zopfmenschen. Diese geheime Medizingesellschaft sammelt seit vielen tausend Jahren magisches Wissen aus der ganzen Welt. Dazu pilgern die Heiler von Kontinent zu Kontinent. Manche von ihnen wandern körperlich, andere treffen sich in der Traumwelt. Die Zopfmenschen nahmen an, dass alle alten Kulturen wichtige Heiltechniken entwickelt haben. Sie wollten dieses Wissen zu einem Zopf, einem Strang, aus Geheimwissen zusammenflechten. Zuerst waren es nur Schamanen aus verschiedenen Stämmen Nordamerikas, die sich trafen. Später haben sich Weise aus aller Welt, wie keltische Druiden und Hexen, asiatische Yogis und Lamas angeschlossen. Das Netz der Zopfmenschen wurde über die ganze Erde gewebt. Die Plätze, an denen sich diese geheime Medizingesellschaft trifft, sind Steinkreise. Man kann sie auch Heilkreise nennen." Emanuel hielt kurz inne, bevor er weitersprach: „Was für mich das Spannendste ist: Die Spezialität all dieser Heiler ist ihr Wissen über die Medizin der Tierwelt und deren energetische Kraft. Die Native Americans betrachten seit jeher alle Tiere als Brüder und Schwestern, die unbedingt nötig sind, damit die Welt im Gleichgewicht ist. Die Zopfmenschen verbinden sich mit ihren Krafttieren. Sie nutzen ihre speziellen Kräfte, um zu heilen. So lautet jedenfalls die Legende ...."

„Wow, das klingt spannend. Glaubst du, da spürt man noch etwas davon im Steinkreis?“, fragte Rosalie, als ob sie die Antwort nicht bereits kennen würde.

„Na, was glaubt ihr denn?“, verschmitzt lächelte Emanuel den beiden zu. So leicht ließ sich der junge Pferdeflüsterer nicht hinters Licht führen!

Nala wollte vor allem eines wissen: „Warum haben die Zopfmenschen ausgerechnet hier einen Steinkreis gebaut?“

„Die Antwort hat mit weiteren Legenden zu tun. In den Pyrenäen gibt es viele stillgelegte Klöster und Burgen der Katharer. Spuren deuten darauf hin, dass in diesen Tälern der Heilige Gral versteckt sein soll. Die Gegend hier ist voll von Mythen, Sagen und Zaubergeschichten. Keine Ahnung, ob die stimmen. Die Zopfmenschen ließen sich von der Magie des Ortes anziehen. Das habe ich jedenfalls gehört.“

Die drei Freunde wurden jäh unterbrochen, als Kiki Emanuel aufforderte: „Bitte spiel doch etwas auf deiner Gitarre? Wir warten alle darauf.“

Bedauernd zuckte der Gitarrist mit seinen Schultern: „Reden wir später weiter. Hier haben wir sowieso keine Ruhe. Lasst uns das Feuer genießen.“ Emanuel fügte sich dem Wunsch der Gruppe. Sobald er sein Instrument in den Händen hielt und loslegte, merkte man, wie die Musik die Herzen berührte. Er vertiefte sich total in den Klang der Töne und seine Finger flogen nur so über die Saiten. Nala beobachtete nachdenklich ihren Freund. Sie überlegte, ob das, was sie gerade hörte und sah, eine Form von Iyuptala war. Emanuel und die Gitarre. Das war eine magische Begegnung. 1+1=3, galt ihrer Meinung nach auch hier. Es entstand etwas Größeres, Drittes, eine Melodie, die alle zum Träumen brachte, und der Nacht einen Zauber verlieh. Die Legende der Zopfmenschen beschäftigte Nala. Sie heilten durch die Energie der Tiere? Sie selber fühlte sich auf jeden Fall geheilt, Wasté, nach der Zeit, die sie mit den Pferden und Tendo verbracht hatte. Nicht nur ihr Körper war stärker geworden, auch ihrer Seele ging es besser. Sie hatte so viel über ihr eigenes Herz gelernt!

Leise tuschelte Nala ihrer Freundin ins Ohr: „Ist ja spannend, wir kommen dem Geheimnis näher ..."

„Pssst", zischte die: „Still! Hörst du nicht, wie wundervoll Emanuel spielt? Ich schmelze dahin. Hilfe! Ich bin total verknallt!"

Rosalie war unansprechbar. Sie seufzte hin und wieder sehnsüchtig und konnte ihre Augen nicht mehr vom Gitarre spielenden Jungen lösen. „Die Detektivgeschichte ist für heute gelaufen", dachte Nala. Aus den Augenwinkeln sah sie Tendo auf einem Ast sitzen. Wahrscheinlich wartete er darauf, sie in ihr Zimmer zu begleiten und sich, wie jeden Abend, zu verabschieden. Es war Zeit ins Bett zu gehen.

„Iiiiiiigitt! Igitt!", kreischte Jackie gellend durch die Nacht. „Mein Handy!" Sie hielt das schicke Teil mit weit von sich gestrecktem Arm in die Höhe. „Da ist voll Vogelscheiße drauf! VOGELSCHEIßE! Das war bestimmt dieser verdammte Rabe!" Sie hatte so laut geschrien, dass die Musik übertönt wurde und verstummte. Alle starrten Jackie an. Unbemerkt stieg Tendo in die Luft und flog, gut getarnt durch die Schwärze der Nacht, davon.

„Du dumme Pute! Du bist verantwortlich, wenn mein neues Smartphone kaputt ist!". Sie zeigte dabei auf Nala, die sie verwundert anschaute. „Du mit deinem ekligen Hexenvieh!“

Die wehrte sich lautstark: „Wie kommst du dazu, Tendo zu beschuldigen! Du darfst das Ding eben nicht überall herumliegen lassen.“ Erschrocken über ihren eigenen Mut, sprang sie auf. „Ich hab´s so satt, dass immer ich an allem schuld sein soll!“

Man spürte, wie die ganze Gruppe den Atem anhielt. Leo starrte Nala mit zusammengekniffenen Augen an und stieß durch seine gepressten Lippen hervor: „Pass bloß auf! Du weißt, was auf unseren Handys gespeichert ist! Das kann sehr schnell im Internet landen, wenn du dich aufspielst!“

„Vielleicht hat sie gar nicht mitgekriegt, was wir alles gefilmt haben, die naive Kuh!“, schimpfte Jackie weiter.

„Kuh! Pute! Hexenvieh! Geht’s noch?“, blaffte Nala. „All diese Tiere sind hundertmal mehr wert als ihr beide!“

Es war passiert. Das, was sie ihr ganzes Leben lang verhindern wollte, geschah. Sie fetzte sich lautstark und öffentlich mit ihren Peinigern. Ein eisiger Schauer durchfuhr sie. Der Horror, den sie beim Baden erlebt hatte, zog an ihrem inneren Auge vorbei. Am liebsten wäre Nala vor Scham in ein Loch im Boden versunken.

Rosalie und Emanuel standen plötzlich neben ihr.

„Was sollen diese Drohungen?“, fragte der Junge. „Ich habe euch schon am Fluss gewarnt ...“, sagte er ernst.

Nala fiel es wie Schuppen von den Augen. Damals war Emanuel gleich verschwunden! Er hatte mit Leo und Jackie über die Fotos gesprochen und versucht sie zu beschützen! Wie cool von ihm! Die Nervensägen ließen jedoch nicht locker und hatten sie sie immer weiter verfolgt!

„Ist ja gut," wiegelte Leo ab. „Reg dich nicht auf! Deinem Liebling wird schon nichts passieren." Verächtlich blickte er zu Nala.

Rosalie warf ein: „Wahrscheinlich hat irgendeine Taube das Handy zu Tode gekackt". Das war typisch! Sie versuchte, das Problem ins Lächerliche zu ziehen, um die Stimmung aufzulockern. Die Zwillinge, froh darüber, dass die Dramatik ein bisschen nachließ, beschwichtigten: „Wird schon nicht so schlimm sein. Das Teil funktioniert sicher noch! Los, wir wischen es schnell ab!".

Mit spitzen Fingern übergab Jackie ihr Telefon an die Mädchen und strich eine ihrer sorgfältig gepflegten Haarsträhnen hinters Ohr.

„Macht schon!" Mit einer herrischen Geste war sie sofort wieder dabei das Kommando zu übernehmen. Unglaublich! Ihre Welt war in Ordnung, sobald sie von den anderen bedient wurde.

Nala versuchte selbstsicher zu erscheinen, doch das Mädchen zitterte am ganzen Körper. Eine eigenartige Stimmung machte sich breit. Emanuel wollte jetzt nicht mehr auf seiner Gitarre spielen. Peinliche Stille lag über dem Grillplatz. Auch das wohlige Knistern des Feuers konnte nichts ausrichten. Kiki und Mimi säuberten beflissen das Handy von Jackie. Rasch löste sich das Fest auf und alle trollten sich in ihre Zimmer.

26 Verbindung

Rosalie und Emanuel begleiteten Nala ins Dachkämmerchen.

„Was sollen wir jetzt machen?", fragte die Hexenschwester.

Nala stammelte „Es wäre so peinlich, wenn Jackie die Bilder ins Internet stellt. Ich glaub, ich würde mich zu Tode schämen!".

„Wieso eigentlich? Die Fotos zeigen doch nur, dass SIE dir einen dummen Streich gespielt haben. Warum ist DIR das peinlich?" Emanuel verstand wohl überhaupt nicht, wie selbstkritisch Mädchen mit ihrer Figur und ihren Fehlern waren. Wusste er nicht, wie sehr Nala mit ihrer Schüchternheit kämpfte?

„Was hast du Jackie und Leo denn am Fluss gesagt?" Auch Rosalie hatte bemerkt, dass Emanuel verschwunden war, als sie ihre Hexenschwesterschaft begannen.

„Ich hab denen klar gemacht, dass sie rausfliegen, falls sie nur den Hauch einer Cyber Mobbing Aktion starten. Greta würde ihnen den Kopf abreißen, sie in den nächsten Zug setzen und heimschicken. Die kann echt auszucken, wenn sie eine Ungerechtigkeit wittert", klärte Emanuel die Mädchen auf. „Okay, ich weiß nicht, ob die beiden sich davon wirklich abhalten lassen. Immerhin haben sie dich weiter verfolgt. Aber entspannt euch mal, Leo und Jackie spielen sich nur auf. Glaub ich zumindest ..."

Die Freundinnen machten es sich am Bett bequem und Emanuel setzte sich auf den weichen Teppich. Rosalie strahlte ihn an, als ob er ein Ritter auf dem weißen Pferd wäre, der gleich die schöne Prinzessin rettet. Sein Blick ruhte jedoch auf Nala. Er schaute sie forschend an und bemerkte: „Du brauchst dich wegen nichts zu schämen, das ist dir doch klar, oder?" Verlegen zuckte sie mit den Schultern. Wieso hatten Jungs so gar keine Ahnung!

Rosalie erinnerte sich an die wunderbare Legende der Zopfmenschen. Sie konnte dieses heikle Thema leichter abhaken als Nala. Das Mädchen war gierig danach, mehr über die geheime Medizingesellschaft zu erfahren. „Erzähl bitte weiter! Was weißt du noch von dem Steinkreis bei der alten Eiche? Ich platze vor Neugier."

Emanuel wollte sicher sein, dass Nala sich beruhigt hatte. „Geht's?", fragte er.

„Is' schon in Ordnung", antwortete das Mädchen knapp.

„Ihr müsst aber auch mit der Wahrheit herausrücken. Warum interessiert euch der Steinkreis so brennend?"

Rosalie stupste Nala in die Seite: „Jetzt rück damit heraus ... Wir müssen Emanuel vertrauen, sonst kommen wir nicht weiter, gib dir einen Schubs."

Verwundert beobachtete der Junge die beiden und sagte: „Der Steinkreis ist noch aktiv. ... Ihr kennt Blaue Feder und Wolfsherz?"

Als Emanuel diese Worte aussprach, blieb die Zeit stehen!

Der Bann war gebrochen. Nala nickte bestätigend.

„Wusste ich's doch! Du bist eine von uns!“

„Eine von euch? Was soll denn das heißen?“, fragte sie.

„Und du Rosalie? Was ist mit dir?“ Emanuel hatte gleich gemerkt, dass die Freundin sich traurig zurückzog. Erleichtert, dass sie nicht ausgeschlossen wurde, sagte das Mädchen: „Ich war bisher nie im Steinkreis. Aber Blaue Feder weiß von mir und hat Nala eine Botschaft mitgegeben. Der richtige Zeitpunkt für mich hängt vom Mond ab.“ Sie spekulierte: „Vielleicht ist es in ein paar Tagen bei Vollmond soweit, dass ich mitkommen kann? Ich muss leider noch etwas Geduld haben.“ Sie ließ den Kopf ein bisschen hängen.

Nala unterstützte ihre Hexenschwester: „Der Mond wird ihr den Weg und die Zeit weisen! Das hat mir Blaue Feder gesagt.“ Zu Rosalie gewandt, meinte sie: „Das Wichtigste ist, dass du bei ihr willkommen bist. Wirst' sehen, es dauert nicht mehr lange ...“

Emanuel freute sich wie ein Schneekönig: „Das sind ja tolle Neuigkeiten! Es ist bis jetzt niemals vorgekommen, dass jemand, der hier nur auf Besuch war, den Steinkreis gefunden hat. Natürlich sind alle möglichen Leute drüber getrampelt. Bisher ist jedoch niemand in die Traumwelt gelangt. Ihr beide seid wirklich ganz besonders!“

Rosalie ließ ihrer Neugier freien Lauf: „Und Greta? Sie ist sicher auch eine Schülerin der Medizinfrau?“

„Wenn ihr so direkt fragt. Ja. Ich darf aber nicht mehr sagen. Sie wird selbst entscheiden, was sie euch verrät und was nicht. Es gibt viele verschiedene Formen, wie man Teil dieser Medizingesellschaft sein kann." Da Emanuel entschieden hatte die Mädchen einzuweihen, erzählte er womöglich mehr, als er sollte.

Nala wollte es genau wissen: „Wie gehörst du dazu? Bist du auch Lehrling?"

Dem Jungen dämmerte, dass er besser vorsichtig war, er lehnte sich zurück und überlegte: „Langsam, langsam. Für mich ist es neu, dass ich jemanden treffe, mit dem ich über den Steinkreis reden kann. Die Erwachsenen, die dabei sind, schweigen sich ja hauptsächlich aus. Anscheinend ist es wichtig, dass jeder eigene Erfahrungen macht. Vielleicht ist es für uns Jugendliche anders? Es ist einfach unmöglich ein Zufall, dass wir uns begegnet sind! Ich glaube, wir haben sogar eine gemeinsame Aufgabe! Aber das ist reine Spekulation. Ich habe gelernt, man sollte besser auf alles gefasst sein, sobald man mit dieser Zauberwelt in Kontakt ist."

„Bei mir fühlt es sich so an, als hätte ich einen Zaubertrank geschluckt, der das Leben total beschleunigt! Ein magisches Erlebnis jagt das andere", erzählte Nala von ihrer Erfahrung.

„Always expect the unexpected", murmelte Emanuel. Rosalie übersetzte gleich: „Erwarte immer das Unerwartete!"

„Ihr müsst euch auf einen heißen Ritt, eine turbulente Zeit einstellen", ergänzte der Junge. „Genau wie du es beschrieben hast, Nala. Zeit und Raum verändern sich ständig. Einmal rast die Zeit dahin, dann wieder bleibt sie stehen. In einem Moment bist du vollkommen verbunden mit der Welt, dir selber und dem, was du tust. Plötzlich bricht alles zusammen und du hast Mühe dich gerade noch so zu orientieren. Minuten später fühlst du dich beschützt von einer schillernden Seifenblase, die nur so leuchtet ... Blaue Feder sagt, dass nur diejenigen, die den Mut haben, zur Magie ganz JA zu sagen, aufgenommen werden. Meist muss man sich einer Aufgabe stellen, bevor man eingeweiht wird." Emanuel blickte Rosalie und Nala erstaunt an. „Ist das irre, dass ich hier, in der wirklichen Welt, mit euch über alles reden kann. Das ist echt irre!" Er konnte sich gar nicht mehr einkriegen und wiederholte sich ständig mit seinem: „Irre, einfach irre."

„Und deine Dachkammer ist auch so ein spezieller Ort", sagte Emanuel.

„Krah, krah", ertönte Tendos raue Stimme. Er flog elegant durch das offene Fenster, landete aber mit einem chaotischen Crash am Boden neben dem Jungen. Der Vogel rutschte mit den Krallen übers Holz und wurde erst durch den Schrank gebremst, in den er hinein krachte. Dabei verlor er einige schwarze Federn. Beleidigt ordnete er das Gefieder und versuchte seine Würde wieder zurückzugewinnen, indem er auf dem sicheren Teppich herum stolzierte.

„Da bist du ja, alter Freund!", begrüßte Emanuel den Raben und streichelte ihm am Schnabel.

„...ist mein Krafttier", sagte Nala stolz.

„Also, das ist nicht zu übersehen!". Der Junge lachte auf. „Ihr beide seid ja ein lustiges Paar."

Rosalie, die ihrer Hexenschwester um nichts nachstehen wollte, platzte heraus: „Mein Medizintier ist der Wolf!" Emanuel fragte: „Lass mich raten, und der hat mit Feuer zu tun?

Wie du?“ Geschmeichelt stimmte das Mädchen zu.

„Was meinst du damit, dass die Dachkammer ein spezieller Ort ist?“, bohrte Rosalie nach.

„Jetzt sagt bloß, es ist nichts Seltsames geschehen?“

„Doch! Am Regal ist ein Buch über Krafttiere aufgetaucht. Auf der ersten Seite steht eine Widmung mit unseren Medizinnamen. Zuerst stand nur meiner drin“, berichtete Nala. „Als Rosalie es aufgeschlagen hat, war auf einmal auch ihrer reingeschrieben.“ Sie schlug sich auf die Stirn. „Das hat etwas mit dem Zimmer zu tun?!“

Jetzt siegte die Neugier und Rosalie fragte: „Was ist eigentlich dein Name und Medizintier?“

„Das müsst ihr selbst herausfinden ... Wer zaubern will, muss schweigen können. Manchmal wenigstens. Es gehört zum Training von Lehrlingen dazu, Rätsel zu lösen. Und jetzt: Bonne nuit! Träumt schön“, verabschiedete sich Emanuel und stand auf. „Du auch Tendo! Schlaf gut!“

Schnarrend kam die Antwort: „Schlaaaaf gut!“

27 Tyrannen

Nala nutzte die nächstbeste Gelegenheit um sich auf ihre geliebte Lichtung zu stehlen. Greta war inzwischen daran gewöhnt, dass ihre Reitschülerin im Wald verschwand. Das Mädchen sparte sich deshalb das Abmelden. Wenn die Trainerin zu den Zopfmenschen gehörte, konnten sie sich die umständlichen Erklärungen und Fragen sparen, hoffte Nala.

Die Sorgen um die Fotos, die Leo und Jackie aufgenommen hatten, begleiteten sie in den Wald. Alles, was Emanuel sagte, um sie zu beruhigen, stimmte zwar, aber was wusste er schon darüber, wie es sich anfühlte, sich für seinen Körper zu schämen ... Als Nala auf dem schmalen Pfad zur uralten Eiche lief, merkte sie deutlich, dass sie schlanker und vor allem stärker geworden war. Ihre Beine flogen nur so auf die Lichtung zu. Der Gürtel, den Rosalie ihrer Freundin geschenkt hatte, hielt die kurzen Jeans. Nalas Haut war nach den Wochen im Freien von der Sonne gebräunt. Die Sommersprossen auf der Nase hatten sich vermehrt und wahrscheinlich sah sie ein bisschen aus wie Pippi Langstrumpf. Keine Frage! Nala fühlte sich besser als je zuvor.

Mit jedem Schritt, den sie dem Kraftplatz näher kam, wurde ihr Sorgenpaket kleiner, als ob die Natur es aufsaugen würde. Von Weitem erkannte sie die Silhouette des riesigen Baumes. Im vollen Galopp stürmte Nala quer über die Wiese zum Steinkreis. Auch wenn sie außer Atem geriet, die Freude, die sie beim Laufen empfand, machte das wieder wett. Wie würde ihre Reise in die Anderswelt heute verlaufen? Bis jetzt war sie auf den unterschiedlichsten Wegen dorthin gelangt. Heftig atmend umarmte sie den Baum und lehnte sich an den starken Stamm. Bei jedem Ausatmen hatte Nala das Gefühl, dass die Eiche ihren Atem einsog. Wenn sie wieder frische Luft in ihre Lunge ließ, erschien es ihr, als hätte der riesige Laubbaum den einströmenden Sauerstoff gerade produziert. War das nicht so? Pflanzen atmen das ein, was wir ausatmen und umgekehrt? Friedlich saß sie am Fuß des Zauberbaumes und beobachtete ihren Atem, der sich immer mehr vertiefte, bis sie träumte.

Mondlicht schnupperte an Nalas Hand. Das war das Erste, das sie spürte. Die weichen Lippen des Pferdes knabberten an ihren Fingern. Wie das kitzelte! Sternenträumerin berührte das warme Fell der Scheckstute und eine ungeahnte Leichtigkeit überkam sie. „Bist du ganz alleine gekommen?“, fragte sie den Pinto. „Auch gut.“ Sie streichelte dem Mustang über die Nüstern: „Darf ich aufsitzen?“

Sie gingen gemeinsam zu einem großen Stein, der Teil des magischen Kreises war. Nala glitt auf den Rücken der Stute. Das Pferd stand still wie eine Statue. Sie richtete sich auf. Die Welt hielt den Atem an. Sie streckte ihren Arm nach vorne und der braun-weiße Mustang setzte sich in Bewegung. „Wieso sind wir alleine?“, fragte Nala, obwohl sie wusste, dass Mondlicht nicht antworten würde. Sie gingen, trabten und galoppierten im Einklang, als ob es das Selbstverständlichste wäre. Sie genoss das Fliegen und die Verbindung, die sie mit der Stute hatte. Jede noch so kleine Bewegung des Mädchens nahm das Pferd auf. Sie musste nur daran denken, dass sie nach rechts wollte. Schon flog der

Mustang mit ihr in diese Richtung. Ja, das war Nalas Traum! Ein Traum, in dem sie die Sterne vom Himmel holte!

Als Nala abstieg, fragte sie sich noch einmal: „Wieso sind wir alleine?“ Erst, als das Mädchen über ihre Schulter zum Baum blickte, bemerkte sie Blaue Feder. Sie saß regungslos unter der Eiche und trug eine Maske. Auf einer Seite war diese schwarz, auf der anderen weiß. Nala schritt auf ihre Lehrerin zu und erkannte, dass links und rechts auf Höhe der Wangen jeweils ein Strich in der entgegengesetzten Farbe aufgemalt war. Die Verkleidung wirkte wie eine Kriegsbemalung. Streng und unnahbar. Es gab keine Begrüßung für das Mädchen. Stumm saß die Schamanin auf einer Decke und blickte scheinbar ins Leere. Nala war erschrocken. Was sollte das? Zuerst hatte sie die unglaubliche Einheit mit dem Mustang gefühlt. Und jetzt, wo sie ihre Lehrerin endlich gefunden hatte, war die versteckt hinter einer Maske!

„Blaue Feder, bist du es?“, fragte sie.

Keine Antwort.

„Wieso versteckst du dich? Hab ich etwas falsch gemacht?“ Sofort durchforstete sie ihr Gewissen. Panik stieg in Nala auf: „Du machst mir Angst!“

„Warum?“ Endlich bekam sie eine Reaktion! Zwar in Form einer Frage, aber immerhin.

„Weil ich dein Gesicht nicht sehen kann. So weiß ich nicht, wer du bist und wie du dich fühlst.“

„Menschen verstecken und tarnen sich. Einige zeigen sich fröhlich und selbstbewusst, obwohl sie verzweifelt sind. Die schwarz-weiße Maske, die ich gerade angelegt habe, zeigt meine eigene Kraft als Kriegerin des Lichts. Ich benutze sie, wenn es Zeit ist, etwas Wertvolles, Geliebtes zu beschützen." Blaue Feder nahm die Maske vorsichtig ab und legte sie neben sich ins Gras. Die Medizinfrau hatte immer noch denselben Ausdruck wie zuvor. Es wirkte, als wäre die Energie der Kriegerinnenmaske in ihr Gesicht eingebrannt worden. „Es gibt gute, nützliche Masken, die man benutzen kann, um eine neue Seite von sich zu entdecken. Den meisten Menschen ist aber gar nicht bewusst, dass sie nicht ihr wahres Gesicht zeigen. Sie wollen den Anderen Angst machen, wichtig erscheinen. Oder ganz im Gegenteil, klein und hilflos aussehen, damit niemand sie entdeckt. Mäuschenmasken, Häschenmasken, Tigermasken, Drachenmasken. Das ist Teil unserer Tarnung im Alltag."

Blaue Feder sah allmählich wieder aus wie gewohnt, freundlich und heiter. „Du darfst dich nicht vom Auftreten deiner Tyrannen täuschen lassen."

„Tyrannen, ich versteh nur Bahnhof?!" Nala schüttelte verwirrt den Kopf.

„Bahnhof? Das verstehe ich zur Abwechslung nicht ....", Blaue Feder lächelte.

Nala versuchte es noch einmal: „Wer sind diese Tyrannen?".

„So, oder ‚gute Feinde' nennen wir Menschen, vor denen wir uns fürchten, die uns nerven, uns beherrschen und uns vielleicht auch ein schlechtes Gewissen machen wollen. Also alle, in deren Gegenwart wir uns mies fühlen und Kraft verlieren“, erklärte die Lehrerin. „Oft genügt es sogar an seine Tyrannen zu denken. Sie müssen nicht einmal anwesend sein, schon haben wir weniger Energie. Dabei vergessen wir, dass diese Menschen möglicherweise nur gut getarnt sind.“

Nala dämmerte, dass Blaue Feder mit ihr über Jackie und Leo sprach. Ja, die beiden hatten überhebliche, grausame Masken übergezogen, so sah sie es jedenfalls.

„Hinter den aufgeblasenen Verkleidungen verstecken sie Probleme und Verletzungen. Ihre Stärke ist meist nicht echt! Wahrscheinlich sind deine Tyrannen unsicher, dürfen das aber auf keinen Fall zeigen“, erklärte die Schamanin.

„Das kann ich mir nicht vorstellen!“, stieß Nala hervor.

„Siehst du, so gut getarnt sind die beiden. Auf dem Medizinweg der Zopfmenschen MUSST du dir sogar gute Feinde, also Tyrannen suchen, damit du dich entwickelst. Du brauchst sie, um deine Schatten aufzuspüren und ihnen entgegenzutreten. Nur so wirst du Ängsten auf die Spur kommen und zu einem reifen Menschen werden. Das klingt vielleicht nach einer sehr großen Aufgabe, denn du bist noch ein Mädchen. In traditionellen, naturverbundenen Kulturen galt man jedoch viel früher als junger Erwachsener. Ich traue dir zu, dich zu verändern und deine Ängste zu verwandeln. Jetzt ist genau die richtige Zeit für dafür. Nimm den Tyrannen die Masken ab! Das ist die nächste Aufgabe als Medizinlehrling!“

„Aber Blaue Feder! Was denkst du denn? Ich bin denen total ausgeliefert! Die haben Fotos von mir, im Bikini, fast nackt!“

„Aha, und?“, entgegnete ihre Lehrerin.

Nala war enttäuscht. Diesmal war der Rat, den ihr die Medizinfrau gab, einfach nur Mist. Blaue Feder stammte aus einer anderen Zeit. Sie hatte doch gar keine Ahnung, was im 21. Jahrhundert abging! Nein, das klang viel zu weltfremd. Und außerdem! Jackie und Leo die Masken abnehmen? Wie sollte Nala denn das bewerkstelligen? Quatsch! Das war alles Quatsch!

Sie merkte gar nicht, wie amüsiert die Medizinfrau ihrem trotzigen Mienenspiel zugesehen hatte.

„Was seit tausenden von Jahren gilt, funktioniert auch heute noch. Die Menschen verändern sich in ihrem Innersten nicht. Von außen schauen Probleme in deiner Welt vielleicht anders aus als früher. Die Art und Weise, wie wir uns Herausforderungen stellen, bleibt im Grunde seit Jahrtausenden gleich.“

„Na ja, kann sein ...“, zögerlich stimmte Nala zu.

Blaue Feder sprach weiter: „Weißt du, was ‚einen Coup landen‘ bedeutet“?

Das Mädchen dachte nach: „Vielleicht, dass einem etwas Außergewöhnliches gelingt?“

„So ähnlich“, bestätigte die weise Frau. „Der Ausdruck stammt aus dem Französischen. Le Coup heißt: der Schlag. Die Krieger trugen in alten Zeiten einen Stab bei sich. Der größte Sieg war nicht, einen Gegner zu töten. Noch viel besser war es, dem Feind so nahe zu kommen, dass man ihn damit berührte ohne ihn zu verletzen. Das bedeutet: Dein Leben gehört mir! Ich hätte dich töten können, habe es aber nicht getan. Du brauchst deine Tyrannen nicht völlig vernichten, um siegreich zu sein. Das heißt es, einen Coup zu landen. Du erkennst die wahre Natur deiner Peiniger, nimmst ihnen somit die Masken ab, drehst dich um und lebst dein eigenes Leben. Der Feind wird dich ab diesem Zeitpunkt keine Energie mehr kosten."

Nala fasste zusammen: „Leo und Jackie sollen also eine Schwäche haben, die ich entdecken muss. Ihnen zeigen, dass ich es weiß, und dann meinen eigenen Weg gehen, ohne mich zu rächen. Ist ja sicher eine Kleinigkeit", witzelte das Mädchen.

„Ja, das ist deine Aufgabe. Und Zynismus ist eine der Tarnungen, die du nutzt, um dich klein und harmlos zu machen, genauso wie die Mäuschen-Maske. Manche Menschen verstecken sich nämlich auch hinter einer Schwäche. Du gehörst dazu. So musst du nicht kämpfen ... Wenn du deinen Raum in der Herde verteidigst, kannst du üben wehrhaft zu sein und nicht einfach schüchtern zurückzuweichen. Jackie ist an dir nicht vorbeigekommen, als sie sich vordrängen wollte. Gegen ihre Beschuldigungen hast du dich ganz schön gewehrt! Sternenträumerin, leg die Mäusemaske ab! So klein und schwach bist du längst nicht mehr. Dein Krafttier Tendo hilft dir viel besser! Benutze seine Klugheit, seinen Witz und kombiniere das mit deiner Fähigkeit zu träumen ..."

Mondlicht rupfte gemächlich ein Grasbüschel nach dem anderen aus und kaute genüsslich und Nala erwachte sanft.

28 Kentaur

Als Lilou sah, wie Nala auf die Koppel zuging, löste sie sich aus der Herde und kam dem Mädchen entgegen. Ein Wiehern ertönte, und sie freute sich riesig darüber, dass die weiße Stute sie wie eine alte Freundin begrüßte. Dieses wundervolle Wesen hatte sich so verändert! Sie gehörte inzwischen zur Gemeinschaft der Pferde. Ihr Herzenspferd ließ sich berühren und führen. In Nala keimte die Hoffnung, Lilou eines Tages reiten zu können. Im Moment hatte das Mädchen jedoch andere Sorgen.

Was hatte die Schamanin zu ihr gesagt? Eine Mäusemaske würde sie tragen, um sich klein und schwach zu zeigen? „Aber ich habe doch gar keine Maske! Ich bin so!" Nala war empört über das, was die Schamanin behauptet hatte.

„Wenn ich ganz ehrlich bin, hat Blaue Feder zumindest ein bisschen recht". Es war nicht leicht, diese Tatsache vor sich selber zuzugeben. „Wie Lilou bin auch ich eine andere geworden, seit ich hergekommen bin. Der Steinkreis, das Horsemanship Wissen, die neuen Freunde ... das sind Geschenke. Vor diesen Ferien hatte ich wirklich keine Chance mich zu wehren. Aber jetzt ist es Zeit meine Kraft anzunehmen. Ich bin eine Sternenträumerin, eine Rabenfrau, eine Hexenschwester! Was muss denn noch alles passieren, damit ich endlich Selbstvertrauen bekomme? Jeder Lehrling hat Aufgaben zu erledigen! Ich werde mich nicht mehr verstecken! Wenn Blaue Feder meint, sind Leo und Jackie eben meine guten Feinde! Diese Schamanin ist zwar total verrückt, aber bisher hatte sie Recht."

Tendo machte es sich auf Lilous Rücken bequem.

„Du frecher Vogel! Was sitzt du auf Lilou herum? Du brauchst doch gar nicht zu reiten! Du kannst ja fliegen!", neckte ihn Nala.

„Rrrrrreiten! Rrrrrreiiiiiten", ahmte der Rabe sie nach. Das rollende R flutschte ganz besonders lustig aus seinem Schnabel.

„Fliegen!", antwortete Nala. Sie zeigte mit ausgestrecktem Zeigefinger zum Himmel. Da zog Tendo sich eine lose Feder aus dem dunklen Gefieder und hielt sie dem Mädchen vor die Nase.

„Hey, das ist ein tolles Geschenk!", freute sie sich. „Weißt du was? Ich werde sie Lilou in die Mähne flechten! Weiß und Schwarz, das sieht sicher umwerfend aus. Hast du noch eine für uns?", fragte sie ihr Krafttier. Tendo antwortete: „Nala verrrrrrückt?", und machte keine Anstalten eine weitere seiner Federn zu opfern. Während er vom Pferderücken aus neugierig zusah, wie Nala Lilous Mähne flocht und dabei die Rabenfeder befestigte, krächzte er Unverständliches vor sich hin.

Sie hatte plötzlich eine Idee!

„Ich will wissen, ob du zulässt, dass ich mich quer über deinen Rücken lege?" Nala fühlte sich stark. Für ihre Verhältnisse war es sogar mehr, sie war übermütig. „Den Mutigen gehört die Welt!" Manche Sprichwörter waren gar nicht so übel.

Sie kletterte auf die höchste Querstange des Zauns. „Tendo, jetzt mach schon Platz und rutsch nach hinten“. Sie verscheuchte den Raben. Er wackelte zurück auf das Hinterteil der Stute. Langsam, gaaaanz langsam verlagerte Nala ihr Gewicht nach vorn, auf den weißen Rücken Lilous. Nervös begann das Pferd zu schnauben und zu prusten, aber es hielt still. Noch bevor sie ihren Oberkörper ganz abgelegt hatte, richtete sich das Mädchen wieder auf. Sie wollte dem Schimmel Zeit lassen sich an den Druck und ihr Gewicht zu gewöhnen. Weil Lilou entspannt stehen geblieben war, gönnte sie der Stute ein wenig Ruhe. Sie kraulte ihr Lieblingspferd am Widerrist und flüsterte ihm ins Ohr: „Wir beide, wir sind uns so ähnlich. Ich glaube, du lernst von meinem neuen Mut und ich lerne von deinem. Eines Tages werden wir fliegen. Ohne Angst. Noch nicht heute. Ich hoffe jedoch, der Tag ist nicht mehr fern.“

Dann legte Nala zuerst ihre Arme über den Rücken der Stute und ließ sich mit ihrem Oberkörper auf das weiße Pferd sinken. Ein Ohr berührte das Fell ihres Herzenspferdes. Sie beide atmeten im selben Rhythmus. Das Mädchen kannte dieses Gefühl aus dem Steinkreis. Was sie neu und überraschend wie ein Blitz durchfuhr, war die Erkenntnis, dass ihre Herzen synchron schlugen! Badabumm ... Badabumm ... Badabumm ... Der gemeinsame Herzschlag klopfte im gleichen Takt wie ein langsamer Galopp. Nala konnte gar nicht anders. Sie ließ in einer fließenden Bewegung ein Bein über den Rücken der Stute gleiten und richtete sich auf. Sie saß auf Lilou! Badabumm ... der feine, leise Rhythmus schwang auch aufgerichtet durch ihren ganzen Körper. Dieses innere Pochen war deutlich spürbar ... Sie fühlte sich so verbunden mit ihrem Herzenspferd wie ein Kentaur. Versonnen kraulte das Mädchen den Widerrist der Stute. Nala spielte dabei sanft mit der schneeweißen Mähne, in der jetzt die Rabenfeder eingeflochten war. Sie blickte hoch erhobenen Hauptes übers Tal, das vor ihren Augen ausgebreitet dalag. Wiesen und Wälder wechselten sich ab und wirkten menschenleer. Der Berg, der das Hochtal begrenzte, sah im orangefarbenen Abendlicht aus wie eine überdimensionale, sitzende Buddhastatue. Das hatte Nala davor nie bemerkt! Es war überwältigend. Sie verstand, warum sich Greta ausgerechnet hier niedergelassen hatte. Der Kraftplatz reichte weit über den Steinkreis hinaus. Die ganze Gegend wirkte mystisch. Egal, wann sie wieder abreiste. Au Grand Chêne würde immer ein Stück Seelenheimat sein. Zuerst musste sie ihre Aufgabe erfüllen ...

Zufrieden rutschte Nala vom Rücken Lilous herunter.

Den Mutigen gehört die Welt.

29 Masken

In der Küche trafen sich die drei Freunde. Auf dem Tisch stand eine Schüssel mit verführerisch duftenden Pfirsichen. Genau das Richtige bei diesem heißen Wetter! Sie bissen genussvoll in die reifen Früchte. Die Pause hatten sie sich redlich verdient!

Claire war damit beschäftigt das Essen für die hungrige Meute vorzubereiten. Die Köchin besaß die Fähigkeit, sich so unauffällig zu bewegen, dass man sie fast nicht bemerkte. So sprachen die drei ganz unbefangen miteinander. Nala berichtete begeistert von ihrer spontanen Aktion sich auf Lilous Rücken zu setzen.

„Du bist genial! Wer hätte gedacht, dass diese menschenscheue Stute dich jemals aufsitzen lässt“, staunte Rosalie.

Emanuel, der anscheinend mehr über die Geschichte des Schimmels wusste, erzählte: „Greta hat Lilou hier aufgenommen, weil niemand mit ihr zurechtgekommen ist. Sie wurde aber eine Zeit lang geritten. Das habe ich zumindest gehört.“

„Möglicherweise hat sie nur das Vertrauen zu Menschen wiederfinden müssen?“ Nala sprach ihre Gedanken aus: „Wir sind beide verschreckt und zurückgezogen gewesen. Ich denke, wir haben uns gegenseitig geheilt.“

„Blaue Feder, Tendo und deine restlichen, unwichtigen Freunde haben schon ein wenig mitgeholfen, oder?“, zog Rosalie ihre Freundin auf.

Siedend heiß fiel Nala ein, was die Medizinfrau ihr beigebracht hatte. Sie musste es loswerden: „Übrigens, Blaue Feder hat heute eine Kriegermaske getragen. Gruselig! Sie wollte mir weismachen, dass die meisten Menschen sich verstecken. Leo und Jackie tragen die Maske irgendeines furchteinflößenden Tieres. Na ja, das stimmt wahrscheinlich. Sie hat behauptet, dass ich mich hinter einer winzigen, harmlosen Mäusemaske verberge! Ich weiß nicht! Seht ihr das auch so?“

Die kleine Wolfsfrau, wie die Schamanin Rosalie einmal genannt hatte, entschloss sich zu einer Antwort: „Bitte köpf jetzt nicht den Boten der schlechten Nachricht ...“

Nala merkte, dass sie wahrscheinlich nicht hören wollte, was ihre Freundin zu sagen hatte.

„Drucks nicht so herum! Sag schon, was Sache ist“, schmollte sie.

„Du lässt mich ja nicht einmal ausreden! Ja, es ist so! Du machst immer wieder auf winziges, armes Mäuschen, verkriechst dich in ein Loch, sobald du Angst hast ...“

Claire klapperte so laut mit ihren Kupfertöpfen, dass den Freunden bewusst wurde: Noch jemand war im Raum. Die Köchin warf ein: „Wir alle brauchen Masken. Das ist nicht nur negativ. Wenn es uns gut geht und wir im Gleichgewicht sind, tragen wir die unseres Krafttieres. Bei einigen Menschen sieht man sogar im Gesicht oder Körper die Züge ihres Tierverbündeten.“

„Das stimmt! Rosalie hat die Augen eines Wolfes!“, unterbrach Nala.

„Finde ich auch“, sagte Claire. „Manchmal sind wir jedoch in einer Lage, die nicht so leicht zu bewältigen ist. Wir haben Angst, sind zornig oder traurig. Zu solchen Gelegenheiten unterstützt uns die Maske eines anderen Tieres. Eines, das uns bereits in der Vergangenheit geholfen hat, mit Stresssituationen besser umzugehen.“

„Häääá?“ Rosalie entfuhr ein Laut des Erstaunens. Sie riss die Augen auf, was nicht sonderlich attraktiv wirkte. Glücklicherweise sah sie sich nicht im Spiegel. Sonst hätte das Mädchen sich um seine Wirkung auf Emanuel gesorgt.

„Seit unserer Kindheit probieren wir verschiedene Strategien aus. Nala, du hast vielleicht gelernt, dass es am sichersten ist, sich zu verstecken. Dazu ist es natürlich günstig, klein und flink zu sein wie ein Mäuschen. Manche von uns haben herausgefunden, dass es besser ist, sich wie ein wilder Löwe zu verhalten. Sie fauchen und zeigen ihre Krallen, um ihre Schwäche zu verbergen, nach dem Motto: Angriff ist die beste Verteidigung. Vorsichtig und willensstark wie ein Esel zu sein und sich nicht von der Stelle zu bewegen, ist eine Möglichkeit, um nicht immer weiter vorangetrieben zu werden. Das finden manchmal Kinder heraus, deren Eltern ständig Höchstleistungen verlangen.“

„Das ist ja interessant!“ Rosalie war verblüfft.

„Und woher weißt du das alles?“, fragte Nala.

„Ich bin hier aufgewachsen. Meine Kindheit habe ich unter der alten Eiche verbracht“, erzählte Claire. „Und ich werde von diesem Ort niemals weggehen, sondern über ihn wachen. Ich kann nämlich stur wie ein Büffel und wachsam wie ein Adler sein", sagte die Köchin und blickte die drei Freunde durchdringend an.

„Gut zu wissen", murmelte Emanuel.

„Wir finden heraus, welche Tiermaske jeder von uns aufsetzt, wenn er unter Druck ist. Kommt, das macht Spaß!" Rosalie war in ihrem Element.

Nala überlegte: „Sobald es schwierig wird, machst du Witze oder streitest dich. Gibt es ein Tier, das wehrhaft und gleichzeitig witzig ist?" Alle dachten eine Weile nach bis Emanuel spekulierte: „Könnte es vielleicht ein Affe sein ?".

„Jaaaa! Das ist cool!" Rosalie war begeistert von seinem Vorschlag. Sie blickte trotzdem ein wenig misstrauisch zu ihrem Schwarm: „Findest du, ich bin affig?"

„Nein, gar nicht! Du bist schlau und fantasievoll. Nur, im Notfall musst du immer einen Witz machen! Aus allem! Das ist wie ein Zwang."

Rosalie zog eine Schnute.

„Jetzt stell dich nicht an! Diese Maske ist ja grundsätzlich toll. Nur, wenn man nicht anders kann, als so zu handeln, ist es schlecht. Das habe ich zumindest verstanden." Emanuel versuchte, sie zu beruhigen. „Claire sagt sogar von sich selbst, dass sie stur ist. Das ist doch auch eine Stärke, im richtigen Moment beharrlich zu bleiben! Und wie du das machst, jede Situation durch Humor aufzulockern, ist einfach genial!"

„Ich bin wie ein dickköpfiger Büffel, wenn ich zornig und gestresst bin. Könnt ihr euch das vorstellen?", fragte die Köchin.

„Und wie! Ich sehe das struppige Zottelfell direkt vor mir! Und deine Hörner auch“, sagte Rosalie frech zur Wächterin des Steinkreises.

„Siehst du! Du machst dich schon wieder lustig!“, lachte Nala. „Du bist wie ein kleines Äffchen ... Und du, Emanuel?“

„Ihr habt doch noch nicht einmal herausgefunden, welches Medizintier ich habe!“ Er wollte nicht so recht herausrücken mit welcher Maske er Druck bewältigte.

„Wir werden ganz genau beobachten, wie du dich unter Stress verhältst“, drohte ihm Nala an.

Emanuel ließ sich nicht aus der Reserve locken: „Nur zu, versucht es!“

„Aha! Es muss ein Tier sein, das sich geheimnisvoll verbirgt, würde ich sagen.“ Rosalie näherte sich mit ihren Überlegungen sehr gut seinem Stressmuster an. „Ein Meister der Tarnung bist du! Ein Zebra ...? Ein Chamäleon ...? Ein Chamäleon! Du machst dich unsichtbar!“

„Komm schon! Wenn wir ein Team sein wollen, ist es sicher gut, nicht nur die Stärken der anderen zu kennen, sondern auch die Schwächen“, fand Nala.

Emanuel gab nach: „Okay, du hast recht! Ich tarne mich und verschwinde. Werde unsichtbar. Das habe ich seit meiner Kindheit so gemacht. Hat immer gut funktioniert!“

Claire verschaffte sich Gehör: „Wo die Stärke, da die Schwäche. Darüber haben wir ja gesprochen, Nala. Grundsätzlich ist jedes Medizintier eine Unterstützung. Es hat dich in so manchen schwierigen Lebenssituationen beschützt. Zur Schwäche wird es, wenn du dich ständig versteckst, und dabei gar nicht merkst, dass du schon lange in Sicherheit bist. Einmal Mäuschen, immer Mäuschen ..."

Den Freunden wurde so einiges klar.

„Darum benutzen wir auf dem Medizinweg verschiedene Masken, um alle unsere Seiten kennen zu lernen und zu stärken. Wir dürfen nicht die Illusion haben, dass wir einfach nur so sind wie wir sind. Es gibt sanfte, ungestüme, träumerische, lustige und tiefsinnige Teile von uns ... All das können wir durch Tiermasken ausdrücken. Wenn man Stress und Druck hat, brauchen wir verschiedene Strategien, um damit umzugehen. Mäuschen, Tiger, Affe, Adler oder Chamäleon ... Mit vielen Wahlmöglichkeiten ist jede Herausforderung zu bewältigen. Also verbindet euch mit mehreren Tierenergien."

„Ich habe eine Maske immer so negativ gesehen. Jetzt verstehe ich es besser. Zu mir gehören verschiedene Seiten meiner Seele. Super! Sonst wäre mir sowieso langweilig!" Der fantasievollen Rosalie gefiel diese Sicht aufs Leben ...

Nach einer kurzen Pause sagte Nala: „Ich soll Jackie und Leo ihre Masken abnehmen, hat Blaue Feder gesagt." Das Mädchen hatte zwar vieles verstanden, wie sie diese Aufgabe erfüllen sollte, war ihr immer noch nicht klar.

„Hmmm. Das klingt schwierig", fand Rosalie.

Emanuel überlegte eine Weile, bevor er seine Idee preisgab: „Für den Anfang hast du ja schon einmal herausgefunden, DASS sie eine Maske tragen. Eine, die sie größer und gefährlicher erscheinen lässt. Sie verstecken etwas dahinter, sind im Stress! Gestern habe ich die beiden erwischt, wie sie miteinander getuschelt haben. Das Wort Scheidung ist gefallen. In Jackies Augen sind Tränen gestanden. Vielleicht hat sie Angst, dass ihre Familie auseinanderbricht?"

„Das ist ja wohl keine Entschuldigung, Nala zu mobben!", empörte sich Rosalie.

„Entschuldigung ist es keine. Es könnte eine Erklärung sein, wieso sie gar so übertrieben unnahbar und angeberisch ist. Sie kaschiert ihre Unsicherheit, indem sie andere demütigt. Blöd, aber so ist es!"

Nala wurde klar: „Ich denke, ich muss gar nicht wissen, was sich hinter ihrer Raubkatzenmaske versteckt, sondern nur, DASS etwas verborgen ist. Ich weiß ja, Jackie ist auch nur ein Mädchen in Schwierigkeiten. Wenn ich das erkannt habe, fürchte ich mich schon viel weniger vor ihr. Übrigens, heißt Leo nicht Löwe?! Dieser Kotzbrocken könnte eigentlich ganz vernünftig sein. Das hat man beim Vertrauenstraining gesehen. Was ihm fehlt? Keinen Schimmer! Das ist mir egal. Aber ich weiß, er tut nur mächtig und stark!"

„Die Masken abnehmen, würde dann heißen, zuerst einmal zu durchschauen, dass es eine Maske gibt und dadurch nicht mehr auf die Täuschung hereinzufallen! Könnte es so einfach sein?"

„Einfach???? Darauf muss man erst mal kommen!", sagte Nala.

„So ist es! Und jetzt ... raus mit euch! Sonst werdet ihr zu Stubenhockern. Und das sind gar keine Tiere ..." Claire scheuchte sie aus der Küche. Gleich neben der Türschwelle räkelte sich das getigerte Kätzchen in der Sonne.

„Wenn ich sehe, wie gut es der kleinen Hofkatze geht, finde ich, sie hat die beste Wahl getroffen", sagte Nala. „Herumliegen, schnurren, sich füttern und kraulen lassen. Das würde mir auch gefallen ...“

30 Vollmond

Der Mond strahlte über die imposante Gebirgslandschaft. Er war riesig und so leuchtend, dass die Bäume Schatten warfen.

„Heute werde ich mit in den Steinkreis kommen!“ Rosalie war nicht mehr zu bremsen. „Ich spüre es in meinem Herzen.“

„Wir brechen gemeinsam auf!“, sagte Emanuel. „Es kann einfach kein Zufall sein, dass wir uns getroffen haben und voneinander wissen. Wir sollten alle drei zur Eiche gehen und in die Zauberwelt reisen.“

„Glaubst du, das funktioniert?“, fragte Nala.

Emanuel wirkte nicht hundertprozentig überzeugt. Er sagte: „Bisher war ich immer allein im Steinkreis. Aber wisst ihr was? Ich hab so große Lust, mit euch gemeinsam zu träumen. Ich kann mir gar nichts anderes vorstellen!“

„Jetzt hab ich's!“ Rosalie wurde ganz aufgeregt und schlug sich mit der Hand vor die Stirn. „Blaue Feder hat mir doch die Botschaft geschickt: Ich soll den richtigen Weg und die richtige Zeit finden! Die richtige Zeit ist der Vollmond heute um Mitternacht. Und der richtige Weg: Ich komme mit euch beiden! Der Wolf ist ein Rudeltier. Ganz klar! Wir müssen alle miteinander dort hin!“

„Gut, dann los ...“, Emanuel drängte aus der Tür. „Es ist bald zwölf, die anderen schlafen. Und der Mond ist so strahlend hell, dass wir keine Taschenlampe brauchen!“

Nala lächelte: „Obwohl sie ein Medizinwerkzeug für Kriegerinnen des Lichts sein soll?“, fragte sie schmunzelnd. Zu dritt machten sie sich auf den Weg.

Über der alten Eiche stand unwirklich groß der Mond am Firmament. Die Krater und Gebirge auf der weißen Kugel waren deutlich sichtbar und wirkten wie graue Schleier, die ein Mondgesicht abzeichneten.

„Rosalie, sollen wir dir verraten, wie man in die Zauberwelt kommt?“ Nala wünschte sich so sehr, dass die gemeinsame Reise gelang, dass sie ihrer Hexenschwester den Weg zeigen wollte.

„Nein, das muss ich wohl allein herausfinden. Geht nur voraus! Ich vertraue voll auf meine Wolfskraft. Sie wird mich führen. Wenn ich euch nicht finde, war es eben der falsche Zeitpunkt oder etwas anderes hat noch nicht gestimmt.“ Rosalie wirkte auf jeden Fall zuversichtlich.

Emanuel und Nala traten in den Kreis und setzten sich. Die beiden Freunde lehnten sich mit ihren Rücken an den Zauberbaum. Sobald sie seine Rinde berührten, wurden sie von einem Wirbel erfasst und blitzschnell durch einen sich drehenden Tunnel gesogen.

„Wow! So schnell bin ich noch nie gereist“, sagte Emanuel zu Nala.

„Ich auch nicht! Möglicherweise verbinden und steigern sich unsere Kräfte, wenn wir gemeinsam unterwegs sind“, vermutete das Mädchen.

Die Mustangs kamen angetrabt. Wolfsherz und Blaue Feder ritten auf die Eiche zu. Es fühlte sich wie ein Familientreffen an, bei dem sich alle aufeinander freuten. Trotzdem blickten sich die beiden Freunde unsicher an: „Wo bleibt Rosalie?“ Diese Frage stand, wie mit Leuchtbuchstaben geschrieben, im Raum.

„Sie sucht“, sagte die Schamanin. „Keine Sorge, Feuerwolf ist unterwegs.“

Da die Mustangs sich um den mächtigen Baum versammelt hatten, genossen Nala und Emanuel das Begrüßungsritual: Schnuppern und zärtliches Anstupsen, dumpfes Brummeln und Schnauben. Es tat so gut, Teil dieser friedlichen Herde zu sein. Auf einmal vernahmen sie hinter Wakandas dunkler Gestalt die Stimme Rosalies.

„Hallo, ihr wunderschönen Mustangs! Da seid ihr ja!" Das klang eindeutig nach Feuerwolf! Wahnsinn! Sie hatte den Weg in den Steinkreis gefunden!

Emanuel und Nala liefen um die Herde herum und sahen, dass Blaue Feder ihrer Freundin bereits gegenüber stand. Die beiden schauten sich in die Augen. Sowohl die Medizinfrau als auch Rosalie hatten ihre Hand auf das Herz gelegt. Das war ein berührendes Bild. Die Hexenschwester stellte keine Fragen, wirkte nicht verwundert, sie gehörte selbstverständlich hierher.

„Willkommen zu Hause", begrüßte sie die Schamanin.

Wie aus dem Nichts galoppierte ein neues Pferd über die Wiese. Es war grau, das Fell auf seinem Rücken übersät mit dunklen Tupfen. Die schwarze Mähne flog im Wind, als der Mustang temperamentvoll auf den Mittelpunkt des Steinkreises zu lief.

„Da bist du ja, Wave!", rief Emanuel erfreut. Das Pferd ähnelte dem Jungen mit seinen schwarzen Haaren und den grauen, leuchtenden Augen. Klar, er wurde von Mädchen umschwärmt. Aber erst jetzt, wo Emanuel diesem Mustang, der sein Spiegelbild in Pferdegestalt war, gegenüberstand, bemerkte Nala sein umwerfendes Aussehen. Ihr Bauch begann zu kribbeln und sie verstand, warum sich Rosalie in ihn verliebt hatte.

Wave und Emanuel waren in ihre Begrüßung vertieft, als Nala wie durch einen Nebel die Gestalt des Krafttieres sah, das den Jungen begleitete! Das Bild wurde immer deutlicher ...! Es war ein Delfin!

„Ist das eine Fata Morgana?“, fragte sich die Sternenträumerin.

Blaue Feder, die Nala beobachtet hatte, sprach: „Du beginnst die magische Wirklichkeit zu sehen. Die Energie hinter den Dingen. Deine Medizin, die Träumerkraft wird stärker!“

Zu den anderen gewandt, sagte die Schamanin: „Ich freue mich, euch zu dritt hier zu treffen. Ihr habt richtig entschieden. Das Tor zur Traumwelt ist heute nur offen, weil ihr gemeinsam gekommen seid.“ Sie blickte zu ihrem Schüler: „Wolfsherz!“, der Medizinlehrling trat vor die Gruppe. Verlegen schaute er zu Boden, denn Rosalie stand ihm direkt gegenüber. Das sonst sehr forsche Mädchen wirkte verwirrt und wusste nicht, wie sie ihrem Wolfsbruder begegnen sollte. Nala sah, wieder mit diesem neuen, seltsamen Blick, zwei Wölfe, die sich umschlichen. Sie kamen sich näher, schwankend zwischen Vorsicht und Neugier. Unausweichlich wurden die beiden voneinander angezogen.

„Wolfsherz!“, wiederholte die Medizinfrau und riss damit ihren Schüler aus seiner Trance. „Nala, Rosalie und Emanuel sind zu dritt hierher gereist, doch du gehörst zu ihnen! Ihr könnt euren Weg ab heute gemeinsam gehen, wenn ihr das wollt.“ Blaue Feder war berührt, das sah man ihr an.

„Ihr alle habt spezielle Gaben, seid bereit zu lernen und eine tiefe Verbindung einzugehen, deshalb sind die Pferde eure wichtigsten Lehrer und wir Zopfmenschen akzeptieren euch in unserem Kreis. Ihr lernt hier, ganz mit ihrem Wesen zu verschmelzen und dadurch ein magisches Feld zu erzeugen. Durch die Ausbildung kann es gelingen, dass die Mustangs sich mit eurer innersten Absicht verbinden. Wenn das geschieht, benötigt ihr keine anderen Hilfen mehr, um mit den Tieren zu kommunizieren und sie zu reiten. Der tiefste Wunsch, den ihr in euch tragt, wird den Pferden sagen, wo ihr hin wollt. Der erste Ritt, den ihr miteinander macht, besiegelt euer Band!“, verkündete die Schamanin. „Ein Schatz ist im Wald versteckt. Eure Aufgabe ist ihn finden, obwohl ihr in verschiedene Richtungen losreiten werdet. Jeder geht seinen eigenen Weg zum gemeinsamen Kraftplatz.“

Im Steinkreis rund um die Eiche lagen Knotenhalfter bereit. Im Süden befand sich das Rote von Wakanda, im Westen das Schwarze für Mondlicht, im Norden ein Weißes für Wave und im Osten das Gelbe für Tanzendes Feuer. Rosalie würde die Fuchsstute reiten! Die Leitstute! Die jungen schamanischen Lehrlinge nahmen mit ihren Mustangs den Platz in der jeweiligen Himmelsrichtung ein.

Ohne ein Wort zu sprechen, saßen sie auf, als ob die Jugendlichen wüssten, dass sie diesen Ritt schweigend hinter sich bringen mussten. Blaue Feder betrachtete das außergewöhnliche Bild, das sie abgaben. Im Süden war Wolfsherz, im Westen Nala, im Norden Emanuel und im Osten Rosalie. Die Pferde standen mit dem Kopf zur Eiche gewandt. Wie auf ein unhörbares Kommando drehten sich alle nach außen. Bevor sie sich in die Himmelsrichtungen verteilten, hielten die Mustangs mit ihren jugendlichen Reitern kurz inne. Tendo kam lautlos angeflogen. Der Rabe setzte sich auf Nalas Schulter.

Mit seinem Krächzen gab der schwarze Vogel das Zeichen zum Aufbruch! Sie ritten los.

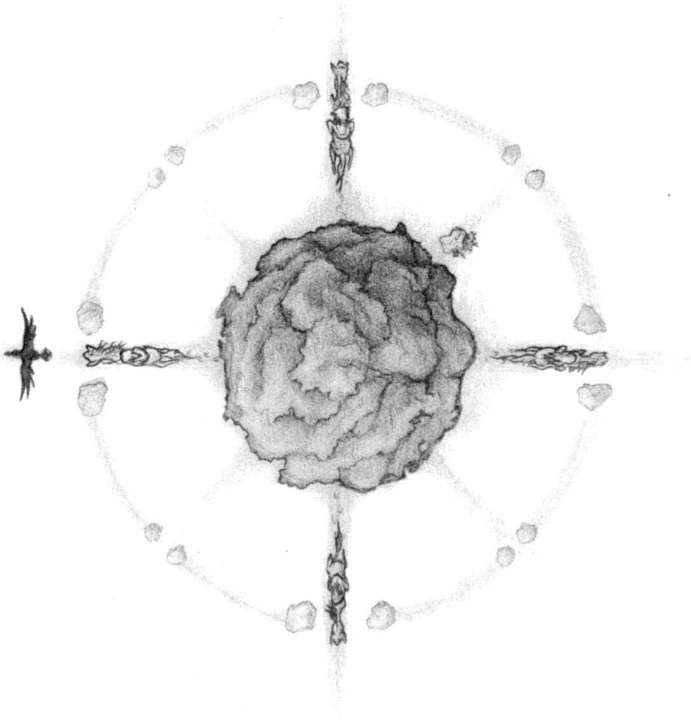

31 Höhle

Tendo flog voraus. Nala hörte nur noch das Getrappel der Hufe und wie die Mustangs sich voneinander entfernten.

Sie sagte sich immer wieder vor: „Ich verlasse mich auf die Absicht meines Herzens und auf Mondlicht.“ Nala hoffte, dass ihre Freunde sich das genauso wünschten wie sie selber.

„Finde den Weg, los, finde den Weg“, flüsterte sie in die Stille hinein. Ihre Haare verfingen sich in den Zweigen der Bäume, unter denen sie durchritten. Der kleine Bach stellte kein Hindernis dar. Als ob er nicht existieren würde, trabte der sanfte Pinto hindurch. Nala entspannte sich langsam. Das Wichtigste war, den Wunsch so klar vor ihrem inneren Auge zu haben, so dass Mondlicht wusste, wohin sie laufen sollte. Als der Wald sich wieder lichtete, standen sie am Ufer des Flusses. Die Wellen glitzerten mit dem Licht des Mondes um die Wette. Nala streichelte die gescheckte Mustangstute. „Kein Wunder, dass es dir so leicht fällt, dich in der Nacht zu orientieren, bei deinem Namen!“, sagte sie zu ihr. Es dauerte nicht lange, bis sie Emanuel mit Wave auf der gegenüberliegenden Seite des Flusses erkannte. Auch er hatte Nala bemerkt und winkte herüber. Schon wieder diese Schmetterlinge im Bauch! Er zeigte mit seinem Arm flussaufwärts. Beide setzten sich in Bewegung. Gab es dort eine Furt, wo es möglich war, das Wasser zu überqueren? Emanuel kannte die Gegend.

Wolfsherz und Rosalie hatten sich ebenfalls gefunden und ritten gemeinsam weiter. Jetzt, auf ihren Pferden sitzend, fühlten sich das Wolfsmädchen und der Wolfsjunge wohler und sicherer als bei ihrer ersten Begegnung. Die anfängliche Scheu schien überwunden zu sein.

„Tendo! Ich sehe Tendo!" Aufgeregt zeigte Rosalie in den Nachthimmel.

„Komm, wir reiten zu ihm!", beschloss Wolfsherz kurzerhand. Sie schlugen sich dem Ufer entlang durch das Dickicht, dahin, wo der Rabe über dem Fluss schwebte.

Das Rauschen des Gebirgsbaches übertönte das Klappern der Hufe auf den Steinen. An der Furt stapften die Pferde durch das brusthohe kühle Wasser und die Beine ihrer Reiter wurden nass. Es machte ihnen nichts aus. Das erste Ziel, sich wiederzufinden war erreicht. Nun galt es, den Schatz zu entdecken.

Die Anspannung war spürbar. Die Gefährten nahmen sich nicht die Zeit, um ihre Erlebnisse auszutauschen. Sie hatten weder eine Spur, noch eine Ahnung, wo sie weiter suchen könnten. So warteten die Medizinlehrlinge. Die Pferde standen ruhig und aufmerksam und erholten sich vom anstrengenden Ritt.

Eine Sternschnuppe! Sie zog ihre Bahn von Westen nach Osten. Staunend betrachteten sie den Lichtschweif am Himmel. Die Gruppe setzte sich in Gang. Bisher hatten sie sich still konzentriert. Aber jetzt konnte sich Rosalie nicht mehr zurückhalten:

„Sind wir denn die verdammten Heiligen Drei Könige, die dem Kometen folgen?“

Alle lachten laut und befreit los!

„Wir sind doch zu viert, oder?“, Emanuel antwortete schmunzelnd.

„Außerdem haben wir weder Gold noch Weihrauch und Myrrhe dabei!“, sagte Nala.

Darauf erklärte Wolfsherz: „In unserer Tradition lassen wir immer, wenn wir irgendetwas aus der Natur nehmen, ein Geschenk zurück. Es müssen nicht Weihrauch, Gold und Myrrhe sein. Es sollte etwas Persönliches sein. Durch den Austausch stellen wir das Gleichgewicht wieder her. Wir nennen das: Give-away.“

„Wir haben doch nichts!“, Rosalie schaute betreten. „Was können wir denn herschenken?“

„Das wissen wir, wenn wir den Schatz gefunden haben.“ Wolfsherz kannte sich mit diesem Ritual bestens aus. „Und jetzt los, der Sternschnuppe nach!“

Gemeinsam streiften sie durch das Unterholz, über Wiesen und Lichtungen. Schließlich entdeckten die Freunde eine Felswand, die sich vor ihnen erhob.

„Die Höhle! Seht ihr die Höhle da vorn?“, Nala hatte das dunkle Gewölbe als Erste bemerkt. Alle Vier sprangen von ihren Ponys. Jetzt wäre eine Taschenlampe doch ganz nützlich! Warum hatten sie bloß keine mitgenommen?

In Windeseile entfachte Wolfsherz aus dürren Zweigen ein Feuerchen. Gerade hell genug, dass der Lichtschein die

Höhlenwände beleuchtete. Erstaunt bewunderten sie die Zeichnungen von Pferden, Hirschen und Tieren, die wie Büffel aussahen. Uralte Symbole hatten die Menschen alter Kulturen auf die Wände gezeichnet! Da, weiter oben! Da war ein Stern!

„Unter diesem Zeichen liegt ein großer Stein!“ Rosalie stürzte sich darauf und schob den Felsbrocken mit Hilfe Emanuels zur Seite. Die beiden wühlten im kühlen Sand.

„Ich hab was!“, das Mädchen hielt ein Lederband mit einem Amulett in der Hand.

„Da ist noch eins! Und .... noch eins!“ Der Junge zog vier Ledersäckchen aus der Erde. Jedes dieser Bündel sah anders aus. Sie waren rot, schwarz, weiß und gelb und hatten unterschiedliche Größen. Selbst das Leder stammte von verschiedenen Tieren. Die Medizinlehrlinge entschieden sich für das Amulett, das die Farbe des Zaumzeugs ihres Pferdes hatte. Um das Feuer sitzend, legten sie die Lederbänder um den Hals.

„Das sind magische Schutzbündel! Meistens sind sie gefüllt mit Haaren, Federn oder einem Symbol unserer persönlichen Medizintiere und Pflanzen, die uns stärken. Auch Heilsteine und Kristalle können im Bündel eingeschlossen sein! Wir sollten sie noch nicht öffnen, sondern eine Zeit lang nur fühlen, wie sie wirken!“

„Wir müssen etwas von uns als Ausgleich zurücklassen. Ein Give-away!“, erinnerte sie Wolfsherz.

„Keine Ahnung, was das sein könnte, wir haben einfach nichts dabei. Gar nichts!“. Rosalie hatte recht.

Da fiel Nala plötzlich ein: „Ich hab's! Wir flechten einen Zopf aus unseren Haaren!"

„Spinnst du? Ich reiß mir doch nicht meine Haare aus!", protestierte ihre Hexenschwester.

„Hab dich nicht so! Wir schlitzen uns ja nicht auf und schließen Blutsbrüderschaft. Es geht nur um ein paar Haarsträhnen! Mädchen ..." Emanuel rollte mit den Augen, unterstützte aber den Vorschlag Nalas. „Ich finde, das ist eine gute Idee!"

„Unsere Verbindung ist ungewöhnlich stark, das hat Blaue Feder gesagt! Ein kleines Opfer ist das doch wert", sagte Wolfsherz.

„Na gut," Rosalie lenkte ein. „Ist wohl das Einzige, was wir machen können." Sie grummelte zwar ein bisschen, aber ihr Gesicht strahlte wieder. „So ein Zopf sieht sicher toll aus."

„Außerdem habe ich ein Messer dabei! Ihr braucht euch die Haare nicht einmal auszureißen", rückte Wolfsherz heraus.

Nala, Sternenträumerin, war die Erste, die sich eine helle Strähne abschnitt. Es folgten Rosalie mit ihrem feurigen Rot und die beiden Jungs, die schwarzhaarig waren. Sie schlangen die Haarbüschel so umeinander, dass ein bunter Zopf entstand.

„Schaut edel aus! Den behalten wir!" Rosalie war schon wieder zum Scherzen aufgelegt, vielleicht lag auch ein Körnchen Wahrheit in dem Witz. So etwas Kraftvolles, weckte wirklich den Wunsch, es zu besitzen. Der Zopf sah geheimnisvoll aus und seine Energie war deutlich spürbar.

Gemeinsam vergruben sie das Symbol ihrer Verbindung im Sand.

„Der Bund ist besiegelt, hat Blaue Feder vorausgesagt". Nala war überglücklich. Selbst Rosalie lächelte und hatte ausnahmsweise keinen frechen Spruch auf den Lippen.

Das Feuer, um das sie lagerten, flackerte und hielt ihre Blicke so lange gefangen, bis die Freunde in einen Dämmerzustand glitten.

Nala, Rosalie und Emanuel wachten an den Stamm der alten Eiche gelehnt auf. Sie griffen zuerst an ihren Hals, um zu überprüfen, ob das Amulett noch da war. Ja! Sie konnten es anfassen! Die Bündel waren mit ihnen in die andere Wirklichkeit gereist!

Beim Rückweg durch die Finsternis des Waldes flüsterte Rosalie ihrer Freundin zu: „Ich bin nicht mehr in Emanuel verliebt. Das war wohl eher Schwärmerei. Ich bin eben ein

Feuerwolf, schnell entflammt und so ... Aber ich spüre, ich gehöre zu Wolfsherz, unsere Verbindung ist ganz anders."

Nalas Herz schlug bis zum Hals. Sie dachte an das Bild, das sie in Bann gezogen hatte. Emanuel mit seinem Krafttier, dem Delfin, wie er dem grauen Mustang Wave gegenüberstand. Fühlte es sich so an, verliebt zu sein?

32 Rettung

Lilou kam über die Koppel auf Nala zugerannt. Nach dem nächtlichen Abenteuer fühlte sich die Sternenträumerin zwar vollkommen übermüdet, aber so glücklich wie noch nie in ihrem Leben. Die Zauberwelt, in die sie eingetaucht war, gab ihr Energie und Selbstsicherheit. Oder kam das von dem schwarzen Lederbündel, das sie, versteckt unter ihrem Shirt, um den Hals trug. Nala schloss ihre Hand fest um das Schutzamulett. Wie gut es sich anfühlte!

Lilou galoppierte über die Weide und strahlte dabei eine solche Kraft und Schönheit aus, dass sie sprachlos war. Das sollte die verschüchterte Stute sein, die sich noch vor kurzer Zeit am Rand der Koppel versteckt hatte? Nala kletterte auf den Holzzaun, und als Lilou direkt neben ihr stand, streckte sie ein Bein aus und schwang es über den Rücken ihres Lieblings. Zuerst richtete sie sich auf und hob ihre Arme in Richtung Himmel. Dann ließ Nala ihren Körper nach hinten sinken. Den Kopf legte sie auf das Hinterteil Lilous wie auf ein bequemes Kopfkissen. Die Sonne schien ihr ins Gesicht. Sogar, als die Araberstute behutsam losging, blieb das Mädchen weiter auf ihrem Herzenspferd liegen. Endlich hatte sie vollkommenes Vertrauen gefunden! Am Beginn der Ferienzeit hatte Nala auf Lilou aufgepasst. Jetzt war es umgekehrt.

Beim Mittagessen saßen Leo und Jackie mit gezückten Handys am hintersten Ende der langen Tafel. Entweder waren sie mit den angesagtesten Spielen beschäftigt oder sie heckten einen Streich gegen Nala aus. So vermutete sie jedenfalls. Auch Rosalie und Emanuel bemerkten, wie sich die beiden hinter ihren Smartphones verkrochen. Das konnte nichts Gutes bedeuten.

Sternenträumerin verspürte eine seltsame Gelassenheit. Blaue Feder hatte recht! Es lohnte sich nicht, sich über ihre kindischen Angriffe aufzuregen. Die Erlebnisse in der magischen Welt waren so stark, dass auch ihr alltägliches Ich sich nicht mehr so leicht einschüchtern ließ.

Greta verkündete nach dem köstlichen Essen: „Heute fahre ich mit Paul und Emanuel zu einem Gestüt in Carcassonne. Dort steht eine verletzte Araberstute mit ihrem Fohlen. Sie soll ein neues Zuhause finden. Vielleicht werden wir die beiden am Abend mitbringen." Die Trainerin blickte streng in die Gruppe.

„Bisher habe ich mich auf euch verlassen können. Stellt bloß keinen Mist an. Claire wird hierbleiben. Sie weiß über alles Bescheid. Fragt einfach sie, wenn ihr etwas braucht."

Die Köchin klapperte mit ihren glänzenden Töpfen und Pfannen. Nala wusste, dass die Französin die Hüterin des Steinkreises war. Die anderen hatten ja keine Ahnung von der Weisheit der sonst so unauffälligen Claire!

„Sturmfreie Bude!", murmelten sich die Jungs zu.

Ein bisschen traurig blickte Emanuel zu seinen Medizinschwestern. Er zuckte mit den Schultern: „Da muss ich mit, gehört zu meiner Ausbildung ..."

Winkend verabschiedeten sich Nala und Rosalie von ihrem Freund, als der gelbe Jeep mit dem Pferdehänger vom Hof fuhr.

„Was stellen wir mit unserem unbewachten Nachmittag an?", fragte Ben.

„Wir reiten natürlich aus!" Jackie gab sofort den Ton an.

„Zum Fluss! Da waren wir noch nie!", Leo begeisterte sich für den Vorschlag seiner Freundin.

Zaghaft warf Mimi ein: „Eben, da waren wir noch nie ..."

„Kennt ihr euch da überhaupt aus?", auch Luka wirkte eher vorsichtig.

Leo machte sich wieder einmal wichtig. „Klar, wir sind doch beim Baden schon dort gewesen! Wie schwer kann das sein?"

Mimi hielt zu ihrer Zwillingsschwester: „Wir sollten vorher Claire fragen, oder ....?"

„Mein Gott, was seid ihr denn alles für Feiglinge?", Jackie hatte nicht die Absicht aufzugeben.

„Zumindest nach dem Weg könnten wir uns erkundigen." Luka zählte zu den Vernünftigeren.

„Mach doch, was du willst!", schnauzte Leo ihn an.

Die beiden Freundinnen hatten der Diskussion bisher wortlos zugehört. Waren denn alle verrückt geworden? Würden sie wirklich riskieren, alleine den unbekannten Weg zum Fluss zu suchen?

Schließlich mischte sich Rosalie ein: „Ihr seid ja meschugge! Wollt ihr echt ohne jemanden, der sich auskennt, in die Schlucht reiten? Fragt doch wenigstens bei Claire nach, ob es einen sicheren Pfad gibt."

„Du bleibst natürlich bei deiner Weichei-Freundin! Ich habe sie bisher nie auf einem Pferd gesehen! Ist sie überhaupt sattelfest ...", stänkerte Jackie.

Kiki verteidigte Nala: „Dafür kann sie super mit den Tieren umgehen. Sicher wird sie auch reiten können. Lilou ist eben noch nicht so weit."

„Sollen wir echt in die Schlucht?", zögerte Mimi.

„Willst du dich auf einmal auf die Seite der Loser stellen?", fragte Ben. Er war wie immer mit Leos und Jackies Plänen einverstanden.

„Kommt schon! Wir ziehen uns die Badesachen unter den Reithosen an und springen in den Fluss, wenn wir dort sind. Das wird der Hammer! Baden und Reiten!"

Es klang verführerisch, was Leo da sagte. Die Zwillinge ließen sich überreden und die ganze Gruppe, bis auf Nala und Rosalie, schwärmte aus, um Badesachen, Sättel, Pferde oder Zaumzeug zu holen.

Kopfschüttelnd sahen die beiden Mädchen dem Treiben zu.

„Seht ihr nicht die Wolken da hinten?", Rosalie bemerkte, dass der strahlende Himmel sich am Horizont mit dunkelgrauen Wolkenfetzen füllte.

Nala, die erst jetzt genauer in Richtung Berge schaute, fielen sie nun auch auf. „Es könnte sein, dass da ein Gewitter aufzieht“, warf sie ein. Ihre Bemerkung ging im allgemeinen Trubel unter. Das rothaarige Mädchen gab nicht so leicht auf: „Seht doch hin!“, ihre Stimme wurde lauter. „Da ziehen ziemlich dicke Wolken auf!“

„Die verziehen sich! Und wenn nicht, beeilen wir uns eben!“, trieb Leo die anderen an. Alle waren mit Feuereifer dabei, die Pferde zu satteln und ließen sich von ihrem Vorhaben nicht mehr abbringen.

Nala hatte ein ungutes Gefühl. „Was sollen wir denn tun?“, fragte sie Rosalie. Die schüttelte den Kopf. „Ich fürchte, da sind wir machtlos!“

Leo führte die Abteilung mit der braunen Leitstute Anouk an. Die sechs Jugendlichen ritten los. Allmählich wurde die Gruppe kleiner, bis sie im Wald verschwanden.

„Komm, wir gehen auf die Weide zu unseren Pferden“, schlug Nala vor. Die beiden Freundinnen schlenderten, gedrückt von der Hitze des Nachmittags zur Koppel.

„Puhh, es ist zu heiß, auch nur einen Finger zu rühren. Das mit dem Baden ist vielleicht doch keine so üble Idee gewesen“, musste Rosalie zugeben.

„Auf dem Rücken der Pferde zu liegen und auf ein paar Grashalmen zu kauen. Das ist die anstrengendste Aktion, die ich mir im Moment vorstellen kann.“ Die feuchte Hitze nahm Nala jeden Antrieb.

„Schau, Merida und Lilou stehen im Schatten! Die sind auch nicht blöd. Also, rauf auf die Hotties!“ Die beiden schlichen fast über die Wiese zu ihrenPferden. Es versprach, ein gemütlicher Nachmittag zu werden. Rosalie sprang leicht wie eine Feder auf den Rücken Meridas.

„Woher kannst du das?“, fragte Nala, die eine Erhöhung suchte, um auf Lilou zu klettern.

„Voltigiergruppe Karwendel“, antwortete die sportliche Rosalie trocken. „Ist nicht so schwer, wie es aussieht. Irgendwann zeig ich's dir. Im Moment bin ich zu faul, um noch einmal abzusteigen. Nimm den Baumstumpf dort ...“, schlug sie vor.

Die beiden Hexenschwestern hatten es sich auf den Pferderücken bequem gemacht, da hörten sie ein dumpfes Donnergrollen in der Ferne.

„Das klingt gar nicht gut!“, meinte Nala.

Sie sahen, dass Claire vor die Tür des Wohnhauses trat und ihren Blick über die Wiese schweifen ließ.

„Glaubst du, dass die anderen ihr vielleicht gar nicht Bescheid gesagt haben, dass sie zum Fluss geritten sind? Mist!“, schimpfte Rosalie. Sie sprangen hektisch von ihren Pferden und rannten, so schnell es ging, zurück zum Haus. Claire wartete dort auf sie.

„Wo seid ihr denn alle?“, fragte sie die Köchin besorgt.

„Sie sind zum Fluss geritten um zu baden!“, keuchte Nala außer Atem.

„Merde!“, Claire fluchte in ihrer Muttersprache. Die Mädchen verstanden sie trotzdem. „Sind die wahnsinnig geworden? Der Weg in die Schlucht ist gefährlich, wenn es regnet! Überall gibt es unkontrollierbare Erdrutsche und Sturzbäche! Es wird bald anfangen aus allen Kübeln zu schütten! Wie sind sie bloß auf diese dumme Idee gekommen?“

„Es tut uns Leid, wir haben sie nicht aufhalten können. Wir haben geglaubt, sie fragen dich nach dem Weg! War keiner von ihnen in der Küche?“, fragte Nala.

Claire schüttelte den Kopf.

„Vielleicht kehren sie ja noch rechtzeitig um und kommen zurück!“, hoffte Rosalie.

„Glaubst du das wirklich?“, der Tonfall Nalas war zweifelnd.

Die Köchin sagte mit gedämpfter Stimme: „Ich kann seit meinem Unfall leider nicht mehr reiten. Ihr beide müsst ihnen zu Hilfe kommen! Es gibt einen sicheren Weg, aber man muss wissen, wo er abzweigt. Ich werde es euch erklären. Holt vorsichtshalber eure Pferde von der Weide und bereitet sie vor!“

Rosalie fragte nervös: „Du, Hexenschwester, mit welchem der Araber willst du denn losziehen? Bis auf Merida sind alle reitbaren Pferde unterwegs.“

Das Dilemma wurde erst jetzt so richtig klar. Nala stockte der Atem. War das der Zeitpunkt, an dem sie Lilou vertrauen konnte und musste?

„Ich reite allein!“, beschloss Rosalie. „Du und Lilou, ihr seid noch nicht soweit! Auf Merida ist Verlass! Wir machen das!“, entschied ihre Freundin.

„Kommt gar nicht in Frage!“ Nala war voller Kraft und Mut. „An das Knotenhalfter ist die Stute inzwischen gewöhnt. Ich reite ohne Sattel. Das kann ich! Erinnere dich, manches gelingt nur gemeinsam!“

Claire nickte zustimmend, aber mit besorgter Mine: „Beeilt euch ...“

Tendo saß auf der Birke vor dem Haus, bereit vorauszufliegen.

33 Schlucht

Die Sirenen heulten! Aus allen Dörfern des abgelegenen Hochtales ertönten die langgezogenen Alarmsignale.

„Sturmwarnung!“ Die Stimme Claires klang gepresst. „Ihr habt keine Zeit mehr zu verlieren! Wenn erst die Erdrutsche den Weg verschüttet haben, wird es schwer aus der Schlucht herauszukommen. Das Wasser im Fluss steigt rasend schnell. Steine und Bäume werden mitgerissen. Das ist richtig gefährlich!“

Blitze zuckten über den dunkelgrauen Himmel. Es begann zu regnen!

Die beiden Mädchen und Claire standen unter dem Vordach der Scheune. Merida war gezäumt und gesattelt. Nala hatte Lilou das Knotenhalfter angelegt und den Führstrick wie Zügel eingebunden. Sie versuchte, ihre Nervosität zu kontrollieren.

„Ruhig, meine Schöne, ganz ruhig“, flüsterte sie Lilou ins Ohr. Die Araberstute tänzelte auf der Stelle. Langsam zweifelte das Mädchen am Entschluss, mit ihrem Herzenspferd dieses Wagnis einzugehen, um die Gruppe zu retten. Immerhin hatten Jackie und Leo ihr bisher das Leben schwer gemacht und die anderen waren auch nicht besonders hilfreich gewesen. Sollte Nala dafür wirklich so viel riskieren?

„Ihr reitet durch das Wäldchen und dann nach links. Der zugewachsene Weg ist kaum zu erkennen, wenn man von oben kommt. Darum bin ich mir sicher, dass die Gruppe auf dem Hauptweg geritten ist, der jedoch bei einem heftigen Gewitterregen von einem Erdrutsch verschüttet werden kann. Die Sirenen kündigen an, dass da nicht nur ein harmloser Wolkenbruch im Anzug ist!“, sagte Claire.

Rosalie wollte genauer wissen, wie der rettende Weg verlief. Sie fragte: „Gibt es denn keine auffälligen Orientierungsmarken, die uns helfen?“

„Kurz vor der Abzweigung steht ein riesiger Felsbrocken. Schaut aus wie ein Hinkelstein“. Claire versuchte, den Weg zu beschreiben. „Eure wichtigste Hilfe aber ist Tendo! Er hat den Überblick und kennt die Gegend von oben. Nala, du musst deinem Medizintier vertrauen. Das ist überlebenswichtig! Sprich mit ihm! Darum ist es auch notwendig, dass du mitreitest. Tendo hat seine stärkste Verbindung mit dir! Ich kann nämlich nicht sagen, wo genau die anderen in der Schlucht stecken. Von der Abzweigung an seid ihr auf euch gestellt.“

Die kleine Rede, die Claire gehalten hatte, wirkte nicht sehr ermutigend. Besonders der Teil mit ‚überlebenswichtig‘, beunruhigte die Mädchen.

„Tendo hat uns schon gestern Nacht den Weg gewiesen! Wir werden es wieder schaffen“, sagte Nala etwas zu laut, um ihre Unsicherheit zu verbergen.

Zu Lilou gewandt flüsterte sie: „Wir gehören zusammen. Ich hab das bei unserer ersten Begegnung gespürtund du auch. Wir müssen durch den Sturm reiten und den sicheren Weg finden.“ Das Mädchen hoffte inständig, dass ihre Absicht so klar war, dass ihr Herzenspferd sie verstanden hatte!

Claire gab ihnen einen letzten, hilfreichen Rat mit: „Ihr dürft keine Zweifel in euch aufkommen lassen. Euer Herzenswunsch muss stark sein. Jeden Gedanken daran, dass die anderen es nicht wert sein könnten, jede Angst vor dem Versagen, lasst hier zurück!“

Rosalie strahlte eine wilde Entschlossenheit aus. Ihre Wolfsaugen blickten in die Weite, als würde sie einen unsichtbaren Weg ausspähen.

Der Wind zerrte an den Bäumen, Ästen und Zweigen. Eine Plane flatterte. Das konnte Vertrauenstraining extrem werden, bloß ohne Training! Das hier war echt!

Nala und Rosalie griffen beide instinktiv zu ihren Schutzbündeln. Sie hielten sie einen Moment lang in den Händen. Der Atem der Hexenschwestern und der Atem der Pferde beruhigte sich und ein Gefühl von Sicherheit durchströmte sie. Wie gut, dass sie durch das Amulett ihre Medizintiere, Heilpflanzen und Kraftsteine dabei hatten.

„Bereit?“, fragte Nala.

„Los!“, rief Rosalie dem Sturmwind entgegen.

Tendo kämpfte hoch oben am dunklen Himmel mit Windböen, die ihn ordentlich beutelten. Unter diesen Umständen erhob sich kein Vogel freiwillig in die Luft! Nala fühlte eine Verbindung von ihrem Herzen zum Raben. Und da gab es noch eine Verbindung! Die von Lilous Herzschlag zu ihrem eigenen. Das Band zwischen dem Pferd, Tendo und dem Mädchen war bei ihrer ersten Begegnung entstanden und es fühlte sich unzerstörbar an.

Rosalie, die neben Nala ritt, erinnerte an eine Amazone, die sich mutig ins Abenteuer stürzte. Der windgepeitschte Regen brannte in den Augen der beiden. Und genau in diesem Moment bildete sich die schillernde Seifenblase um die Hexenschwestern und ihre Pferde.

„Der Hinkelstein!“, schrie Rosalie aus vollem Hals und zeigte mit der Hand auf den mächtigen, schroffen Felsen. Das Heulen, Donnergrollen und Krachen des Gewitters ließ ihr keine Wahl als dagegen anzubrüllen, wenn sie gehört werden wollte.

Nala nickte nur, um ihrer Freundin ein Zeichen zu geben, dass sie verstanden hatte. Tendo war bereits nach links geflogen. Claire hatte recht gehabt! Der Pfad war kaum erkennbar. Die Büsche wuchsen hier fast zusammen. Rosalie ritt voraus. Nala hoffte, dass Lilou den Mut aufbrachte der Fuchsstute durch das dichte Gebüsch zu folgen. Das dornige, harte Gestrüpp kratze an den Beinen und Flanken der Araberstuten. Ihr Lieblingspferd hatte bisher kein einziges Mal gebockt oder ein Anzeichen von Unwillen gezeigt. Klatschnass, aber dankbar saß sie auf ihrem Rücken. Hin und wieder strich sie beruhigend über Lilous Hals.

„Sie weiß, dass es um etwas Wichtiges geht, da bin ich mir sicher“, dachte Nala. Ihre innere Stimme wurde umso lauter, je heftiger der Sturm tobte. Das Mädchen versuchte, sich nur auf den Wunsch zu fokussieren, die Gruppe zu finden und alle heil nach Hause zu bringen. Wenn die Angst Nala einholte, atmete sie aus und ließ dadurch ihre Furcht los, so gut es eben ging.

Ein Grollen erfüllte die Luft. Sie stoppten ihre Pferde. Das unheimliche, dumpfe Geräusch hielt lange an.

„Was ist das?", brüllte Rosalie.

„Der Erdrutsch! Das ist die Schlammlawine, die sich Richtung Fluss wälzt!", rief Nala zurück. „Kommen wir zu spät?"

„Was sollen wir tun? Umkehren?" Rosalie versuchte, mit ihrer Stimme das Getöse zu durchdringen.

„Niemals! Wir müssen versuchen das Flusstal zu erreichen! Merk dir den Weg, damit wir wieder nach Hause finden!" Für Nala gab es kein Zurück mehr. Dieser Ritt war die Prüfung ihres Vertrauens in Lilou und ein Beweis ihres neuen Mutes. Wenn sie jetzt aufgab, war alles umsonst gewesen!

Der Abhang fiel steil in die Tiefe! Die Mädchen fassten sich ein Herz. Sie schlitterten und rutschen mit ihren Pferden den glitschigen Weg ein Stück hinunter. Bald konnten sich die Tiere wieder fangen und tasteten sich vorsichtig weiter, bis sie das Tal erreichten. Das sonst grüne, klare Wasser tobte nun braun schäumend. Holzprügel schlugen krachend an die Felsen im Fluss. All das erzeugte einen infernalischen Lärm.

Der schmale Pfad war noch nicht überschwemmt. Links oder rechts? Das war hier die Frage. Tendo stieg hoch in die Wolken, bis sie ihn nicht mehr zu sehen konnten. Die Mädchen blickten sich ratlos an. Plötzlich stieß der Rabe wieder herunter und flog flussaufwärts.

Sie wendeten ihre Pferde und ritten in die Richtung, die ihnen Nalas Krafttier gezeigt hatte.

Rosalie schrie auf: „Leo! Ich sehe Leo, Jackie und die anderen!“, aufgeregt fuchtelte sie mit den Armen, um auf sich aufmerksam zu machen. Hinter den Felsen tauchte die ganze Gruppe auf ihren Arabern auf! Alle schienen unverletzt zu sein, soweit man das aus der Distanz erkennen konnte. Jetzt winkten auch die Zwillinge, Jackie, Ben und Luka.

„Was macht ihr hier?“, fragte Leo mit aufgeregter, lauter Stimme.

„Wir retten euch, was denn sonst!“, gab Rosalie lässig zurück. Nala konnte sich nicht vorstellen, dass ihre Freundin so gelassen war, wie sie wirkte.

Verzweifelt stieß Ben hervor: „Die Schlammlawine! Sie hat alles verschüttet!“

Nala verkündete: „Wir kennen einen sicheren Rückweg!“

Obwohl der Regen stark nachließ, schlotterte Luka vor Kälte. Er hatte sich beim Aufbruch in der Panik nicht einmal ganz angezogen und saß barfuß und in seiner Badehose auf dem Pferd.

Die Zwillinge wirkten erstarrt. Ihre blassen Gesichter ließen die Anspannung ahnen, die sie gepackt hatte.

„Gott sei Dank, dass ihr uns gefunden habt!“, stieß Jackie hervor.

„Du dankst am besten dem Raben, er hat uns zu euch geführt!“, Nala war stolz auf Tendo. So rasch würde sie nicht vergessen, dass Jackie ihr Krafttier ein paar Tage zuvor ekliges Hexenvieh genannt hatte.

„Uns bleibt nicht viel Zeit. Keine Ahnung, wann es wieder zu schütten beginnt!“, Rosalie drängte zum Aufbruch.

Nala, die mit Lilou hinter Merida und ihrer Freundin ritt, drehte sich um und stand nun an der Spitze der hintereinander aufgefädelten Reitergruppe. Sie hatten es geschafft! Zumindest der erste Teil ihrer Aufgabe, die anderen Jungs und Mädchen zu finden, war erfüllt. Jetzt mussten sie den Rückweg bewältigen!

Lilou bewegte sich vorwärts. Sie führte die Herde an! Vor ein paar Wochen hätte ihr das niemand zugetraut. Nala bewunderte die Schimmelstute aus tiefstem Herzen. Ihre Absichten waren verbunden und als ob ihr Lieblingspferd den Ernst der Lage erkennen würde, konzentrierte es sich. Aufmerksam setzte es einen Huf vor den anderen, um nicht abzurutschen. Steil aufwärts zu reiten, war ohne Sattel gar nicht so leicht. Immer wieder klammerte Nala sich um Lilous Hals oder griff in ihre Mähne. Das Gleichgewicht zu halten, strengte sie ziemlich an. Auf dem ausgewaschenen Weg schlitterte die weiße Stute hin und her.

„Gut, dass ich schon geübt habe“, dachte das Mädchen.

„Aaaaahhhh!“, ein Aufschrei ließ die Gruppe erschrocken zusammenzucken.

„Was ist los?“, schrie Nala über die Schulter nach hinten.

„Mimi ist abgerutscht!“, vernahm das Mädchen eine panische Stimme vom Ende der Gruppe.

Ein Windstoß war so heftig, dass sie nun gar nichts mehr hörte. Sie musste anhalten! Obwohl es fast unmöglich war entspannte Nala sich und atmete aus, wie sie es gelernt hatte. Lilou blieb augenblicklich stehen. Bevor sie nicht wusste, was geschehen war, konnten Nala nicht weiterreiten. Sollte sie absteigen? Aber wie würde sie auf diesem glitschigen Boden wieder auf Lilous Rücken kommen?

„Los, weiter!“, kommandierte eine Stimme hinter ihr.

Nala war unsicher. Sie drehte sich um und tatsächlich! Rosalie zeigte mit ihrem Arm den Abhang hinauf. Sie vertraute ihrer Freundin und ritt los. Langsam ließ das Tosen des Windes nach und die Gruppe hatte sich so weit vom Fluss entfernt, dass auch das Rauschen des Sturzbaches leiser wurde.

Da vorne tauchte endlich der große Felsbrocken auf!

„Wir sind fast oben!“, brüllte Nala, obwohl diese Lautstärke nicht mehr notwendig war. Als sie die Hochebene erreicht hatten, breitete sich ein Lächeln, nein, ein Strahlen über Nalas Gesicht aus. Sie hielt inne.

Pferde und Menschen, alle waren triefnass, aber in Sicherheit. Sogar die dunklen Wolken öffneten sich einen Spalt breit. Die ersten Sonnenstrahlen beleuchteten die Berge, die vor ihnen lagen. Sie blickten fasziniert auf den riesigen Regenbogen, der sich von einem Ende des Tals zum anderen spannte.

Überwältigt von der Farbenpracht, ließen sich die Jungen und Mädchen von diesem Naturschauspiel fesseln. Ihre Erleichterung, endlich wieder in Sicherheit zu sein, mischte sich mit dem Staunen vor der Schönheit der Farben des Regenbogens.

Nala ließ sich auf Lilous Hals sinken. „Danke! Danke! Danke!“, stammelte sie.

Der starke Wind hatte sich beruhigt und Tendo segelte zerrupft, aber entspannt durch die Lüfte. Nala blickte zu ihm hinauf und freute sich. Dann sah sie Mimi! Sie war über und über mit Schlamm bedeckt. Die rötliche Erde der Gegend hatte sogar ihre schneeweiße Stute eingefärbt. So dreckig, wie sie war, konnte man die beiden kaum wiedererkennen.

„Jetzt ist Schluss mit der weißen Prinzessin!“, lachte Rosalie.

„Wir haben uns im letzten Moment am Weg halten können! Fast wären wir in die Tiefe gestürzt“, erzählte Mimi aufgebracht.

„Ich bin so froh, dass alles noch einmal gut gegangen ist!“ Kiki, die zwar klitschnass, aber sauber daneben stand, bedauerte ihre Zwillingsschwester.

„Bleibt so! Dann ist es einfacher für uns, euch auseinanderzuhalten!“, kicherte Jackie gelöst.

Was war das? Die Oberzicke hatte einen Witz gemacht?

Sie drehte sich zu Nala und Rosalie und sagte: „Vielen Dank euch beiden. Der Erdrutsch hat uns den Weg abgeschnitten! Wahrscheinlich hätten wir ewig nicht zurückgefunden. Ich hatte echt Schiss! So ein Blödsinn, dass wir in die Schlucht geritten sind!“

Leo sagte zu Nala: „Es war total mutig von dir, auf Lilou loszureiten, um uns zu retten. Tut mir Leid, dass wir so grässlich zu dir waren.“

„Geht doch! Du kannst zur Abwechslung auch einmal kein Kotzbrocken sein?!“ Rosalie konnte sich nicht zurückhalten. Ihr Mundwerk schien ein Eigenleben zu haben ...

34 Abschlussfest

Gretas Standpauke hielt sich in Grenzen, denn die Reitlehrerin wusste, dass alle ihre Lektion gelernt hatten. Sie war außerdem vollkommen mit der neuen Stute und ihrem süßen Fohlen beschäftigt.

Der letzte Tag auf dem Hof verging wie im Flug. Die drei Gefährten genossen die wenige Zeit, die sie noch miteinander verbringen durften. Schon jetzt plagte sie Heimweh. Nicht nach ihrem Zuhause, sondern nach dem Reiterhof und einander. Nala stieg fast den ganzen Tag nicht mehr vom Rücken Lilous ab. Die beiden waren ein Herz und eine Seele geworden. Gemeinsam mit Emanuel, Rosalie und ihren Pferden flog sie über die Wiesen der Hochebene. In Riesenschritten näherte sich das Abschiedsfest, das unter freiem Himmel stattfinden sollte.

„Mist, wir können uns nicht einmal mehr von Blauer Feder verabschieden!“, jammerte Rosalie.

„Geht’s dir wirklich um die Medizinfrau? Oder sehnst du dich danach, Wolfsherz wieder zu sehen?“ Nala zog ihre Freundin ein bisschen auf, obwohl ihr selber mulmig zumute war.

Rosalie konterte: „Ha ha, du hast es gut! Emanuel existiert wenigstens in der wirklichen Wirklichkeit!“

„Stimmt! Er wohnt bloß schlappe 1500 Kilometer entfernt! Da stelle ich es mir einfacher vor, Wolfsherz zu treffen! Der Legende nach gibt es überall auf der Welt Steinkreise. Vielleicht findest du einen bei dir daheim?" Nalas Kommentar ließ Hoffnung in ihrer Hexenschwester aufkeimen.

Trotzdem sagte Rosalie: „Wir beide sind rettungslos verloren! Dein Herzenspferd und Emanuel leben in Frankreich! Mein Pflegepferd Gandalf steht zwar ein paar Minuten von zuhause entfernt, dafür gibt es Wolfsherz nur in einer magischen Welt. Super!"

Nala hatte eine Idee: „Tirol und Bayern, das ist doch gar nicht weit! Also, wenn du einen alten Kultplatz in deiner Nähe findest, besuche ich dich. Das ist nicht so kompliziert, wie hierher zu fahren."

„Psst, da kommt er", zischte Nala.

Emanuel setzte sich zu ihnen: „Da seid ihr ja! Gut, dass ich euch gefunden habe. Wir müssen unbedingt planen, wann wir uns wiedersehen!"

„He, ihr da! Glaubt ihr, der Tisch deckt sich von alleine?", maulte Jackie lautstark herüber.

„Sie kann es einfach nicht lassen!" Rosalie schüttelte ihren Kopf. „Sie ist und bleibt der Boss, bis zum Schluss!"

„Okay, es nützt wohl nichts! Wir helfen bei den Vorbereitungen, sonst gibt es Zoff mit Greta!" Emanuel sah ein, dass sie sich nicht drücken konnten.

„Claire hat gekocht und gebraten, dass sich die Tische biegen", bemerkte Nala und: „Oh je, ich bin wieder in die

Welt der Sprichwörter zurückgekehrt! Die habe ich hier und in der Zauberwelt schon fast vergessen.“

Sie genossen das wundervolle Abschiedsfest mit viel Musik und fantastischem, französischen Essen. Verträumt beobachtete Nala Emanuel. Sie hatte sich fest vorgenommen, sich nicht zu verlieben. Es hieß ja: Falling in love ... aber so wie es aussah, befand sie sich im freien Fall.

Es wurde ziemlich spät. Emanuel hatte längst aufgehört zu spielen, da kamen Leo und Jackie auf Nala zu.

Misstrauisch musterte sie die beiden. Rosalie, die neben ihrer Freundin saß, richtete sich zu ihrer vollen Größe auf, um abschreckend zu wirken wie ein dominantes Pferd.

„Wir kommen in Frieden ...“, beschwichtigte Jackie, die bemerkte, dass sich die Mädchen zur Abwehr aufgerichtet hatten.

„Ihr habt uns gestern den Arsch gerettet. Ist nicht leicht, das zuzugeben ...“, brummte Leo. „Wir waren echt fies zu dir, aber wir haben unsere Meinung geändert. DU hast dich voll verändert, Nala.“

„Vergiss das mit den Handyfotos, die sind gelöscht. Alle.“, sagte Jackie. „Mann, war ich mies drauf, die ganzen Ferien lang. Ich hab eben meine Launen. Das war schon immer so.“ Sie zuckte mit den Schultern.

Die kampflustige Rosalie wollte diese halbherzige Entschuldigung nicht akzeptieren und keifte: „Ihr habt euch wie die letzten Kotzbrocken benommen und ....“ Rasch unterbrach Nala ihre Freundin: „Lass‘ gut sein.“

„Für dich ist auch nicht alles so leicht, wie es von außen aussieht, oder?“, wollte sie von Jackie wissen.

Zögernd antwortete die: „Na, ja, ich hab zu Hause ganz schön Stress. Tut mir Leid, dass ich es an dir ausgelassen habe. Du bist am Anfang so verschreckt herumgeschlichen, dass es am leichtesten war meinen Zorn an dir auszulassen. Kommt nicht wieder vor ...“

„Na ja, wenn man lernt, so mit Pferden umzugehen wie hier, ändert man sich selber auch ein bisschen ...“ Leo hatte offenbar erstaunliche Einsichten. Dann standen die beiden schnell auf und verzogen sich.

Rosalie konnte sich immer noch nicht beruhigen und fragte Nala säuerlich: „Was war denn das? Bist du jetzt Mutter Theresa? Wieso hast du sie nicht fertig gemacht?“

Die fiel ihrer Freundin um den Hals. „Die Tyrannen sind besiegt! Ihre Masken sind ab!“, triumphierte Nala. „Ich habe einen Coup gelandet! Die Angst ist verschwunden, und ich brauch‘ mich bei Jackie weder zu rächen noch sie zu demütigen! Meine Kraft ist wieder zurück und werde sie nicht mehr verlieren!“ Rosalie hatte nicht alles, was Nala da heraussprudelte, ganz verstanden, aber sie gab sich damit zufrieden, dass ihre Hexenschwester glücklich aussah.

„Bumm, bumm, bumm“, dröhnten die Bässe aus der Scheune. Rosalie packte die Hand ihrer Freundin und schleppte sie mit auf die Tanzfläche.

„Du hast mir versprochen, du kommst beim nächsten Mal mit!“ Nala hatte ihr Versprechen längst vergessen, doch heute war sie ohnehin in Tanzlaune.

Der Rhythmus der Songs riss die Mädchen mit, und sie bewegten sich gelöst und ausgelassen in der Mitte der Scheune. Aus den Augenwinkeln sah Nala Emanuel, der mit Ben und Luka quatschte und sie verstohlen beobachtete. Er ließ die beiden stehen und kam auf sie zu. Als die Musik langsamer wurde, tanzte er ganz nah bei ihr. Er flüsterte: „Ich möchte nicht, dass du nach Hause fährst."

Nala antwortete: „Und ich will nicht gehen. Du wirst mir fehlen ..."

Rosalie, die sich währenddessen ein Getränk geholt hatte, hüpfte nun wieder ausgelassen neben ihnen, bis alle drei außer Atem waren.

„Ich muss mich bei Lilou verabschieden. Geht ihr mit?", schlug Nala vor.

Draußen, unter dem Sternenhimmel, der sich funkelnd über den tiefschwarzen Nachthimmel spannte, fanden sie einen lauschigen Platz auf der Koppel. Lilou, mit Tendo auf ihrem Rücken reitend, gesellte sich zu ihnen und nach und nach kamen alle anderen Pferde, um sich in ihrer Nähe aufzuhalten.

Sie blickten in die Sterne.

„Ich komme mir so winzig vor, wenn ich diese Milliarden von Lichtern im unendlichen Universum sehe!" Nala, die Sternenträumerin, beschrieb Gefühle und Gedanken, die ihr durch den Kopf gingen. „Und doch weiß ich, dass alles zusammengehört. Wir leben in einem riesigen, unergründlichen Geheimnis."

Rosalie, die gerade weniger romantisch veranlagt war, sagte zu Emanuel: „Komm, verrat uns dein Medizintier! Rück endlich damit heraus ..."

„Moment." Nala unterbrach. „Sag nichts! Ich habe nämlich etwas gesehen, so deutlich als wäre es real! Bei der Begrüßung von Wave gestern Nacht hat dich ein Delfin begleitet! Hab ich recht?"

„Wow!" Rosalie war erstaunt. „Wie hast du das gemacht?"

„Das hat mit meiner Medizingabe des Träumens zu tun. Ich glaube, sie verstärkt sich, wenn ich unter freiem Sternenhimmel bin. Aber so ganz genau weiß ich nicht. Ich muss das selbst noch erforschen ..."

„Wahnsinn, du hast es herausgefunden! Der Delfin ist mein Krafttier und mein Medizinname ist Weltenhüter", sagte Emanuel. „Das sollte ich euch vielleicht erklären. Es gibt doch unzählige Geschichten darüber, wie Delfine Schiffbrüchige oder Verletzte gerettet haben. Sie sind wehrhaft und vertreiben sogar Haie. Sie kümmern sich nicht nur um Lebewesen ihrer eigenen Art, daher kommt mein Name: Weltenhüter. In der Mythologie heißt es, Delfine behüten alle Welten von Großmutter Erde. Dazu gehören die Pflanzenwelt, die Mineralwelt, also die Steine, die Tier-, Menschen- und Ahnenwelt. Ich bin wohl dafür zuständig, dass alles zusammenhält", meinte er etwas ironisch.

Die Mädchen schauten ihn erstaunt und bewundernd an.

Emanuel war offensichtlich nicht so ganz begeistert: „Ist ja nicht unbedingt eine leichte Aufgabe ... Natürlich klingt es toll: Weltenhüter. Mein Trost ist, dass jeder erst in seinen Medizinnamen hinein wächst ... das hoffe ich zumindest!"

„Super, das heißt, ich werde das Träumen und Sehen hinter der sichtbaren Welt noch besser lernen", überlegte sich Nala und Rosalie sagte: „Gratuliere! Als Feuerwolf bin ich später entweder komplett mondsüchtig oder spucke Feuer ...?"

„Kannst du nicht einmal ernst bleiben?" Nala knuffte sie liebevoll in den Arm.

Sie schwiegen eine ganze Weile versonnen.

„Werden wir uns wiedersehen?", fragte Emanuel in die Stille hinein.

„Kommt, lasst nicht die Köpfe hängen! Ein wenig Vertrauen! Schließlich sind wir uns sicher nicht umsonst begegnet! Blaue Feder würde uns nicht zusammenführen, wenn es keinen Sinn hätte! Die Medizingesellschaft der Zopfmenschen stellt uns nicht vor Aufgaben oder lässt uns Medizinbündel finden, ohne etwas mit uns vorzuhaben!" Rosalie munterte ihre Freunde auf.

Die ließen sich vom Optimismus des Mädchens anstecken. „Du hast recht! Wieso haben wir nicht früher daran gedacht!", Nala war erleichtert.

Emanuel lächelte wieder: „Wie konnte ich vergessen, dass Blaue Feder für alles, was sie tut, einen Grund hat. Und zwar einen Guten! Wir sind in der Traumwelt miteinander verbunden, haben einen Zopf geflochten und eingegraben. Auch die Haare von Wolfsherz sind dabei. Er gehört zu uns! Wir haben unsere Schutzbündel bekommen. Schon deshalb ist es unmöglich, dass wir uns nicht wieder treffen! Always expect the unexpected! Könnt ihr euch erinnern? Wir müssen auf alles gefasst sein."

Lilou knabberte sanft an Nalas Hand. Die umarmte die Schimmelstute und schmiegte sich an ihr Herzenspferd. „Ich bin so froh, dass wir uns begegnet sind. Wir haben uns gegenseitig geheilt. Ich weiß jetzt, was das heißt: Wasté – heil sein", dachte Nala. Und dann fiel ihr ein Satz aus dem Buch: „Der kleine Prinz" ein: „Du bist ewig für das verantwortlich, was du dir vertraut gemacht hast.

Wir sehen uns wieder, versprach sie sich selbst, dem Sternenhimmel, ihren Gefährten und Lilou.

Tendo erhob sich vom Rücken des weißen Pferdes und ließ noch einmal sein: „Krah, krah, krah", ertönen. Er hatte, wie immer, das letzte Wort.

35 Glossar

Unabhängiger Sitz

Bedeutet mit feinsten Gewichtshilfen auf das Pferd einzuwirken. Dabei gibt es weder ein Festhalten am Zügel oder Klammern mit den Beinen. Das Ziel ist eine gemeinsame Balance zu finden. Ein Pferd ist ja nicht dafür gebaut, dass eine ReiterIn drauf sitzt und so sollte es für uns selbstverständlich sein unseren Körper und unser Gewicht mit den Bewegungen des Pferdes in Harmonie und Balance zu bringen. Das geschieht am besten dadurch, dass deine Sitzbeinhöcker mit dem Rücken des Tieres verbunden sind und fein mitschwingen. Erst dann sitzt du frei und beweglich auf deinem Liebling.

Blesse, Stiefel,, Stern, Fesselbehang, Pinto

So nennt man verschiedene Formen von meist weißen Zeichen am Kopf oder den Beinen des Pferdes. Fesselbehang gehört zur Behaarung mancher Pferderassen an den Beinen. Ein geschecktes Pferd kann auch Pinto genannt werden.

Mustang

Das Wort Mustang kommt wahrscheinlich vom spanischen Mestengo, was Vagabund, Streuner bedeutet. Die Eroberer Amerikas brachten ihre Pferde mit auf den für sie neuen

Kontinent. Meistens waren es Berber und Araber. Manche von ihnen rissen aus oder wurden zurückgelassen und gelangten so in die Freiheit. Später mischten sich diese Ausreißer mit verschiedenen Rassen von Kutsch- und Ackerpferden, die die neu ankommenden Siedler mitbrachten. Die letzten jetzt noch in der Wildnis lebenden Mustangs sind bedroht, da wir Menschen immer mehr Land für unsere Bedürfnisse beanspruchen. Es gibt inzwischen Schutz- und Adoptionsprogramme für diese stark dezimierte Pferderasse.

Vorderhand, Hinterhand

Damit sind die vorderen und hinteren Beine des Pferdes gemeint.

Knotenhalfter oder Schnurhalfter

So bezeichnet man ein aus Schnüren geknüpftes Halfter. Bauanleitungen findest du im Internet. Denke daran, dass diese Form der Zäumung nicht harmlos ist. Der Umgang sollte gelernt und geübt werden. Niemals darf man ein Pferd mit einem Knotenhalfter festbinden. Das Schnurhalfter hat, im Gegensatz zu einem gewöhnlichen Stallhalfter, keine Sollbruchstelle, die sich bei einer Panik des Tieres löst.

Abmisten

Entfernen von Pferdeäpfeln, wenn es nicht innerhalb des Stalles geschieht. Dort spricht man von ausmisten.

Natural Horsemanship

In den letzten Jahrzehnten haben sich viele verschiedene Systeme entwickelt und es gibt eine Fülle von Menschen, die diese Bezeichnung für ihre Arbeit benutzen. Hole dir aus den angebotenen Kursen oder Büchern das Wissen heraus, das für dich und die Pferde, die dir anvertraut sind, funktioniert und das deiner Herzenswahrheit entspricht. Bitte prüfe genau und bewusst, welche spezielle Technik du von welcher TrainerIn lernen willst. Höre auf dein Gefühl, recherchiere, und stürze dich nicht gleich auf das allererste Angebot.

Der Wunsch nach einem ehrlichen, partnerschaftlichen und pferdegerechten Umgang muss stets im Mittelpunkt der Methode stehen. Ich danke allen Pferdemenschen, die sich dafür einsetzen und ihr Leben dem Schutz der Tiere widmen. Durch euch bekommen die Pferde ihre Würde zurück.

Futterbelohnung

Es gibt die unterschiedlichsten Ansichten darüber, Futter als Trainingsmittel zu benutzen. Hier im Buch wird ganz darauf verzichtet.

36 Selbstverantwortung

Der magische Steinkreis ist ein Roman und deshalb sind die Techniken darin nicht so ausführlich wie in einem Sachbuch beschrieben! Es gibt auch keine detaillierten Tipps dafür, wie du dich in Ausnahmefällen verhalten kannst.

Wenn, und bevor du die Übungen, wie Blaue Feder sie beschreibt, SELBSTVERANTWORTLICH ausprobierst, sorge auf jeden Fall für deine Sicherheit und die der Pferde. Am besten du nimmst an einem Kurs teil und findest eine Lehrerin oder einen Lehrer, dem du vertraust. Für die Bodenarbeit mit einem Seil verwende bitte immer Handschuhe. Beim Reiten schützt ein Helm deinen Kopf und somit das Gehirn. Pass gut darauf auf! Das Leben macht sehr viel mehr Spaß, wenn du träumen, denken und forschen kannst.

Ich wünsche dir Verbundenheit, Iyuptala!

37 Wie man sein Krafttier findet und behält

Einige Menschen, die das Buch gelesen haben, stellten mir die Frage: Wie kann ich meinen eigenen Tierverbündeten finden? Sie machten sich auf die Suche und stießen auf Tests und Fragebögen im Internet, mit denen die meisten nicht so viel anfangen konnten. Darum füge ich dieses Kapitel an die Geschichte von Nala im magischen Steinkreis an.

Es gibt natürlich verschiedene Möglichkeiten, wie du entdecken kannst, was dein Medizintier ist. Vielleicht hast du sogar schon eines gefunden und weißt es nur noch nicht. Es repräsentiert eine Seite von dir und verbindet sich mit deiner eigenen Kraft.

Mit einem Tierverbündeten ist es wie mit einem Schatz. Ihn zu finden ist eine Sache, den Schatz aber gut nach Hause zu bringen, eine ganz andere. Es genügt nicht, herauszufinden was dein Krafttier ist. Um mit ihm in Kontakt zu bleiben, musst du ihm auch Futter, Raum und Bedeutung in deinem Leben geben. Falls du auf der Suche feststellst, dass ein Hirsch das Medizintier ist, wirst du in Zukunft mit ihm durch den Wald streifen, „herumhirschen" sozusagen. Zumindest solltest du irgendwie in Bewegung sein, damit er glücklich ist und seine magische Schutzkraft mit dir teilt. Eine Eule hat keine Angst vor der Dunkelheit, das kannst du von ihr lernen. Und da sie das Symbol der Weisheit ist, könntest du ihren Wissensdurst und ihre Neugier befriedigen, also alles erforschen, was dich interessiert. Aber das wirst du ohnehin gerne tun, sonst gehört die Eule einfach nicht zu deinen Medizintieren. Am besten fragst du das Tier selbst, was es am liebsten mag, und was es glücklich macht.

Manchmal begleitet dich dieses Schutztier schon seit langer Zeit und wartet nur darauf, dass du es beachtest. Es kann sein, dass du ein besonderes Interesse daran hast oder ihm in deinem Leben immer wieder begegnest. Eine Freundin von mir fliegt leidenschaftlich gerne mit einem Gleitschirm über die Berge. Wenn sie durch die Lüfte schwebt, begleitet sie manchmal ein Adler. Das ist ein sehr deutliches Zeichen dafür, dass er ein Krafttier von ihr ist. Aber das ist nicht die einzige Form, wie ein so mächtiger Vogel zu deinem Medizintier wird. Es kann sein, dass du schon viele Bücher gelesen und Dokumentationen über Adler gesehen hast. Vielleicht ist auch deine Nase ein bisschen so geformt, als ob sie zu einem Raubvogel gehören würde oder du träumst oft vom Fliegen.

Falls ein Bären dein Tierverbündeten ist, hast du es möglicherweise gern gemütlich und schätzt es, im Winter in deiner Höhle zu kuscheln. Außer natürlich, du bist ein Eisbär …

Übrigens, manche Tierverbündeten bleiben in der Traumwelt, andere wiederum wirst du auch in deinem Alltag treffen. Das macht keinen Unterschied in der Kraft, die du dadurch bekommst.

38 Traumreise

Eine andere Form dein Medizintier zu finden ist es, eine Traumreise zu unternehmen und in diesem Ritual auf einen Tierverbündeten zu treffen.

Den Platz auswählen

Du kannst, genauso wie Nala, zu einem Baum gehen. Such dir einen aus, bei dem du dich wohl fühlst. Steht er in deinem Garten, im Park oder in einem Wald? Schau ihn genau an und lehne den Rücken an seinen starken Stamm. Atme ruhig und entspannt und sei konzentriert auf die Absicht, dein Krafttier zu treffen.

Mit der Natur verschmelzen

Magst du dir die Umgebung genauer ansehen? Welche Pflanzen wachsen hier auf deinem ausgesuchten Kraftplatz? Gibt es kleine Tiere wie Ameisen, Schmetterlinge oder Käfer rund um den Baum? Genieße es, wenn ein Vogel vorbei fliegt und singt. Betrachte die Wolken, die vorüberziehen ... Im Prinzip kannst du alle Entspannungstechniken verwenden, die Nala geholfen haben, sich mit der Natur zu verbinden.

Träumen

Lass vor deinem inneren Auge eine Welt entstehen. Vielleicht dauert es einen Moment, hab ein bisschen Geduld. Ist es dort wunderschön, sieht aber anders aus als die Umgebung, die du mit offenen Augen sehen würdest? Ist es eine ganz ungewöhnliche und dir fremde Gegend wie eine Wüste, ein Gebirge oder ein exotischer Strand? Lass dich überraschen.

Wenn du dein Herz dafür öffnest das Krafttier zu treffen, achte auf kleine Zeichen und begrüße das erste Tier, das du siehst und an das du denkst. Womöglich bist du noch unsicher, ob es schon das richtige ist. Macht nichts. Du kannst dir aktiv ein Medizintier vorstellen, falls du das möchtest. Egal was passiert, vertraue dir und deiner Intuition. Manche Menschen haben leicht innere Bilder, andere wieder denken und wissen etwas, ohne ein konkretes Bild zu haben. Vielleicht hörst du auch die Laute des Tierverbündeten. Alle Sinnesorgane können beteiligt sein. So eine Reise sieht bei jedem Träumer und bei jeder Träumerin vollkommen unterschiedlich aus.

Sobald ein Krafttier auftaucht, begrüße es. Möchtest du nach seinem Namen fragen? Spiel ein wenig mit deinem Verbündeten und erkunde die Welt, in der es lebt. Falls du Sorgen hast, solltest du das Schutztier um einen Rat bitten. Du kannst auch herausfinden, wie du es „füttern" sollst, indem du es fragst. Manche Medizintiere brauchen Bewegung, Wasser oder andere Dinge wie Wissen. Das kennst du ja schon von dem Beispiel mit der Eule. Bleib so lange in diesem Traumraum, wie du es genießt. Du wirst spüren, wann es genug ist. Bevor du dich verabschiedest, danke dem Tierverbündeten für die Begegnung.

Steh auf, und wenn du Lust dazu hast, umarme den Baum dafür, dass er dir einen starken, sicheren Platz bereitet hat. Wie du aus der Geschichte des magischen Steinkreises weißt, lass ein give-away zurück. Das können Kräuter sein, ein paar Nüsse, die Eichhörnchen finden werden, ein Stück Käse für die Mäuse ...

Dann geh nach Hause, ohne dich umzudrehen. Dort kannst du das Erlebnis niederschreiben, ein Bild malen oder was immer deine Kreativität ausdrückt. Es gibt sogar ein bisschen Platz am Ende des Buches für Notizen und Skizzen.

Solange du das Medizintier „fütterst" und ihm Platz in deinem Leben einräumst, wird es dir zur Seite stehen.

39 Danke

Die Pferde in meinem Leben haben mir deutlich gezeigt, was Ehrlichkeit und klare Spiegelung bedeutet. Wir haben uns gemeinsam entwickelt und geheilt. Euch widme ich diese Geschichte.

Niemand schreibt ein Buch allein. Ich hatte tonnenweise Unterstützung und Inspiration, für die ich sehr dankbar bin.

Ich betrachte alle Menschen, deren Einfluss ich spüre, als meine Ahnen. Man kann sie ahnen in meinem Alltagsleben und den Träumen, die mich begleiten. Es sind unzählige KünstlerInnen, SchriftstellerInnen, Horsemen und -women, PhilosophInnen, spirituelle LehrerInnen, Medizingeschwister, SchülerInnen und BewahrerInnen alten Wissens ... und ich danke euch allen für inspirierende, beglückende oder auch herausfordernde Begegnungen.

Susanne Zanesco

Du bist diejenige, die mir die grundlegenden Horsemanship-Techniken beigebracht hat. Deine Genauigkeit und Ernsthaftigkeit, deine unzähligen Erklärungen und deine innere Verpflichtung zutiefst respektvoll gegenüber den Tieren zu sein, hat mich berührt und mich dabei unterstützt meiner Intuition zu folgen.

Meine Familie und FreundInnen gehören zu den wichtigsten AhnInnen:

Gerhard

Du bist mir Fels in der stürmischen Brandung, die mich oft durchgeschüttelt hat. Stets stehst du mir zur Seite mit deiner großen Liebe, unglaublichen Gelassenheit und deinem Fachwissen. Ich sehe dich.

Lorenz

Durch deine Liebe zu Pferden habe ich mir erlaubt, meinen eigenen Jugendtraum wahr zu machen und so fand ich mein Herzenspferd. Fantasy Geschichten gehören zu deinem Leben und jetzt auch zu meinem.

Manuela

Schön, dass du zu unserer Familie gefunden hast. Sei willkommen. Die Idee Nalas Geschichte an einem gemeinsamen Lieblingsplatz spielen zu lassen, hat mich in Ferienlaune versetzt, während ich schrieb.

Claudia

Deine wundervollen Illustrationen bereichern Nalas Geschichte im magischen Steinkreis so sehr! Du bist meine kleine Schwester und ich liebe deine Kreativität.

Patricio

Einen so „mächtigen“ Computer-Zauberer wie dich im Team zu haben ist ein großes Glück!

Meine Hexenschwestern Andrea und Gertraud

Danke für euer kritisches Ohr, das ihr mir beim Vorlesen der ersten Entwürfe geliehen habt, eure Weisheit und unverbrüchliche Freundschaft since ever and forever.

Bärbel

Ohne deine spontane Begeisterung für das Buchprojekt hätte ich wahrscheinlich gar nicht angefangen mein Wissen in eine Geschichte zu verpacken.

Waltraud und Li

Ihr Rechtschreibartistinnen und Beistrichfeen habt dem Text den letzten Schliff gegeben.

Viele aufmerksame, begeisterte und kritische Erstleserinnen haben dazu beigetragen, dass Nalas Geschichte verständlicher geworden ist. Ich danke euch dafür: Michaela, Karina, Alina, Sylvia ... Dem Buchclub mit Angie, Sandra, Verena und Marianne verdanken die LeserInnen das Glossar und ich einen vergnüglichen und aufschlussreichen Nachmittag im Café Hokuspokus. Mädchen, die Fan-Fiction schreiben, sind die neue Macht ...

Zuletzt und ganz besonders danke ich euch:

Martina

Oma, du warst die erste Geschichtenerzählerin in meinem Leben. Die wahren oder zumindest gut erfundenen Lausmädchenstreiche, die du mir zum Einschlafen erzählt hast, waren die Höhepunkte der Abende meiner Kindheit und endloser Autofahrten über gewundene Bergstraßen zur Verwandtschaft nach Südtirol.

Charlotte und Werner

Meine Eltern, ihr habt mir Talente mitgegeben und das Vertrauen in meine Fähigkeiten gestärkt, mir Flügel wachsen lassen und einen Platz im Wald geschenkt, an dem ich immer noch verwurzelt bin. Ich hüte diesen Schatz in Erinnerung an euch.

Zur Autorin

Dr. Gabriela Proksch Bernabé lebt mit ihrer Familie, vier Pferden und einer Katze in Tirol.

Sie ist Reittherapeutin, Psychologin, Künstlerin und Feldenkrais-Lehrerin

NALA - DER MAGISCHE STEINKREIS ist ihr erster Roman.

www.nala.horse

Meine Notizen, Skizzen und Fragen